影印版 頭注付 西鶴の世界 I

雲英末雄・谷脇理史
伊藤善隆・井上和人編
佐藤勝明・二又 淳

新典社刊行

目次

凡　例

一、本書は、影印によって西鶴の名作を読むことを意図して編集したものであり、分量を考えてⅠ・Ⅱの二分冊とし、Ⅰには俳諧作品と『好色一代男』『諸艶大鑑』『好色五人女』『好色一代女』、Ⅱには『日本永代蔵』『武家義理物語』『世間胸算用』『西鶴置土産』『万の文反古』を配し、その中からそれぞれ代表的と判断される作品を選んで掲載した。

一、小説作品の配列に関しては、各執筆時期は考慮に入れず、その作品集の刊行された年次順にこれを行なった。

一、「解説」においては、西鶴の文芸活動の展開が理解できるよう、Ⅰでは俳諧と好色物を中心に、Ⅱでは町人物や遺稿類を中心に、簡潔な記述を試みた。これを補完すべく、「西鶴略年譜」を作成した。

一、各作品集の性格・内容・書誌的事項や、掲載した作品が各作品集においてどのような位置を占めるかなどについても、該当する作品集の解題や章題の説明によって、できるだけ記すことにつとめた。

一、頭注における見出しに関しては、濁点・衍字などもふくめ、できるだけ原本に忠実な翻字を心がけ、ゴチック体でこれを示した。

一、頭注では、語釈や出典・参考資料の紹介などを主として行ないつつ、時に文意の解釈に関わる点にまで踏み込んで記した。それが、問題点の所在に気づくことにもつながり、考察の端緒ともなりうると判断したからである。同様の見地から、挿絵に対しても一応の見解を示した。

一、各作品を読む上で参考となり、その作品集全体を見ることもできる影印・翻刻・注解等の書は、それぞれの項目の中で「参考文献」として記した。また、西鶴についての参考書や全集類、西鶴作品を読む上で有益な辞事典類等は、別個に「工具書・参考書について」としてまとめた。

一、底本には、すべて早稲田大学図書館蔵本を用いた。掲載をご許可いただいた早稲田大学図書館に深謝申し上げます。

解説 I

雲英末雄

西鶴は、寛永十九年（一六四二）大坂の富裕な町人の子として生をうけた。その西鶴が俳諧の志を立て学びはじめたのは、みずから語るところによれば、十五歳の頃だという（『西鶴大矢数』自跋）。大坂俳壇は当時立圃系や季吟系の俳人が活躍していたから、そのうちの貞門俳人から教えを受けたことだろう。さらに西鶴が点者になったのは、寛文二年（一六六二）二十一歳のことであったという（『俳諧石車』）。点者になれば一般の人々から提出される俳諧作品の添削ができるし、あるいは俳席に出座して一座をさばき、何がしかの謝礼を受けとる身分となる。経済的に裕福であった西鶴が生活のために点者活動をする必要はなかったと思われるが、みずからの俳諧活動にはきわめて積極的で、むしろ野心的ですらあった。しかもその活動で、寛文十一年俳書の出版からスタートして延宝期に活発化する大坂の出版書肆の動向とタイアップしている点は、注目すべきであろう。詳細については、拙稿「俳諧書肆の誕生」（『元禄京都俳壇研究』勉誠社、昭和60年）および「深江屋太郎兵衛の出版活動」（『俳書の世界』青裳堂書店、平成11年）を参照されたいが、天和期までの主要な活躍の事項を示せば、

①『生玉万句』の興行と出版
②矢数俳諧の創始と出版
③絵俳書の出版

の三点といったところであろうか。

①『生玉万句』は、寛文十三年大坂阿波座堀板本安兵衛から刊行された西鶴の処女撰集で、西鶴が生玉社の神前で十二日間にわたって万句を興行し、その万句の各巻の第三までを抄出し、祝賀興行の百韻五十三巻の発句を付載したものである。加藤定彦氏の「俳諧師西鶴の実像」（『俳諧の近世史』若草書房、平成10年）によれば、新旧混成メンバーによる興行で、法楽の万句興行を大義名分にして人々を寄せあつめ、自己を売り出そうとする画策がみてとれるという。とりわけ序文では古風貞門をはげしく攻撃し、守武流を継承する宗因流の軽口の俳諧を標榜し、尖鋭かつ挑戦的であるという。江本裕氏の「『生玉万句』追考」（『国学院雑誌』昭和62年6月）では、宗因周辺の人々が参与し、西鶴をバックアップしたともいう。いずれにせよ『生玉万句』の興行と刊行は大坂俳壇の一大事件で、それを書肆安兵衛とタイアップして出したところに、阿蘭陀西鶴のジャーナリスティックな感覚がみられる。西鶴の俳壇へのはなばなしい登場である。延宝三年（一六七五）・同四年には同じ安兵衛から、『誹諧独吟一日千句』『誹諧大坂歳旦発句三物』を刊行。前著は、亡妻初七日に興行した独吟一日千句に、宗因以下大坂諸俳人の追善発句百五句を付載したもので、異例な刊行で西鶴の町人的な特異な感覚が示されている。『大坂歳旦』も一派の歳旦帳としては二十一丁と異例に大部なもので、ここでも物量を誇る町人的西鶴の姿がみられる。ついで延宝四年に刊行された『古今誹諧師手鑑』は、版元不明。いわゆる慶安の『御手鑑』（慶安四年（一六五一）刊、のち延宝三年覆刻）を範とし、守武以下

宗因にいたる二百四十六枚の短冊を模刻した特大本で、俳人の手鑑の嚆矢をなすもの。何よりもその大きさは、大型の『御手鑑』よりもさらに大型で、近世俳書中最大である。ここでも自ら誇示する西鶴の姿がみられる。

②③に関しては、延宝後期にいたり西鶴は、大坂伏見呉服町の書肆深江屋太郎兵衛とタイアップして、俳諧活動を展開させている。②は西鶴の俳諧において本領を発揮したものであり、具体的な事実は後述する。③では、西鶴はすでに延宝元年版元不明ながら、大坂ではじめての絵俳書『哥仙大坂俳諧師』を刊行しているが、再び活発化するのは延宝九年から天和二年（一六八二）にかけてであり、『山海集』（延宝九年、大坂、板木屋伊右衛門刊）と深江屋から出版した『俳諧百人一句難波色紙』（天和二年正月）、『誹諧三ヶ津』（同年四月）、『高名集』（同年四月）の計四部がそれである。すべて半紙本の書型で、挿絵もいずれも西鶴筆で、これらは巻頭に梅翁（宗因）、巻軸に西鶴を置く。この事実は、西鶴が宗因の跡目を継ぐことを意図して作られたものに他ならない。しかも絵俳書という絵を中心にしたもので、多くの人の注目を集めたにちがいない。宗因は天和二年三月二十八日に逝去するが、西鶴はエネルギッシュな努力にもかかわらず、結局のところ跡目を継ぐことは出来ず、報われることはなかった。西鶴は、この時点で俳諧での野心的な活動をほぼ終え、浮世草子作家としてその活動の主力を移してゆく。

②は、西鶴の俳諧の特色をもっとも表わしたものとして注目されよう。以下そうした西鶴の俳諧について述べてみたい。

西鶴の作品で寛文初期に知られるものの数は少なく、連句作品はみられない。発句も、

心爰《ここ》になきか鳴《なか》ぬか郭公《ほととぎす》
彦星やげにも今夜は七《なな》ひかり
餝縄《かざりなは》に内外《うちそと》二重《ふたへ》御代《みよ》の春

の三句がある位である。いずれも『遠近集』（吉竹編、寛文六年）に入集。これらは、俳諧撰集に入集する西鶴の最初の発句である。同集は寛文元年あたりから編集をはじめているから、寛文初年ころの作と思われるが、掛詞・縁語・諺の引用・語呂合せなど、典型的な貞門的な発想を備えている。西鶴も明らかに貞門俳諧からスタートしているのである。それが、『大坂独吟集』（延宝三年刊）所収の寛文七年成立の「軽口に」独吟百韻になると、にわかに変化してくる。発句の「軽口にまかせてなけやほとゝぎす」以下表八句までは本文（一二～一三ページ）を参照してもらいたいが、初折裏の付合は、

竹の薗《その》生《ふ》の山がらの籠《かご》
わこさまは人間のたね月澄《すみ》て
とりあげばゞもくれて行《ゆく》秋
見わたせば花よ紅葉よおだい櫃《びつ》
浦のとまやのさら世《せ》態《たい》也《なり》

といった調子で、軽妙なテンポで展開する軽口の俳諧になっている。『生玉万句』の序文で、西鶴は反貞門で守武流を標榜し、軽口の宗因流の流れにつらなることを強烈に示していた。守武流は、付合作法に執着しない、なすがままの無心所着の無方向性の付方をいい、

軽口はそれに従い宗因の手法にならった軽妙な連句をいうのである。

『生玉万句』刊行以後、西鶴には愛妻をなくすという不幸な出来事がおこる。延宝三年四月のことで、西鶴はその不幸を『独吟一日千句』の中で素直におおらかに表現した。「明るより暮るまで」興行されたこの独吟千句は、亡妻の思い出や、残された幼な子のことなどを詠みこんでいるが、多くは、

髪結もまはる小川の水汲《くみ》て
　こゝろ乱るゝ糸屋の腰本
起請文まもり袋やしめぬらん
　よつてくだんのいたづらたつる
絵草紙に後家が姿を写されて
　何おしからぬ一銭の銭

といった風俗描写を中心とする軽口の俳諧で、明らかに「軽口に」独吟百韻の延長線上にある。

かくて矢数俳諧は登場する。矢数俳諧は、もともと三十三間堂の通し矢の競技にならい、一昼夜もしくは一日のうちにできるだけ多くの連句を作り、その数を競った見世物語的要素を多分に持つ俳諧興行である。西鶴は延宝五年三月大坂生玉本覚寺で、「俳諧の大句数初《はじめ》て我《わが》口拍子にまかせ、一夜一日の内執筆に息をもつかせず、かけ共《とも》つきぬ落葉の色をそへ、実をあらせ花の座月雪の積れば一千六百韵云々」と千六百韻の矢数俳諧を大衆の面前で興行。これは『俳諧大句数』と題して刊行されるが、以後矢数俳諧に対する俳壇の関心は大きく、四か月後には大和の月松軒紀子が奈良極楽院で一昼夜独吟千八百句を興行（『俳諧大矢数千八百韵』と題して刊行）、さらに延宝七年三月には仙台の大淀三千風が一昼夜三千句を興行した（八月に『仙台大矢数』と題して刊行）。西鶴の記録は、紀子・三千風の二人によって簡単に破られたが、西鶴自身も延宝八年五月生玉南坊で二度目の矢数俳諧に挑戦し、独吟四千句の興行に成功。翌九年四月、それは『西鶴大矢数』と題して刊行された。こうして西鶴は矢数俳諧において覇権を獲得したが、さらに四年後の貞享元年（一六八四）六月住吉神社の社前において、二万三千五百句の前人未踏の記録を樹立し、「神力誠を以《もつて》息の根留《とむ》る大矢数」（柿衛文庫蔵自筆短冊）とみずから創始した矢数俳諧に終止符をうった。

矢数俳諧の内容だが、諸家がよく引用する、

盗人と思ひながらもそら寝入
　親子の中へあしをさしこみ
胸の火やすこし心を置《おき》ごたつ
　揚屋《あげや》ながらにはじめての宿
なんと亭主替つた恋は御ざらぬか
　きのふもたはけが死んだと申《まうす》

の『俳諧大句数』第八の一連の連句から明らかなように、当時の町人社会の風俗描写がテンポも軽快に展開されている。同じ傾向は、たとえば、『西鶴大矢数』第三十一の、

野懸《のがけ》には豆腐昆蒻《コンニヤク》椎茸を
　是では酒が一つもいけぬ
投ぶしを諷《うた》ひそうなを呼《ヨン》でこい
　別れの鐘や車《くるま》坐《ざ》の中
吝《シハ》ひ事右や左の長者様
　食《めし》を盛《モツ》たり汁をもつたり
気散じに野寺の軒は松の風
　仏と名付けて雪のかたまり

などでも見られる。さまざまな新時代の世相や風俗が、まさに新俗下劣のことばによって詠みつらねられている。これらは軽口からゆきついた先で、いわゆる世相の新風俗を、口から出るままにストレートなかたちで表現しているのである。西鶴の矢数俳諧はもちろん小説ではないが、きわめて散文的な特色をもっていたことは明らかであろう。

天和二年（一六八二）十月『好色一代男』は突如として世に出された。それはなぜだろうか。これは一つの想像だが、天和期の俳壇が、江戸の芭蕉らの俳諧付合「寺々の納豆の声。あした冴《さ》ユ　才丸／よすがなき樒《しきみ》花売の老を泣ク　揚水」「飛雨台《ヒウダイ》ノ跡ハ霞ニ空《ムナ》シキゾ　桃青／駅馬《ろば》ノ進《スヽ》マザル躰キラ〱シ　其角」（『俳諧次韻』）に代表されるごとき漢詩文調の流行によって変化してきており、西鶴がみずからの軽口の俳諧と相容れぬことを自覚したからではなかろうか。それが、西鶴をして今までにないまったく新しい小説『一代男』を書かしめた。「軽口ぬれ文の発明」（都の錦『元禄大平記』）、「人情をいふとても、今日のさかしきくまぐま迄探《まできぐ》り求め、西鶴が浅しく下れる姿」（『去来抄』）といった内容だが、それは矢数俳諧によって鍛えられた軽口俳諧の手法が十分生かされ、さらにそれを越えて世相や風俗や人情が、自由な散文形式ではじめて描き出されたものといえよう。

『好色一代男』のことをもう少し考えてみたい。近世初期から小説として、いわゆる仮名草子が大量に述作されてきたが、それらが持っていた古めかしい教訓性や、あるいは型通りの娯楽性といったものを、『一代男』は一挙につきくずし、新しい世の人心を描いた小説となった。書名の「好色一代男」とは、妻や子もなく、ただ一途に愛欲にのめりこんでゆく一代かぎりの男、という意味である。構成は八巻八冊から成り、各巻は年齢を記して一巻に七章ずつ。また一章は二丁半の本文、半丁の挿絵入りで、読み切りで一話が完結するように作られ、序章にあるごとく、主人公世之介の七歳から六十歳までの恋愛の種々相を描いてゆく。こうした構成は、明らかに源氏物語の年立《としだて》を意識したものだが、事実源氏のパロディはいたるところで見られるが、それが近世の世相や風俗の中にあてはめられ、生き生きとして躍動感のあるものになっている。前半四巻は世之介の成長と色道修行といった様相を呈し、地域的にも東北・北陸から九

州・中国地方と広範に及んでいる。後半では、むしろ三都の名だたる遊女が主役になって、それぞれの魅力を示し、世之介は脇役をつとめることが多く、遊女評判記的な要素が示されている。

『一代男』の新しさは、何といってもその文体によっている。「桜もちるに歎《なげ》き、月はかぎりありて、入佐山、爰《ここ》に但馬の国、かねほる里の辺《ほとり》に、浮世の事を外になして、色道ふたつに寝ても覚ても夢介とかえ名よばれて」。これは『一代男』冒頭の世之介の父夢介を描いたところだが、省略が多くつぎつぎに展開してゆく文体は、前述したごとき矢数俳諧で鍛えられた俳諧付合の展開を、十二分に生かしたものであることが理解できよう。

それに何よりもこの『一代男』が、誇張され超人的な世之介を描いて当時の人々に熱狂的に歓迎されたのは、版下を書いた西吟が跋文で述べるごとく、「転合書《てんごうがき》」（いたずら書）であるのだが、「稲臼《いねうす》を挽《ひ》く藁嚊《わらかか》」が「大笑い」をしてはばからない、広いこの世の「人ごゝろ」を縦横に自在に描いていることによろう。こうして浮世草子の初めてのページが『一代男』によって開かれてゆくのである。

貞享元年（一六八四）四月、『一代男』の続篇たる『好色二代男諸艶大鑑』が刊行される。この書は八巻八冊、全四十章から成るが、「好色二代男」と書名に示されるように、初章と終章は世之介の遺児世伝（二代男）の登場とその大往生の様子を述べたもので、残りの三十八章がむしろ中心で、それぞれが独立した短篇となっている。この三十八篇は主人公も皆ちがい、『一代男』のように一人ではない。『一代男』の後半で描かれていた三都の遊里をはじめ、諸国の遊里が舞台となり、今度は主人公をかえて、そこに生きる遊女と客とのやりとりを中心に、さまざま浮世の姿が描かれている。暗く悲しい、はたまたおかしくもあるさまざまな遊里の実態が、軽妙な咄《はな》しのテンポでつぎつぎに描かれている。本書に収録の「百物語に恨が出る」は、遊女たちが百物語をしても幽霊が出ないので、だましてきた遊客の思い出を語っていると、恨めしいそれらの遊客の幽霊が出てくる。皆こわがっていると一人のかしこい女郎が「各々揚屋の算用残りは」（借金の残りは）と声高にいうと、幽霊たちは借金を恐がって姿を消したという話で、落語のオチのような結末でしめくくっている。また「死ば諸共の木刀」は、身受けしようと思っている遊女を、なお信じることが出来ずに心中を木刀で試《ため》そうとする非情な男の話で、最後は、遊里はしょせん遊びの世界とわりきって生きてゆくという話である。ともあれ『諸艶大鑑』は、『一代男』が世之介という一人の主人公であったのを、多数の主人公に切り替えて広い視点から、遊里の恋愛を中心にして、さまざまな世の人ごころを描いていったところに、特色があるといえるだろう。

西鶴は、翌年貞享二年一月には、日本全国に題材をひろげて珍しい話を集めた説話集『西鶴諸国ばなし』を刊行し、また二月には、遊女に入れあげ破産した実在の町人の水死をモデルにして『椀久一世の物語』を刊行し、さらに春には浄瑠璃『かいぢん八嶋』をも世に送り出し、活発な創作活動を見せている。

ついで翌貞享三年二月には『好色五人女』が刊行される。『五人女』は『一代男』や『諸艶大鑑』が、遊里を中心にした恋愛を描いてきたのに対して、一般社会での五組の男女の恋愛・姦通事件を扱ったものである。巻一は、「姿姫路清十郎物語」とあるように、姫路のお夏清十郎の物語、巻二は、「情を入し樽屋物がたり」で、大坂にあった樽屋の女房おせんと麹屋長左衛門との姦通事件、巻三は、「中段に見る暦屋物語」で、京都の大経師の妻おさんと手代茂右衛門との姦通事件、巻四は、「恋草からげし八百屋物語」で、江戸の八百屋お七と寺小姓吉三郎との恋愛物語、巻五は、「恋の山源五兵衛物語」で、薩摩の琉球屋おまんと源五兵衛の恋愛物語である。当時の浮世草子の例にならい、最終巻のみはハッピィエンドで終っている。各巻は五章より成る構成であるが、すでにこれらの事件は歌謡にうたわれ、演劇に上演され、また巷間の歌祭文によって広く知られていた事件であった。したがって西鶴は、枠組はあくまでも事件の事実を重んじながら、それぞれの巻の五章の編成とその内容に、趣向をこらしたものと思われる。それは、主人公たちの心情や行為に西鶴なりの工夫をすることであり、また読者に興味をもたせるよう、随所に笑いを挿入することであった。笑いは、たとえば巻一の四の「状箱は宿に置て来た男」の「ありさまにきん玉が有か」の問いに「いかにも〱二つございます」と答える箇所などに顕著だが、どの巻にも多く取り入れられている。読者はそれを面白がって読んだことであろう。それにしても、登場する主人公たちの行動の積極さや明るさ、おおらかさは、十分に認識する必要があろう。お夏の清十郎への思いをこめて「おなつ便《よすが》を求てかず〱のかよはせ文」といった表現とか、花見幕での「かゝる時はや業の首尾もがな」と気がつくことなどが、それである。また巻三のおせんの駆落ちの時の「うれしや命にかへての男じやもの」などの言葉も強烈で、恋の思いの積極さには驚かされる。これらは西鶴が主人公の心情を思いやって創作したもので、それはみごとに成功しているといってよかろう。

なお本書の挿絵は、今まで『一代男』『諸艶大鑑』『諸国ばなし』と西鶴自身の筆によっていたが、かわりに当時の一流挿絵画家吉田半兵衛が担当している。挿絵も、小説の中で重要な要素を占めるので、読者を喜ばしたことであろう。

同じ年の六月、西鶴は『好色一代女』を刊行する。『一代女』は六巻六冊、挿絵は『五人女』に引きついで吉田半兵衛の筆になる。発端は恋に悩める若者二人が、都の西嵯峨の山里に好色庵を構える七十余りの老女に「身のうへの昔を時勢《いまやう》に語り給へ」と、その一代の懺悔話を聞くというスタイルをとる。以下十一歳の官女より始まり、さまざまな職をつぎつぎに替え、最後は六十五歳で最下級の売女の夜発《やほつ》にまで落ちぶれてゆく。「胸の蓮華ひらけてしぼむまでの身の事」を語るのであるが、一代記というよりも、当時の女性のさまざまな職業や風俗の紹介が中心となっている。直接的には、延宝五年刊の色道の諸分秘伝書『たきつけ』『もえくゐ』『けしずみ』の構成を借り、また全体の形式は、お伽草子や仮名草子の懺悔物の枠を利用しているが、宗教的な救いはむしろ稀薄で、一話一話はきわめて現実的で、好色的なものが多い。とくに延宝六年の『色道大鏡』や貞享三年の『好色訓蒙図彙』などに紹介される、上級から下級にいたる遊女たちの現実の姿が、一代女の行動を通して描かれている。

西鶴は一代女の名を用いて、元禄の世に生きるさまざまな女性たちをさまざまに描いているが、そうした女たちのもつ女性独自の好色性や性のおぞましさをも、隠すことなく多少の誇張をまじえながら表現している。『一代女』は、一人の女の生涯の告白という形式をとりながら、当代のさまざまな女の職業を通して、好色の諸相を各話各話にきわだたせ、女のもつしたたかさを見せつけ、読む者に強いインパクトを与えたにちがいなかろう。

俳諧篇

『大坂独吟集』「軽口に」百韻（表八句）
『古今誹諧師手鑑』（守武・宗鑑・貞徳・立圃・令徳・未得・西鶴・宗因）

■解題『大坂独吟集』

横本二冊。延宝三年四月、村上平楽寺刊。宗因の批点のある諸家の独吟百韻を十巻収める。作者は幾音・素玄・三昌・意楽・鶴永（西鶴）・由平・未学・悦春・重安の九人。由平のみ二巻を収める。各巻の成立時期や宗因が批点を加えた時期にはばらつきがみられ、本書が統一的な企画の下に制作されたものではないことが知られる。すなわち、宗因の盛名に便乗しようとした書肆によって、それまで板本・写本で伝わっていた宗因点俳諧が集められて出版に及んだものと考えられている。

■解題『古今誹諧師手鑑』

特大本一冊。延宝四年正月自序。古人の筆跡（古筆）を集めて帖に貼り込んだものを古筆手鑑と称し、江戸時代には大名家などを中心にその制作が流行をみせた。慶安四年にはこれを模刻した『御手鑑』が出版され、以後多くの版を重ねたが、本書は特大本であることや形式など全くこれに倣っている。その内容は、『御手鑑』が大聖武にはじまり、歴史上の著名人や歌人・連歌師らの筆跡を集録しているのに対し、『古今誹諧師手鑑』は守武・宗鑑を巻頭に巻軸の宗因まで、歴代の俳人の短冊を模刻している。序文によれば、大坂の古筆家平野治平の蒐集品を基にし、さらに諸家の蔵品を求め集めて一書となしたという。

○伏見の里に…『西鶴名残の友』二ノ三「今の世の佐々木三郎」に「くだり舟待夕暮までの淋しさに、油掛の地蔵の立せたまふ、西岸寺の長老任口の許へたづね、たがひに世の物語りもめづらしく、難波に帰る事をわすれぬ」とある。**○下り舟**伏見から大坂八軒屋まで淀川を下る三十石船。一番船は夜の五つ（八時頃）にでる。約六時間を要したので、夜半に出発すれば明け方に到着する。**○西岸寺**西岸寺任口。伏見東本願寺三世住職。宝誉上人。重頼門の俳人。別号、如羊。貞享三年四月没。八一歳。**○淀の人**未詳。**○鳴ますか…**『古今和歌六帖』恋、「君によりよよよよよよとよよよとねをのみぞなくよよよよよと」による、淀の人への挨拶の句。季語は「ほとゝきす」で夏。「淀でも夜な夜なよよよよと時鳥が鳴いていますか」の意。**○庭鳥**鶏。**○露永**西鶴。

▼発句夏（ほとゝきす）。**○軽口にまかせて**宗因・西鶴らの俳風を軽口俳諧ともいった。「口」に「任」せるで任口への挨拶になる。**○解釈**その軽口にまかせて調子良く鳴いておくれ、時鳥よ。**○郭公も…**脇書は宗因の句評。「たとえ美声の時鳥であっても、この西鶴の詠みぶりの素晴らしさには及ぶまい」の意。

▼脇夏（卯の花）。**○瓢箪**酒の入れ物。成句「瓢箪の軽口にまかせて」。『貝おほひ』廿九番の判詞に「只左のひやうたんのかる口にまかせて、勝と定めたるはおかしき判と、夕顔のひよんな事にやあらんかし」。**○卯の花**『類船集』「郭公」の項に「卯の花」とあり。『連珠合璧集』に「郭公トアラバ…卯花」。『古今和歌集』夏、凡河内躬恒「ほとゝぎす我とはなしに卯花の憂き世中になきわたるらん」。『後撰和歌集』夏、よみ人しらず「卯の花の咲ける垣根の月きよみいねず聞けとや鳴くほとゝぎす」。**○解釈**卯の花見をして、瓢箪に入った酒がもう空いてしまうよ。

▼第三雑。**○水心**水泳の心得。瓢箪の縁語。**○しらなみ**「白波」と「知らな」を掛ける。また卯の花の縁語。『連珠合璧集』に「卯花トアラバ…浪」。『後拾遺和歌集』夏、よみ人しらず「白浪の音せでたつとみえつるはうの花さける垣ねなりけり」。**○岸**『類船集』「岸」の項に「卯の花」とあり。**○解釈**白波が寄せる岸辺

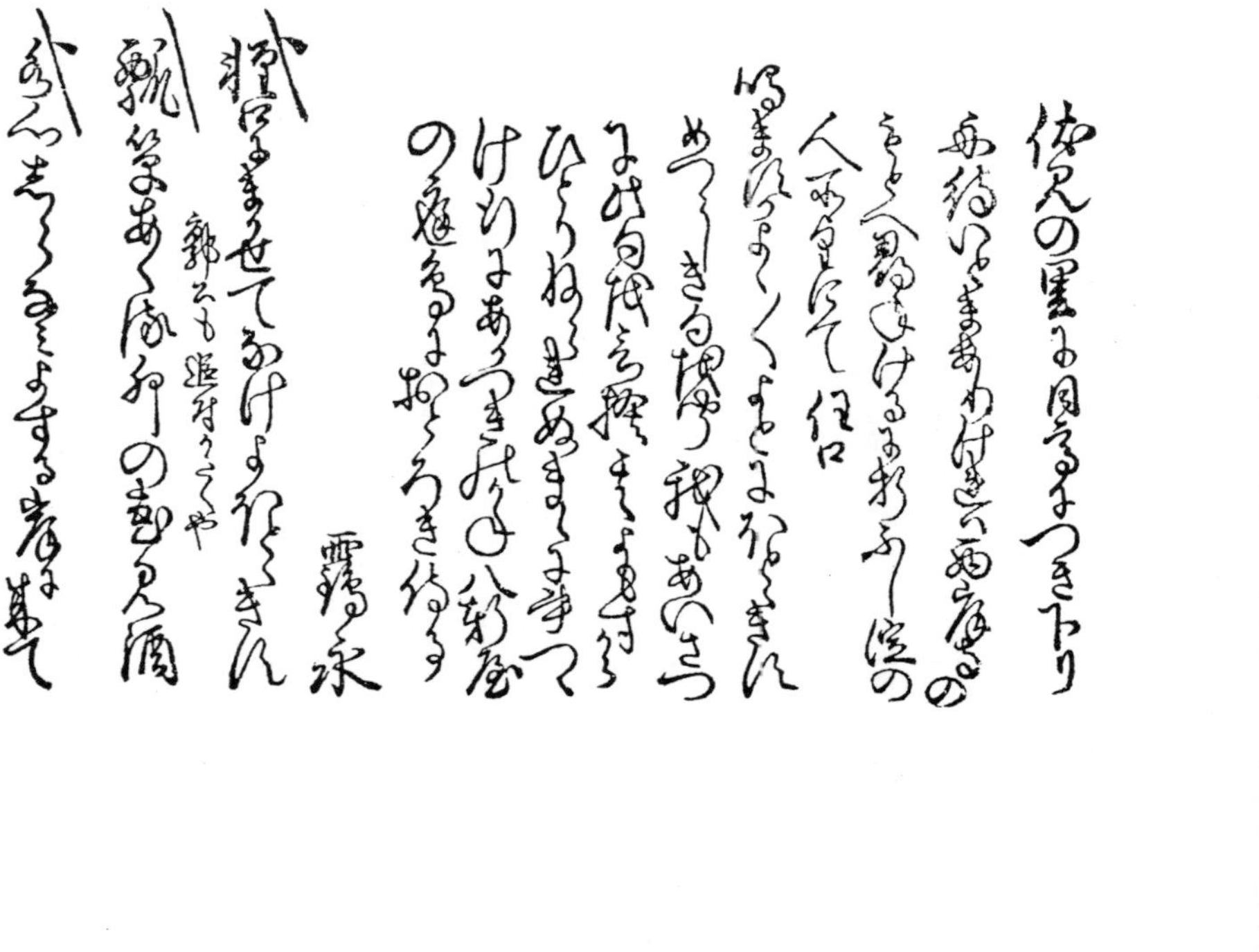

に来たが、さて水泳の心得は知らないよ。

▼初オ四雑。**○こき行ふね**『類船集』「白浪」の項に「こぎ行船の跡」。『拾遺和歌集』哀傷、沙弥満誓「世中を何にたとへむ朝ぼらけ漕ぎ行く舟の跡の白波」。**○下手の大つれ**凡庸な人物たちが常に群れをなして行動し、しかも碌な事が出来ないことの喩。『毛吹草』巻二「世話付古語」に「へたの大つれ」。『崑山集』秋下、良知「落つるなりや下手の大つれ熟柿《じゅく》《しがき》」。**○解釈**漕いで行く舟に乗るのは、下手の大つれで泳げない連中だよ。

▼初オ五雑。**○橋かゝり**能舞台で鏡ノ間と舞台を結ぶ通路。幕口から斜めに舞台に向けて掛ける。能役者の登退場に使うほか、演技にも使用する。**○今をはしめの旅ころも**謡曲「高砂」に「今を始めの旅衣、今を始めの旅衣、日も行く末ぞ久しき」とある。**○解釈**橋掛りにワキが出てきて「今を…」と謡い出したことだ。

▼初オ六雑。**○虹**『類船集』「橋」の項に「虹」とあり。**○一段**能の構成上の一区切りをいう。能の縁語。**○春藤高安**能のワキ方。江戸時代には進藤・福王・春藤・宝生・高安の五流があったが、のち進藤・春藤はほろんで他の三流が残る。これも宗因の評語。「けっして下手ではなく、春藤や高安などの名人芸に匹敵するように見えます」の意。**○解釈**空に虹が立っていて、今日は日和が一段と良いようだ。

▼初オ七秋（文月）。月の定座。**○文月**七月。手紙の意の「文」を掛け、また月の定座であるため本来の「月」の意をきかせた。**○てらす**月の縁語。本来「暮らす」・「おはす」などとあるべきところを言い掛けた。前句を時候の挨拶と見立て、手紙を趣向した付け。**○解釈**暑さの厳しい七月ですが、無事にお過ごしのことと存じます。

▼初オ八秋（露）。**○きんかあたま**禿頭。**○盆前**『類船集』「暑《アツ》《キ》」の項に「盆の前」、『毛吹草』巻二「世話付古語」に「じやうごのひたいぼんのまへ」、『毛吹草』巻五、信安「夏の日は下戸も上戸の額哉」などとある。**○解釈**禿頭に盆前の暑さのために露のような汗が出ているよ。

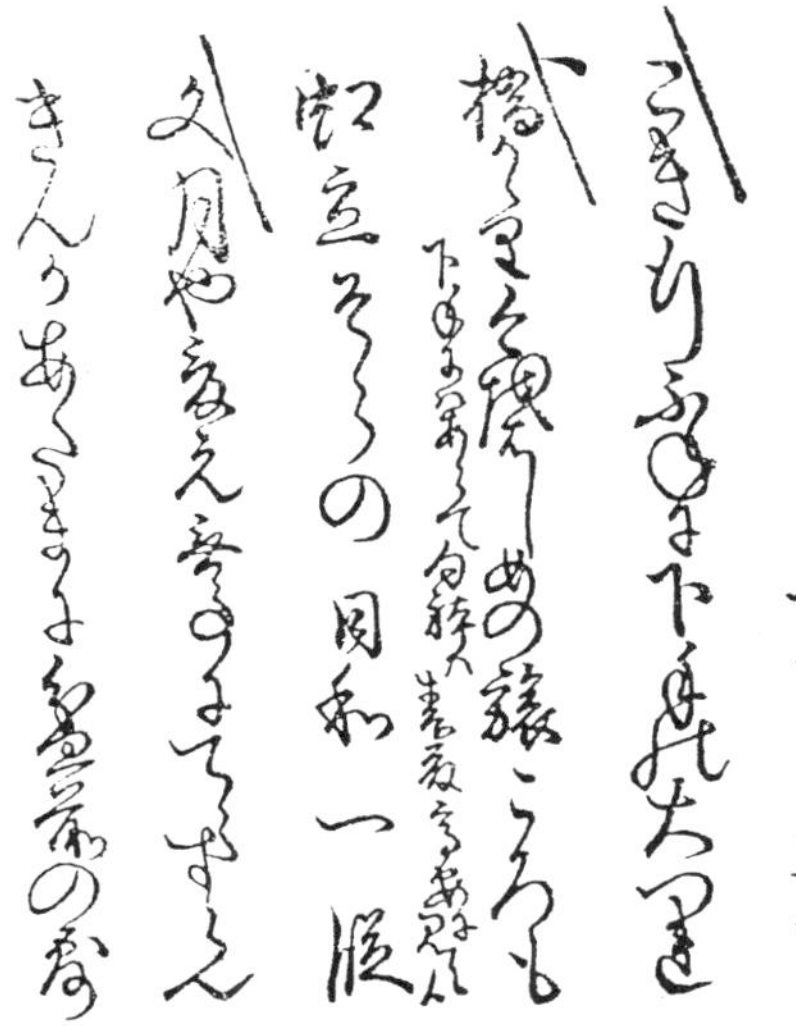

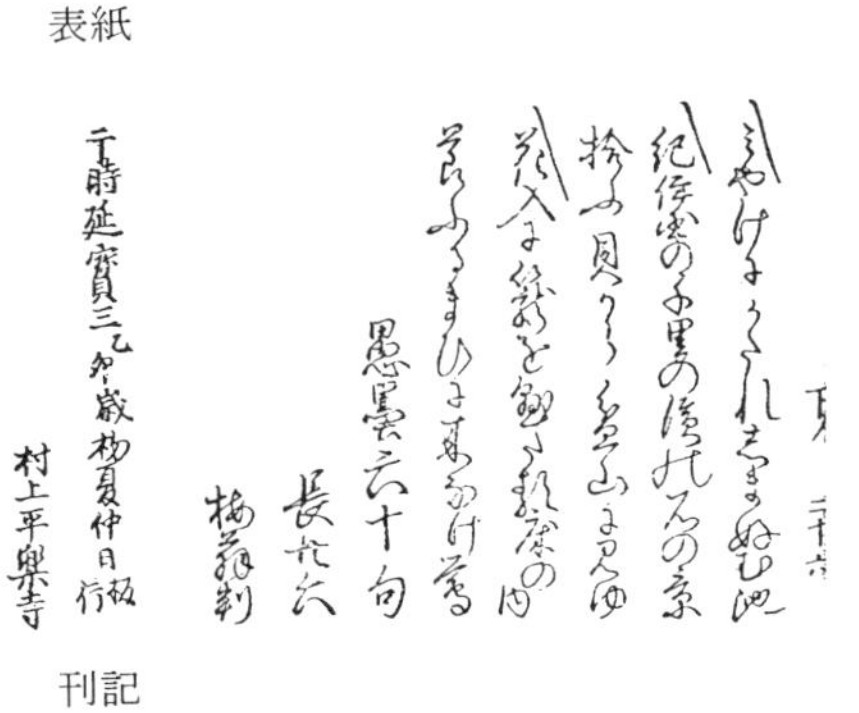

表紙

刊記

▼守武（**もりたけ**）文明五年（一四七三）～天文十八年（一五四九）。荒木田氏。伊勢神宮の神官で熱心な連歌作者だったが、天文九年に俳諧による独吟千句（「守武千句」）を詠作した。それまで俳諧は連歌の余興であったが、守武は初めてこれを独立して扱った。そのため、宗鑑と共に俳諧の始祖とされる。**○季語**神の春（新年）。**○千句一**「守武千句」第一の発句であるので、このように前書がある。**○飛梅**菅原道真の飛梅の故事。『源平盛衰記』三十二に「北野天神は、時平大臣の讒訴に依りて、延喜五年正月二十五日に、安楽寺に遷され給ふ。…思召出る御事、多かりける中に、こち吹かばにほひおこせよ梅の花主なしとて春を忘な、と詠じければ、天神の御所高辻東洞院、紅梅殿の梅の枝割折《さけ》れて、雲井遙に飛行て、安楽寺へぞ参ける。」とある。道真の和歌は『拾遺和歌集』にも収められる。**○神**「かろ〳〵しくも神」に「軽い紙」の意を効かせる。**○解釈**新年を迎え、梅が咲いている。軽々と飛んだ飛梅の故事も思い出され、晴れやかな気分の新春であるよ。**▼宗鑑**（**そうかん**）生没年未詳。京都の山崎に居住したため山崎宗鑑と呼ばれる。連歌師であったと考えられるが、経歴などは不明。『犬筑波集』を編み俳諧を独立させる契機を作ったため、守武と共に俳諧の始祖とされる。没年は、諸書に残された奥書などから天文八、九年（一五三九、四〇）頃と考えられている。**○季語**ながき春日（春）。**○満まる**太陽の形の丸いことをいう。**○解釈**春の日とは、太陽は「丸く」出ているのに「長い」と言われることだよ。**▼長頭丸**（**ちょうずまる**）貞徳の別号。元亀二年（一五七一）～承応二年（一六五三）。松永氏。京都の人。九条稙通（たねみち）、細川幽斎より歌学を、里村紹巴から連歌を学んだ。俳諧にも力を注いで多くの門弟を指導し、貞門俳諧を普及発展させ活躍した。**○季語**よひの年（新年）。草木に「良い」ことと、去年の意の「宵の年」を効かせる。**○あめてたや**「ああ、おめでたい」の意。「あめ」に「雨」を効かせる。**○解釈**ああめでたい。新年になって「あめ（雨）」が降れば、草木にもよい年であるよ。

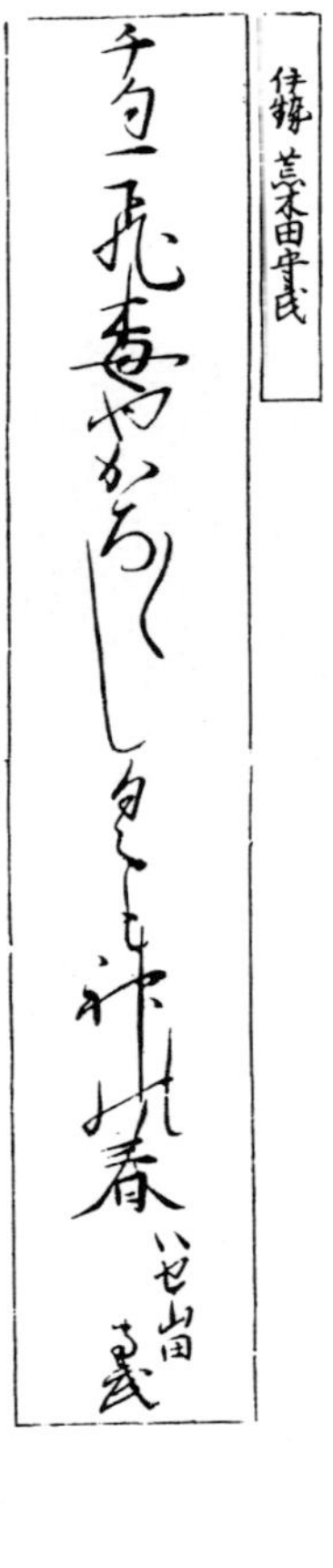

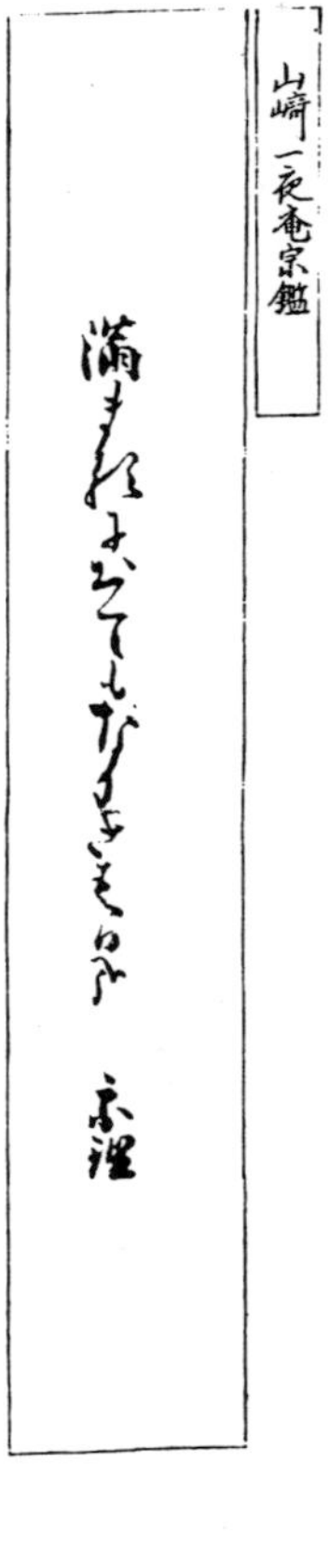

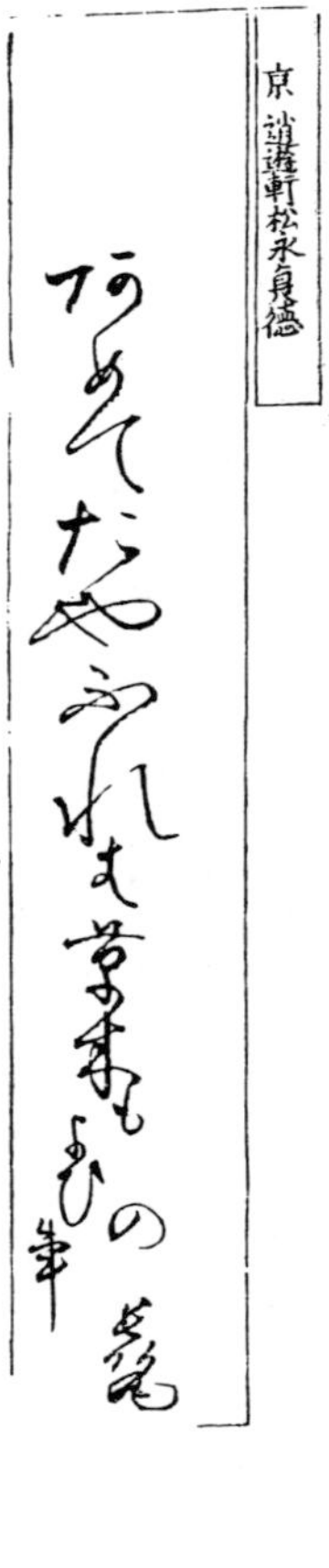

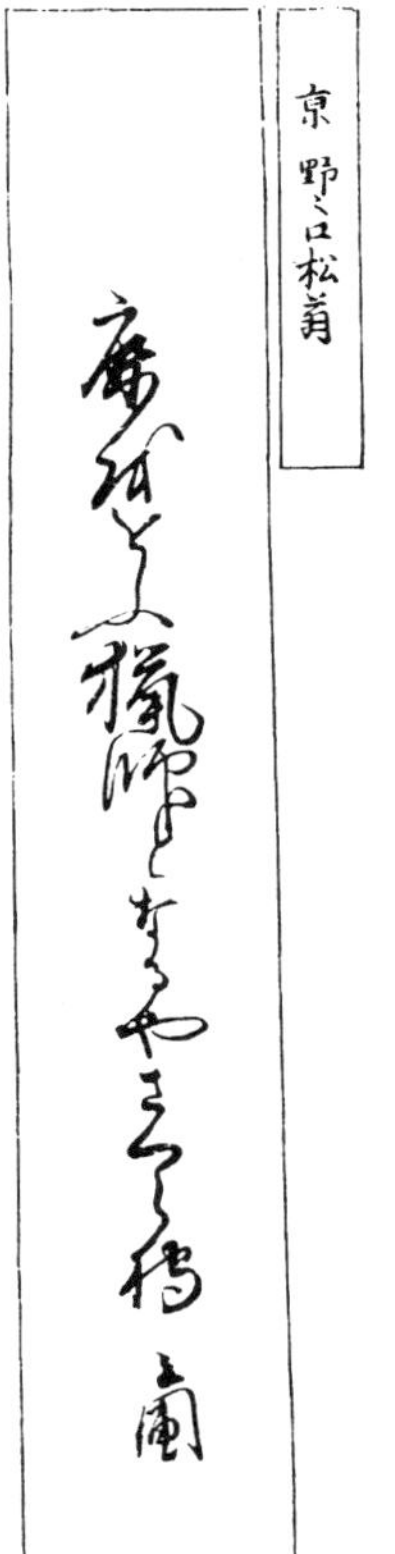

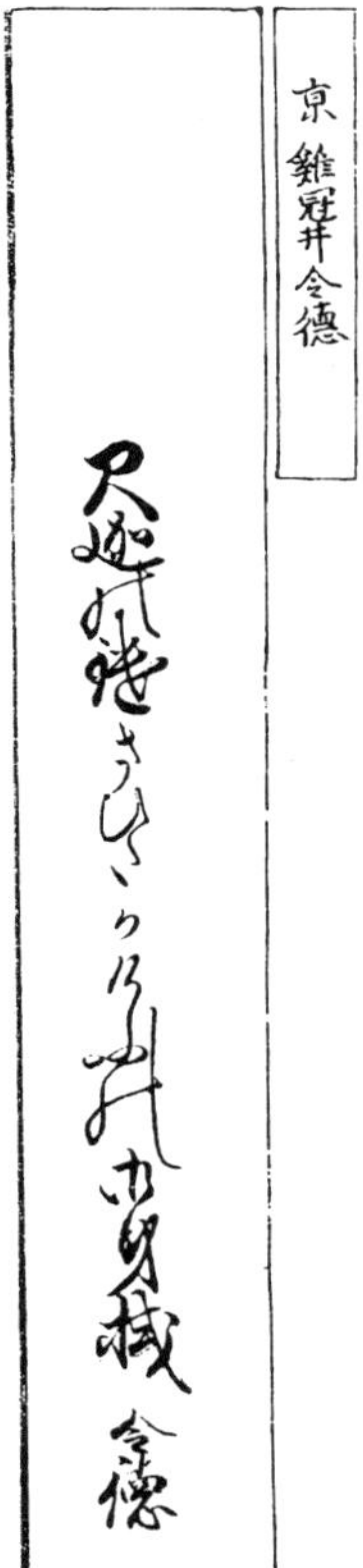

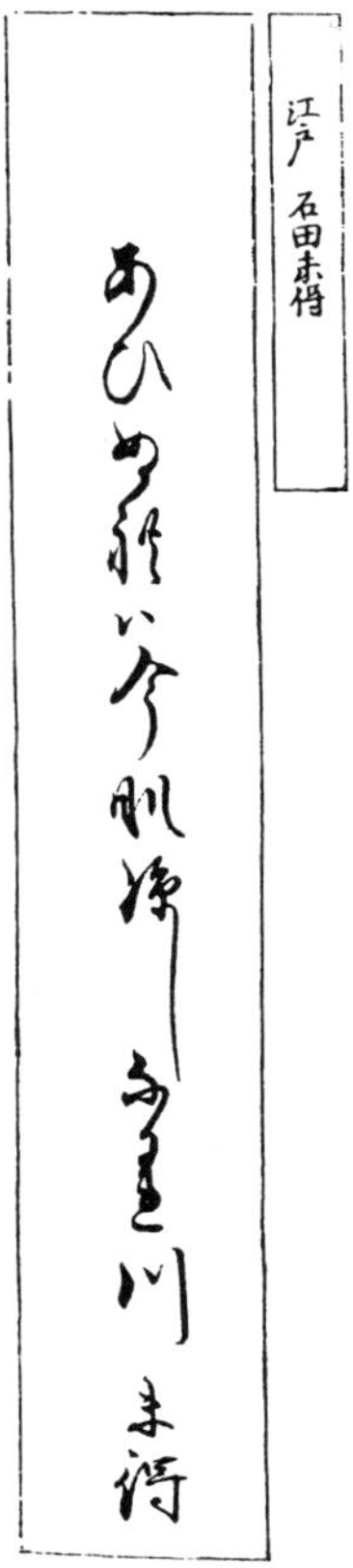

▼立圃（りゅうほ） 文禄四年（一五九五）～寛文九年（一六六九）。野々口氏。京の人。本名は親重。別号、松翁・無文。家業により雛屋とも呼ばれた。貞門の有力作者で、いわゆる貞門七俳仙の一人。重頼の『犬子集』（寛永十年序）に対抗して『誹諧発句帳』（寛永十年奥）を編集刊行。寛永十三年には式目書『はなひ草』を刊行した。江戸をはじめ、筑前や福山、肥後、大坂の各地に足跡を残し門人も多い。**○季語**さくら狩（春）。なお「猟師」と「狩」は縁語。**○鹿をおふ諺**「鹿を追う猟師山を見ず」。『毛吹草』巻二「世話付古語」に「しかをおふれうしは山をみすといふ」、謡曲「善知鳥」に「鹿を追ふ猟師は、山を見ずといふことあり」などとある。『毛吹草追加』上、久任「花を見る人は鹿おふ猟師哉」。**○解釈**「鹿を追う猟師は山を見ず」という諺があるが、桜狩りに来て桜の花を見るのに夢中になって山の姿など目に入らないのは、ちょうどその諺に言う猟師になったかのようだ。**▼令徳（りょうとく）** 天正十七年（一五八九）？～延宝七年（一六七九）。鶏冠井氏。京都の人。初め良徳、後に令徳と改めた。別号、謙頭庵・陀隣軒・梨柿園。通称、九郎右衛門。貞門の有力作者で、貞門七俳仙の一人。寛永二十一年には貞徳から秘伝書『天水抄』を授けられ、慶安四年には『崑山集』の編集を任されるなど活躍した。**○季語**御身拭（春）。**○尺迦の鑓**謡曲「当麻」に「釈迦はやり弥陀は導く一筋に心ゆるすな南無阿弥陀仏」とある。**○解釈**「釈迦はやり」という文句が謡曲にあったが、今日の御身拭の様子を見ると、さしずめ「釈迦の鑓」も錆びたといったところだろうか。**▼未得（みとく）** 天正十五年（一五八七）～寛文九年（一六六九）。石田氏。江戸の人。本名、又左衛門。別号、巽庵・乾堂。貞徳に俳諧の指導を受け、江戸俳壇で活躍した。**○季語**涼し（夏）。**○あひぬれは**『後撰和歌集』恋五、元良親王「侘びぬれば今はた同じ難波なるみをつくしても逢はんとぞ思ふ」。**○解釈**「侘びぬれば今はた同じ」という古歌があったが、流れのある川で水浴びをするのは、さしずめ「浴びぬれば今肌涼し」といった心持ちだ。

▼西鶴（さいかく）寛永十九年（一六四二）～元禄六年（一六九三）。井原氏。初号、鶴永。別号に西鵬・鶴翁・二万翁・松寿軒など。出身・家系など諸説あるが未詳。宗因とともに談林俳諧の代表的作者である。**○季語**桜（春）**○よしの**吉野。桜の名所。**○只の時**花の季節ではない、普段の時。**○夢の桜**桜の異名を「夢見草」という。**○解釈**たとえ普段の時であっても、桜の名所である吉野では夢で見事な桜が見られるに違いない。**▼西翁**（さいおう）宗因。慶長十年（一六〇五）～天和二年（一六八二）。西山氏。本名、次郎作豊一。連歌号、豊一・宗因。俳号、一幽・西翁・梅翁・長松軒など。連歌は昌琢門。肥後熊本に生まれ、八代城主加藤正方に仕えるが主君の改易により浪人。やがて大坂天満宮連歌所の宗匠となり、折から新興の大坂俳壇の指導的役割を担うこととなった。宗因の奇抜さや軽快さを標榜した俳諧は、やがて談林派と呼ばれる新風となって一世を風靡した。**○季語**月（秋）**○いもはく**季節のものとして里芋の新芽を供えたことから、陰暦八月十五日の月を芋名月という。なお、九月十三夜は栗また大豆を供えたので、栗名月・豆名月という。**○解釈**「芋は、芋は」という芋売りの声が聞こえてくるが、芋名月の今宵は芋を売るのではなく、あたかもその名月を売っているかのように聞こえるものであるよ。

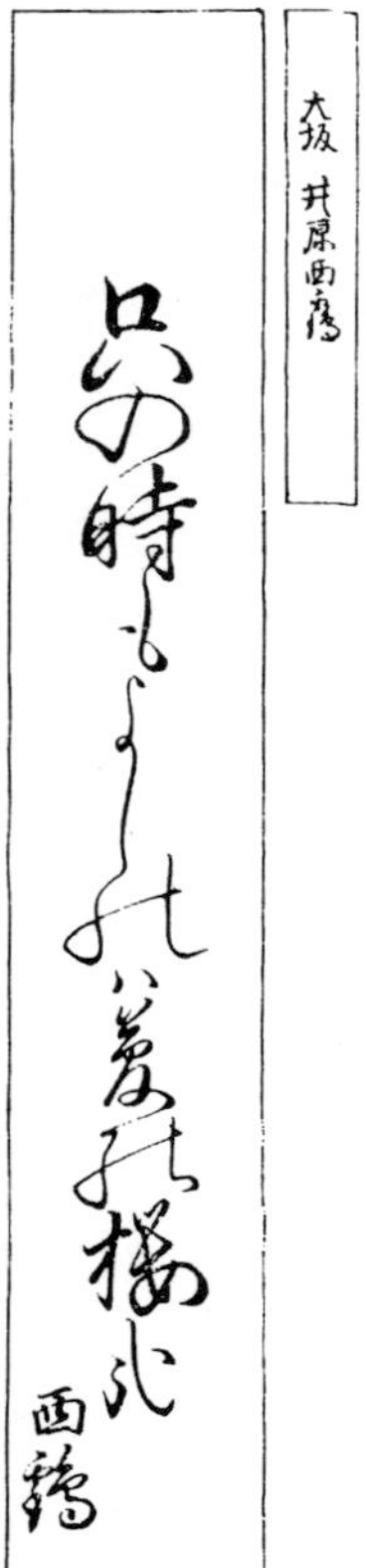

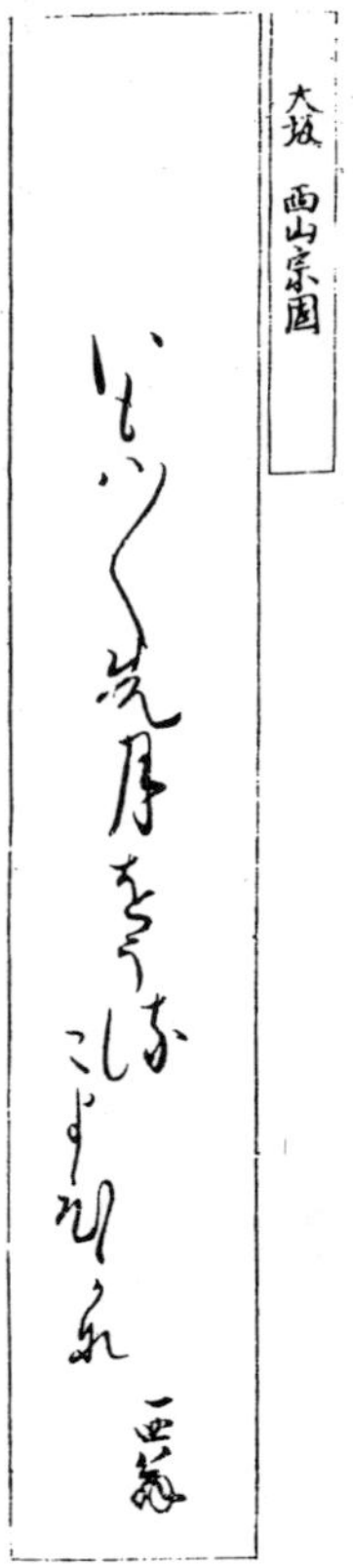

■参考文献

『大坂独吟集』

影印…乾裕幸・雲英末雄『大坂独吟集　大坂檀林桜千句　俳諧江戸十歌仙　江戸両吟　大坂三吟　五徳　両吟一日千句』（「近世文学資料類従　古俳諧編29」勉誠社　昭和51年9月）

翻刻…『談林俳諧集』（「日本俳書大系7」日本俳書大系刊行会　大正15年12月）

『談林俳諧集一』（「古典俳文学大系3」集英社　昭和46年9月）

『初期俳諧集』（「新日本古典文学大系69」岩波書店　平成3年5月）

なお、「軽口に」の巻は、『定本西鶴全集　13』（中央公論社　昭和25年7月）・乾裕幸『初期俳諧の展開』（桜楓社　昭和43年6月）にも収録される。

『古今誹諧師手鑑』

影印…伊藤松宇『誹諧師手鑑』（厚生閣書店　昭和5年）

天理図書館綿屋文庫俳書集成編集委員会『俳諧師手鑑』（「天理図書館綿屋文庫俳書集成第36巻」八木書店　平成12年2月）

翻刻…潁原退蔵・暉峻康隆・野間光辰『定本西鶴全集　10』（中央公論社　昭和29年12月）

好色一代男

巻一ノ一　けした所が恋のはじまり
巻四ノ二　形見の水櫛
巻五ノ一　後は様つけて呼

■解題『好色一代男』

大本八巻八冊。各巻七章（巻八のみ五章）、全五十四章。題簽「絵入／好色一代男　一（〜八）」。西吟跋。「天和二年壬戌年陽月中旬／大坂思案橋荒砥屋孫兵衛可心板」。版下は西吟。また挿絵は西鶴の自画とされる。主人公世之介の一代記という体裁を取り、社会のあらゆる階層や日本各地の遊女をめぐる好色生活を描いてゆく。すなわち、七歳で侍女に戯れたのを皮切りに、伏見撞木町の遊女を身請けするのが十一歳。十八歳で江戸へ下り、一時は上方に戻るが、やがて全国を彷徨する。三十四歳で父の死を告げられ遺産二万五千貫目を相続し、大々尽となって京都に行く。以降の巻（巻五以降）は、三都の名妓の列伝の趣を呈し、さらには地方の遊女の話も取り混ぜられる。やがて六十歳となった世之介は、遺産二千両を東山に埋め、仲間七人と好色丸と名付けた舟に乗り込み、天和二年十月の末、伊豆国から女護島目指して船出して行き方知れずになった。その文章は、口語的な文体を基調とし、様々な古典を裁ち入れたり、縁語・懸詞を使用したり、また俳諧風の文脈や擬古文的な文章を挿入するなど多彩である。その内容は当代の世相・風俗を描いているが、一方で全五十四章という構成は『源氏物語』五十四帖に由来し、また巻四ノ二などのように『伊勢物語』を踏まえた作品も存在する。つまり、西鶴は古典作品の枠組を意識することで、卑俗ともいえる当代の世相・風俗の諸相を王朝時代以来の文学的テーマである「好色」として描き出しているのである。文学史上、この作品をもって「浮世草子」の嚆矢とする。

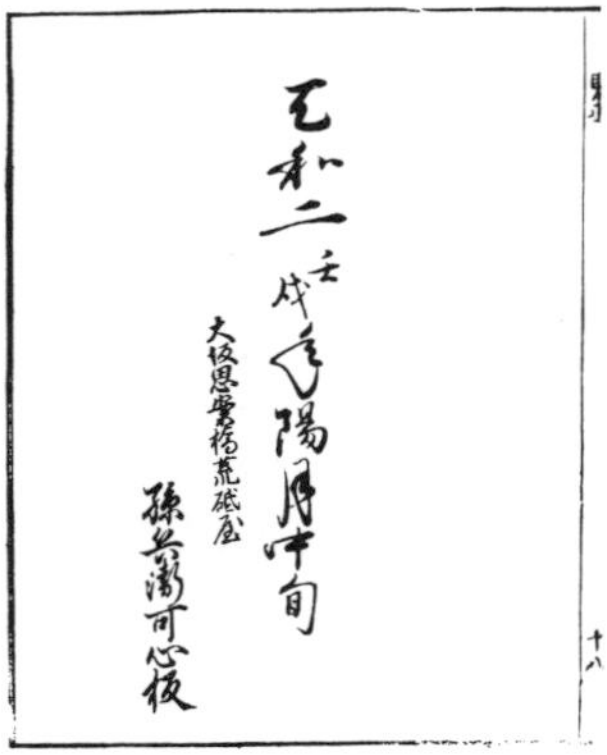

刊記

最終章挿絵

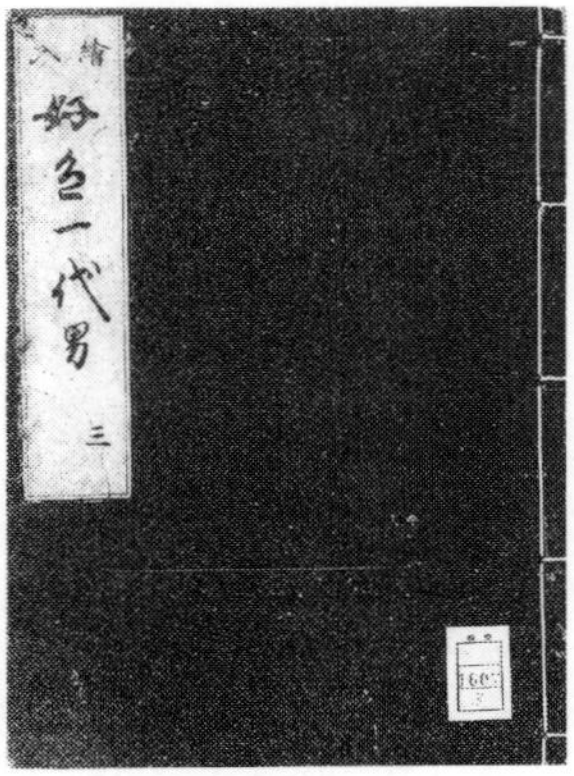

表紙

■参考文献

影印…西鶴学会『好色一代男　江戸版』（古典文庫　昭和24年10月）
前田金五郎『好色一代男　絵入』（古典文庫　昭和46年8月）
『好色一代男（江戸版）』（「近世文学資料類従　西鶴編2」勉誠社　昭和49年10月）
『好色一代男（大坂版）』（「近世文学資料類従　西鶴編1」勉誠社　昭和56年8月）
前田金五郎『好色一代男』（「笠間影印叢刊62〜65」）笠間書院　昭和57年9月〜10月）
国文学研究資料館『好色一代男』（「国文学研究資料館影印叢書第1巻」汲古書院　平成6年12月）
浅野晃『好色一代男』（「西鶴選集」おうふう　平成8年1月）
翻刻…山口剛『西鶴名作集　上』（「日本名著全集」日本名著全集刊行会　昭和4年8月）
藤井乙男『評釈江戸文学叢書　西鶴名作集』（大日本雄弁会講談社　昭和10年7月　昭和45年9月復刻）
潁原退蔵・暉峻康隆・野間光辰『定本西鶴全集　1』（中央公論社　昭和26年8月）
横山重『好色一代男』（岩波文庫　昭和30年5月）
暉峻康隆『好色一代男』（角川文庫　昭和31年3月）
麻生磯次他『西鶴集　上』（「日本古典文学大系47」岩波書店　昭和32年11月）
暉峻康隆・東明雅『井原西鶴集　一』（「日本古典文学全集38」小学館　昭和46年3月）
前田金五郎『好色一代男全注釈　上・下巻』（「日本古典評釈・全注釈叢書」角川書店　昭和55年2月・昭和56年1月）
松田修『好色一代男』（「新潮日本古典集成」新潮社　昭和57年2月）
浅野晃『好色一代男』（桜楓社　昭和59年4月）
麻生磯次・冨士昭雄『好色一代男』（「決定版対訳西鶴全集1」明治書院　平成4年4月）
浅野晃『好色一代男』（「西鶴選集」おうふう　平成8年1月）
暉峻康隆・東明雅『井原西鶴集　一』（「新編日本古典文学全集66」小学館　平成8年4月）
新編西鶴全集編集委員会『新編西鶴全集　1』（勉誠出版　平成12年2月）

▼巻一目録

○けした所が恋はじめ「けした所」は本文中で腰元の手燭を消したことを指す。副題の「こしもとに心ある事」で腰元に恋をしかけたことを言う。目録の形式と内容は、『湖月抄』の「源氏物語年立」に「七歳／桐壺巻／若宮御ｿ書始（フミハジメ）事」（参考図版、中段右）とあることのパロディ。本章は、子供ながら極端にませた言動を見せる世之介が登場して読者の哄笑を誘うとともに、色道に積極的な意味を与えようとする本書全体の序章的な役割を担っている。

▼巻四目録

○形見の水櫛前章「因果の関守」で、世之介は信州追分で誤って投獄され、隣の牢に投獄されていた百姓女と仲良くなる。その女は亭主を嫌って家出したため投獄されていたのだった。本章で、二人は将軍家の御法事のために解放され、手に手を取って逃げるが、途中女の一族に襲われ世之介だけが助かる。「形見の水櫛」は、その女の形見の櫛のこと。副題の「女郎に爪商ひの事」は、百姓がその女の死骸から髪や爪を上方の遊郭に売るために掘り出しているのを見てしまったことをいう。古典作品をふまえながら、当世の遊びの虚実を指摘する

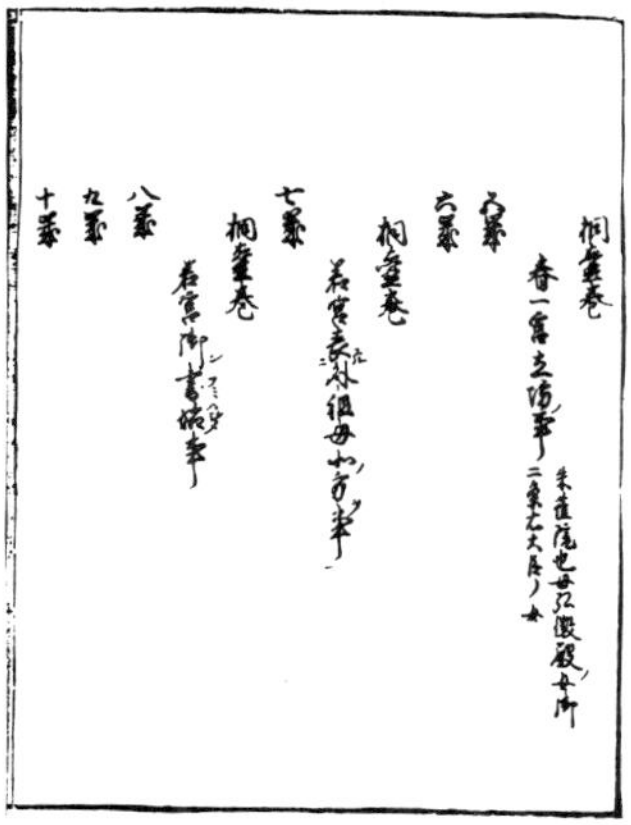

『湖月抄』年立

▼巻五目録

○後には様付てよぶ「後には奥様と呼ばれるようになった」の意。本章は父親の遺産を相続した世之介の粋人生活の幕開けにあたる章段。副題の「吉野はこんぼんの事」は「吉野は遊女の理想だ」の意。実在した遊女吉野と灰屋紹益の逸話をふまえ、前半では情が第一という精神美、後半では諸芸に達した吉野の外的美点を賛美している。本章以降、世之介は、登場するそれぞれの遊女を礼賛する脇役的な役回りを演じることが多くなる。

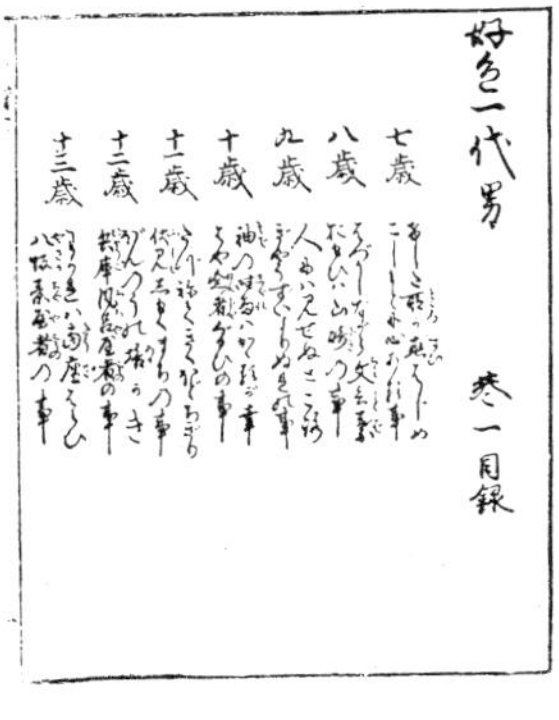

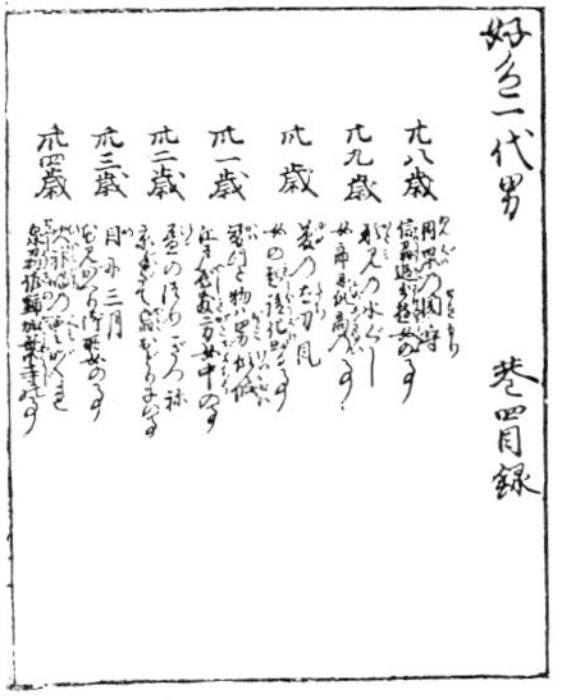

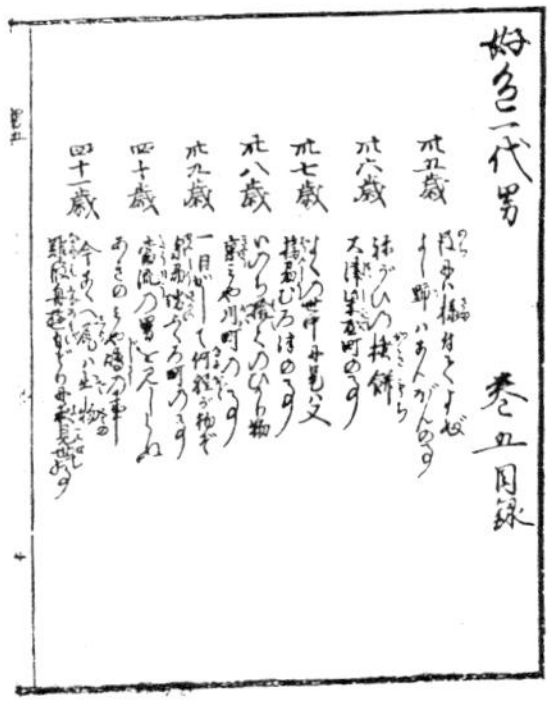

巻一ノ一

○桜もちるに歎き月はかぎりありて入佐山桜や月といった伝統的な風雅の世界を説くのではなく、色道という人間的な色欲・愛欲の世界について語るのだという、本書にとっての序になっている。入佐山は但馬国の歌枕。「いる」は掛詞。**○かねほる里**但馬国生野銀山。**○色道ふたつ**女色と男色の二道。**○かえ名**替名。遊里での渾名。**○名古や三左**名古屋三左衛門。初め蒲生氏郷、後に森忠政に仕えるが、慶長九年五月、同輩井戸宇右衛門と闘死。美貌をもって知られた。**○加賀の八**一万石領した武将、加賀江弥八郎か。慶長八年四月横死。**○七つ紋**両袖の表裏、背、両襟の七箇所に付けた菱の紋。なお、三左・八・七つ紋と数を並べている。**○戻り橋**京の一条堀川にかけた橋。「島原で遊んで深夜に戻る」という意と橋の名とを掛けた。**○若衆出立**前髪を伸ばし振り袖を着た若衆の姿。**○墨染の長袖**僧侶の服装。**○たて髪**立髪。月代を伸ばした髪型。『色道大鏡』に「月代は立髪を第一とす」とする伊達風俗。浪人や任侠が好んだ。**○化物**『太平記』には、戻り橋の上で渡辺綱が鬼女の腕を切ったという挿話を載せる。**○彦七**大森彦七。足利尊氏の臣。伊予国金蓮寺で鬼女を退治したという伝説がある。化物の縁語。**○咀ころされても**女性を溺愛する意の慣用語。文字どおり「鬼女に咀ころされても」の意と「遊女に咀ころされても」の意を掛ける。**○なを見捨難くて**（遊女の方でも）やはり見捨てがたくなって。**○かづらきかほる三夕**遊女の名。葛城・三夕は『色道大鏡』・『露殿物語』などに見える六条三筋町時代の太夫の名。京の遊郭は寛永十七年（一六四〇）に六条三筋町から島原に移転するが、薫は移転後の正保四年（一六四七）に太夫になった遊女の名である。**○嵯峨**京の北郊。貴族や金持ちの別荘が多かった。**○藤の森**伏見藤の森。宇治の御香の宮の北六七丁にある。

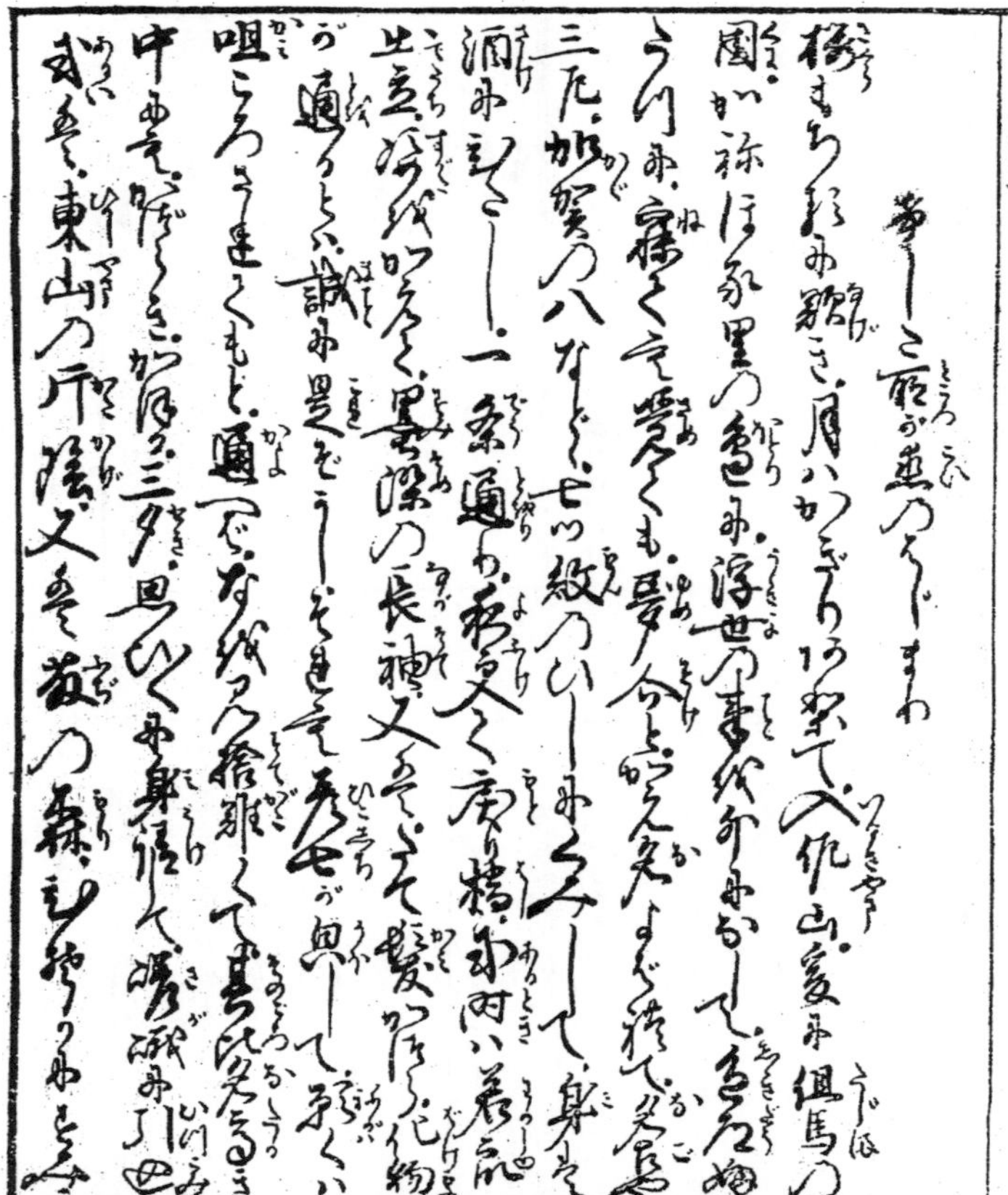
巻一

けした所《ところ》が恋《こひ》のはじまり
桜《さくら》もちるに歎《なげ》き月はかぎりありて入佐山《いるさやま》爰に但馬《たじま》の
国かねほる里の辺に浮世《うきよ》の事を外になして色道《しきだう》
ふたつに寝《ね》ても覚《さめ》ても夢介《ゆめすけ》と替名《かへな》よばれて名古や
三左加賀《かゞ》の八などと七つ紋《もん》のひしにくみして身は
酒にひたし一条通《どをり》夜更《よふけ》て戻り橋或時《あるとき》は若衆《わかしゆ》
出立《でたち》姿《すがた》をかへて墨染《すみぞめ》の長袖又はたて髪《がみ》かづら
化物《ばけもの》が通るとは誠にこれぞかしそれも彦七《ひこしち》が顔して願《ねがは》くは
咀《かみ》ころされてもと通《かよ》へばなほ見捨難《みすてがた》くて其比《そのころ》名高き
中にもかづらき・かほる・三夕《さんせき》思ひ〳〵に身請《みうけ》して嵯峨《さが》に引込《ひきこみ》或は
東山の片陰《かたかげ》又は藤《ふぢ》の森ひそかにすみなして

○此うちのこの三人の遊女の内の。**○世之介**仮名草子『うらみのすけ』（古活字本）の登場人物である色好みの五人男の一人「夢の浮世の介」に因むか。親の「夢介」も同じ。巻一の四に「浮世の介」とある。**○あらはに書しるす迄もなしる人はしるぞかし**「はっきり書くまでもない。知る人はすでにご存知のはずである」の意。**○ふたりの**夢介夫婦の。**○てうちく**「てうち（手打）てうち」とあやして幼児に手を打ち合わさせる遊び。**○髪振**幼児に頭を左右に振らせる遊び。**○髪置**男女とも三、四歳の十一月十五日に蓄髪の祝儀を行った。**○はかま着**男子五歳または七歳の吉日に行う、初めて袴を着用する祝儀。**○疱瘡の神いのれば**幼児が疱瘡に罹ると、上方では住吉大明神、京都の祇園牛頭天王、河内の岸田堂観音などに平癒を祈った。当時、「疱瘡は命定め、痘疹《いも》は眉目《みめ》定め」（『譬喩尽』）といわれ子育ての悩みの種だった。**○七歳の**『源氏物語』の桐壺巻に「七つになりたまへば、読書始などせさせたまひて、世にしられず聡うかしこくおはすれば」とあるのをふまえた。**○かけがねの響**障子の掛金（戸締り用の金具）を開ける音。**○宿直**貴人の寝所に奉仕すること。世之介には侍女が徹夜で付き添っているのである。**○さし心得て**「すぐに心得て」の意。**○手燭**長い柄付きの燭台。**○ひかし北の家陰**東北の隅。その家の鬼門にあたる所。縁起をかついで南天（難転）を植えた。**○敷松葉**雪隠に敷いた松葉か。**○しと**小便。**○お手水のぬれ縁ひしぎ竹のあらけなきにかな釘のかしらも御こゝろもとなく**「手水を使う濡縁のひしぎ竹がささくれ立っており、釘の頭でも出ていたらと心配で」の意。

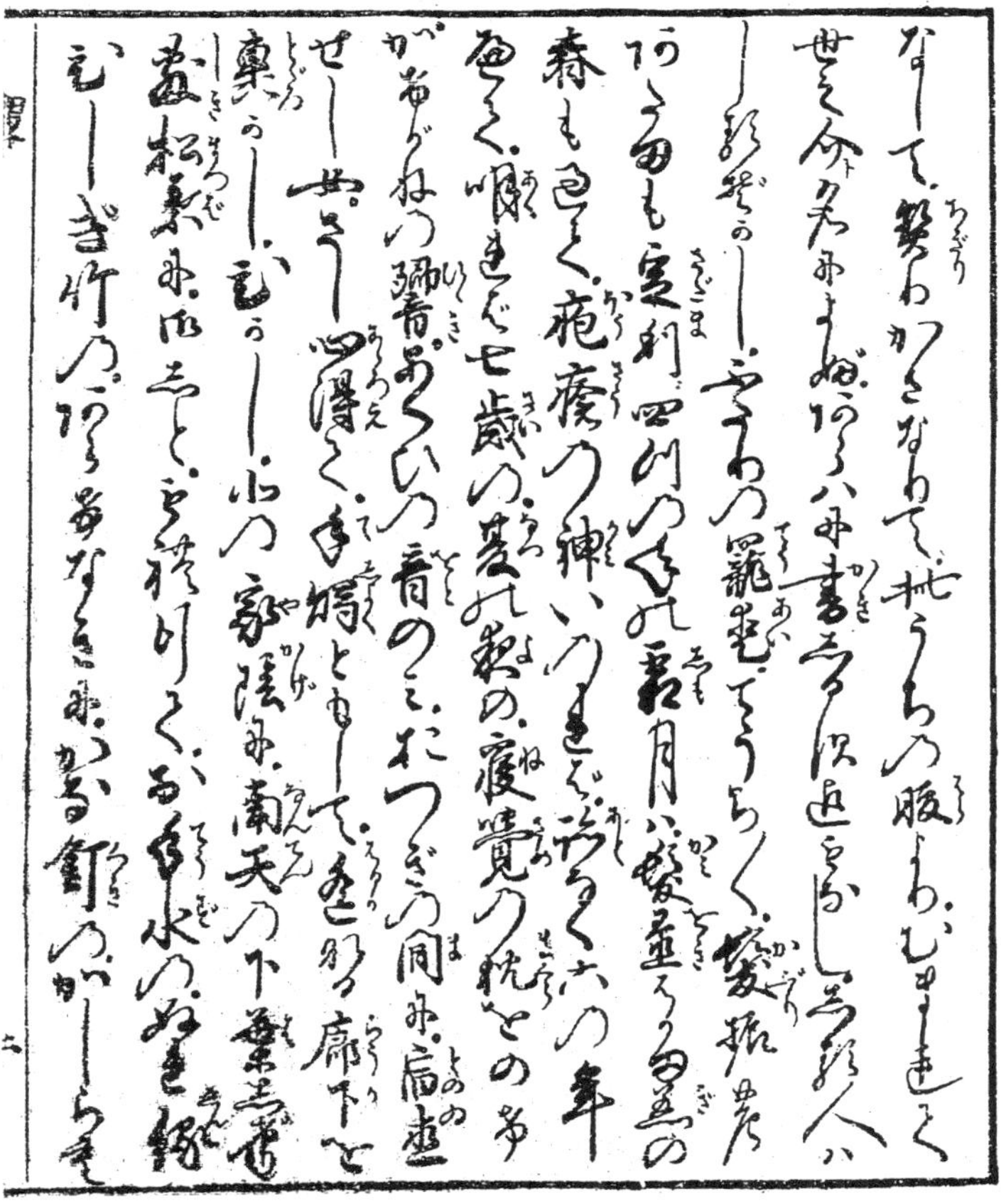
なして、契《ちぎり》かさなりて、此うちの腹《はら》よりむまれて
世之介と名によぶ。あらはに書《かき》しるす迄もなし。しる人ハ
しるぞかし。ふたりの寵愛《てうあい》てうちてうち、髪振《かみふり》の
あたまも定《さだま》り、四つの年の霜月ハ髪置《かみおき》、はかま着の
春も過て、疱瘡《はうさう》の神いのれば跡なく、六の年
へて明れば七歳《さい》の夏の夜の寝覚《ねざめ》の枕をのけ、
かけがねの響《ひゞき》あくびの音《をと》のみ。おつぎの間に宿直《とのゐ》せし
女、さし心得《こゝろえ》て、手燭《てしよく》ともして遥なる廊下《らうか》を
轟《とゞろ》かし、ひがし北の家陰《やかげ》に、南天《なんてん》の下葉しげりて、
敷松葉《しきまつば》に御しともれて、手水《てうづ》のぬれ縁《えん》
ひしぎ竹のあらけなきにかな釘《くぎ》のかしらも

○かく奉るをこのようにして差し上げているのに。**○いかにして闇がりなしてはと**どうして暗くしてしまってはと。**○恋は闇**本来は、「恋は人を盲目にする」という意の慣用句。**○御まもりわきさし**お守り脇差し。護身用の鍔無しの脇差し。当時は女性も携え、とくに身分の高い人は従者に携行させた。**○乳母はいぬかと仰らるゝこそおかし**乳母は母に代わって乳を与えたり、養育にあたったりする女性。当時、身分のある人は子供の養育を、しかるべき乳母に任せた。ここは、侍女に対し子供らしからぬ行動をとる世之介が、一方でまだ乳母を怖がる子供っぽさを見せるところが可笑しいのである。**○是をたとへてあまの浮橋のもとまだ本の事もさだまらずしてはや御こゝろさしは通ひ侍るとつゝまず奥さまに申て御よろこびのはしめ成べし**「これをたとえてみれば、天の浮橋のもとでまだ交わりをご存知なかった二柱の御神のようなもので、生理的な条件はととのっていないのに気持ちだけは目覚めているのである。以上をつつまず奥様に申し上げたが、奥様も世の介のこうした話は初めてなので、さぞお喜びのことであろう」の意。「あまの浮橋のもと」は、イザナギ・イザナミの男女両神が鶺鴒の尾の動きを見て交合の道を知ったという故事をふまえる。**○次第に事つのり**「性への衝動がしだいに烈しくなっていって」の意。

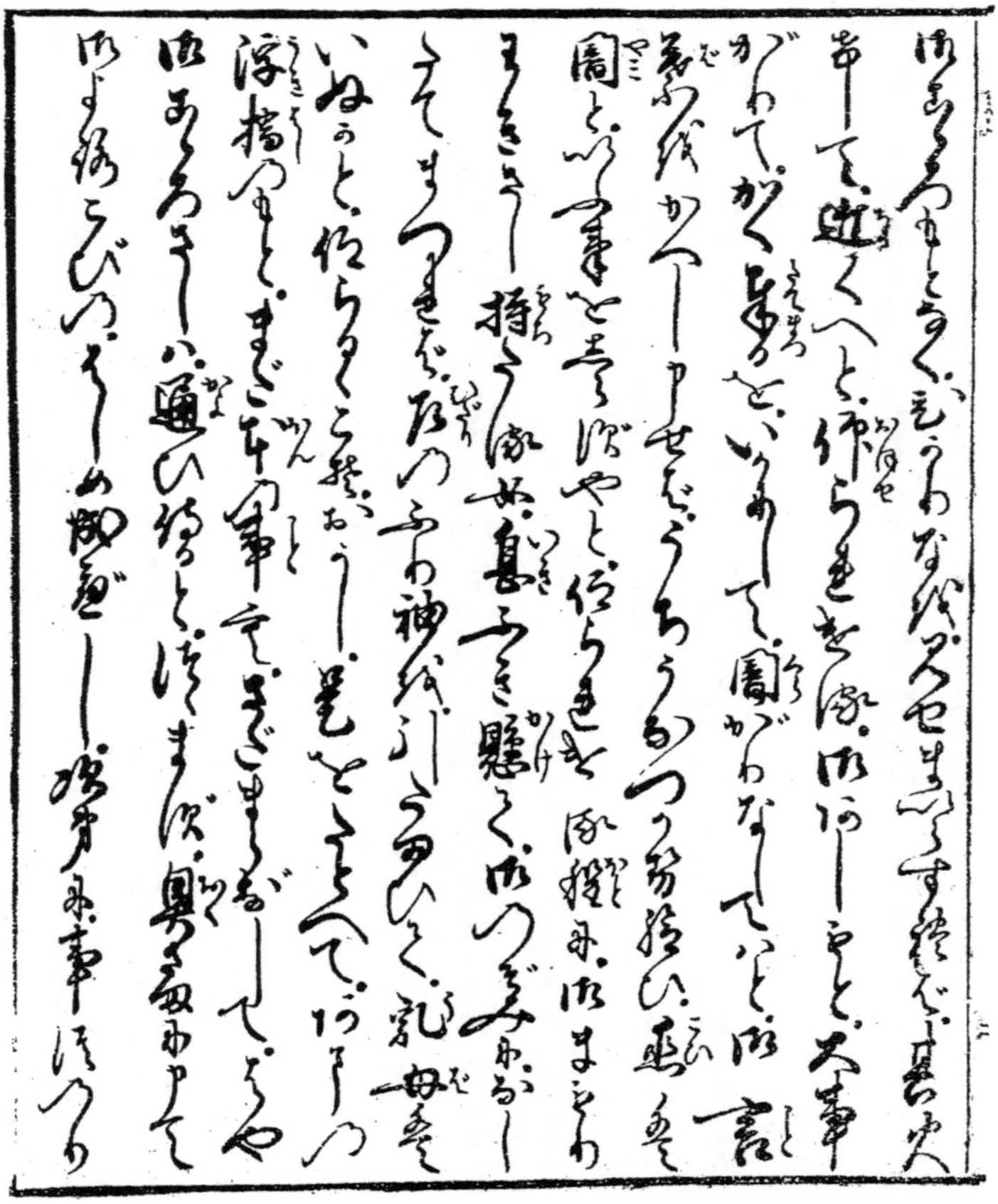

○姿絵美人画。**○おほくは文車もみくるしう**『徒然草』七十二段「多くて見苦しからぬは文車のふみ」をもじる。**○菊の間**自分の居間であろう。**○関すえらるゝ**出入りを厳重にする。**○おり居**折り紙細工。**○比翼の鳥**雌雄一体で一翼一目一足の想像上の鳥。男女の愛の深いことに喩える。**○連理**連理の枝。一根にして雌雄の二樹を生じ、枝脈が相連なるもの。やはり男女の愛の深いことに喩える。白楽天の「長恨歌」に「在天願作比翼鳥　在地願為連理枝（天ニ在リテハ願クハ比翼ノ鳥トナリ、地ニ在リテハ願クハ連理ノ枝ト為ラント）」とある。なお、「長恨歌」に構想を借りたともいわれる『源氏物語』桐壺巻にも「羽を並べ枝を交わす」などの表現がある。**○我**二人称。汝。お前。**○ふどし**ふんどし。男子は七歳で褌のかき初めをする。母の実家などから贈られた桃色の褌を使う。**○へうぶきやう**兵部卿。香の名。絹の匂い袋に入れて懐中する。**○袖に焼かけ**衣服には香をたきしめて、**○いたづらなる**色っぽい。気どった。**○よせい**余情。風情。様子。**○烏賊**凧。**○雲に懸はし**及ばぬことの喩え。

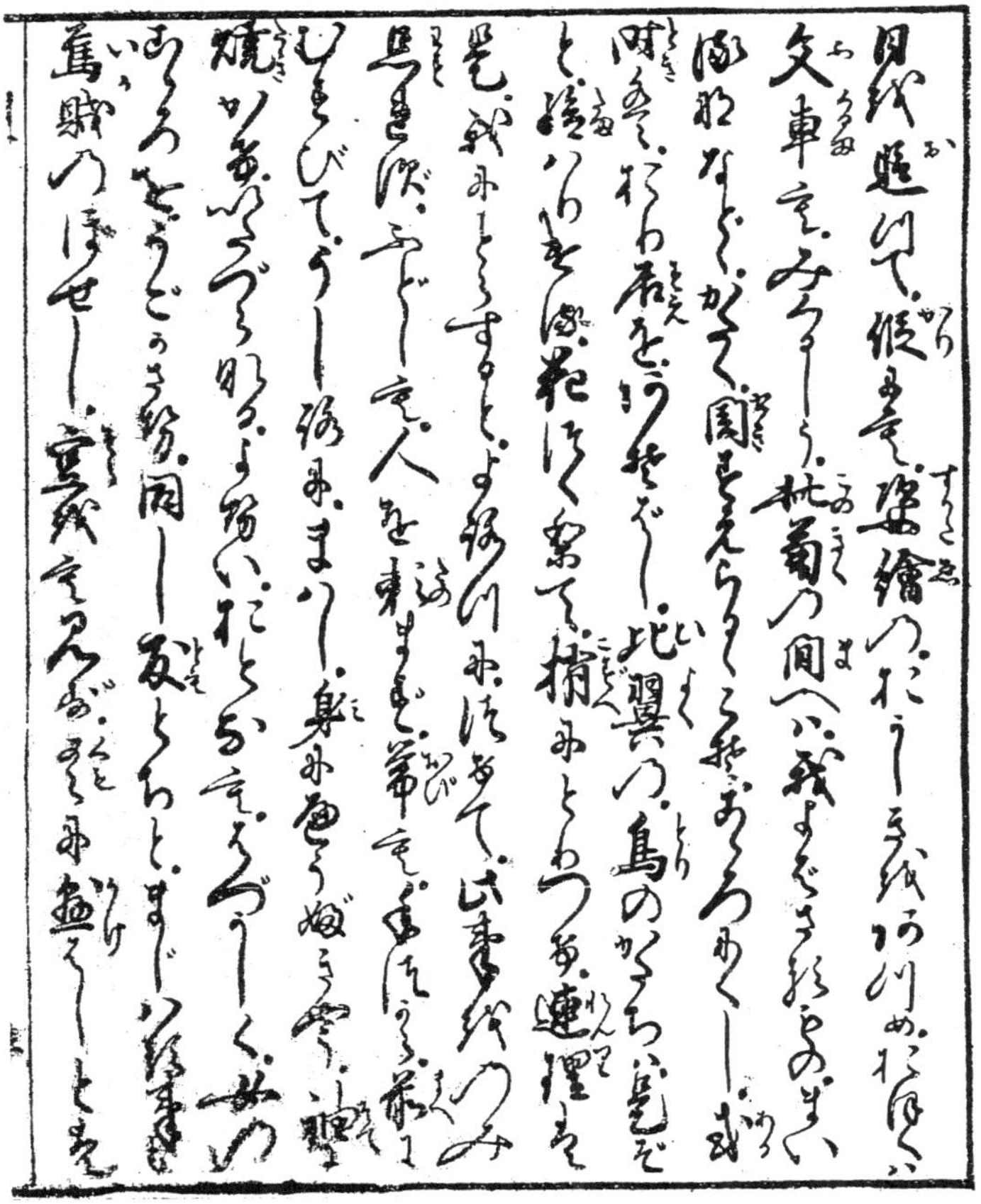

○**流星人**夜這人。流星を夜這星という。○**一年に一夜のほし**牽牛・織女の二星。○**こゝろと恋に責られ**我とわが心から恋に煩悶して。○**五十四歳**本来は六十歳とあるべきところ。七歳から六十歳の女護が島渡りまで、五十四年五十四章(『源氏物語』に由来)。ここで五十四歳と書いてしまうと、一歳から起算していることになってしまう。○**三千七百四十二人**在原業平が生涯に戯れた女性の数について、お伽草子などにさまざまな俗説があったことをふまえる。『磯崎』には三千七百三十余人、『花鳥風月』には三千三百三十三人、『和歌知顕集』(三条西家本)には三千七百三十三人とする。○**少人**美少年・若衆。男色の対象。○**手日記**手控え程度の日記。○**井筒によりてうないこより已来**謡曲「井筒」に「井筒によりてうなゐ子の、友だち語らひて互に影を水鏡」とあるのによる。「井筒」は『伊勢物語』に拠った謡曲。「うなゐ子」はえり首の所で髪を切り揃えて垂らした幼児。○**腎水**精液。当時精液は腎臓で作られると考えられていた。○**さても命はある物か**「歎きながらも月日を送る、さても命はあるものを」(『新町当世なげぶし』)による。

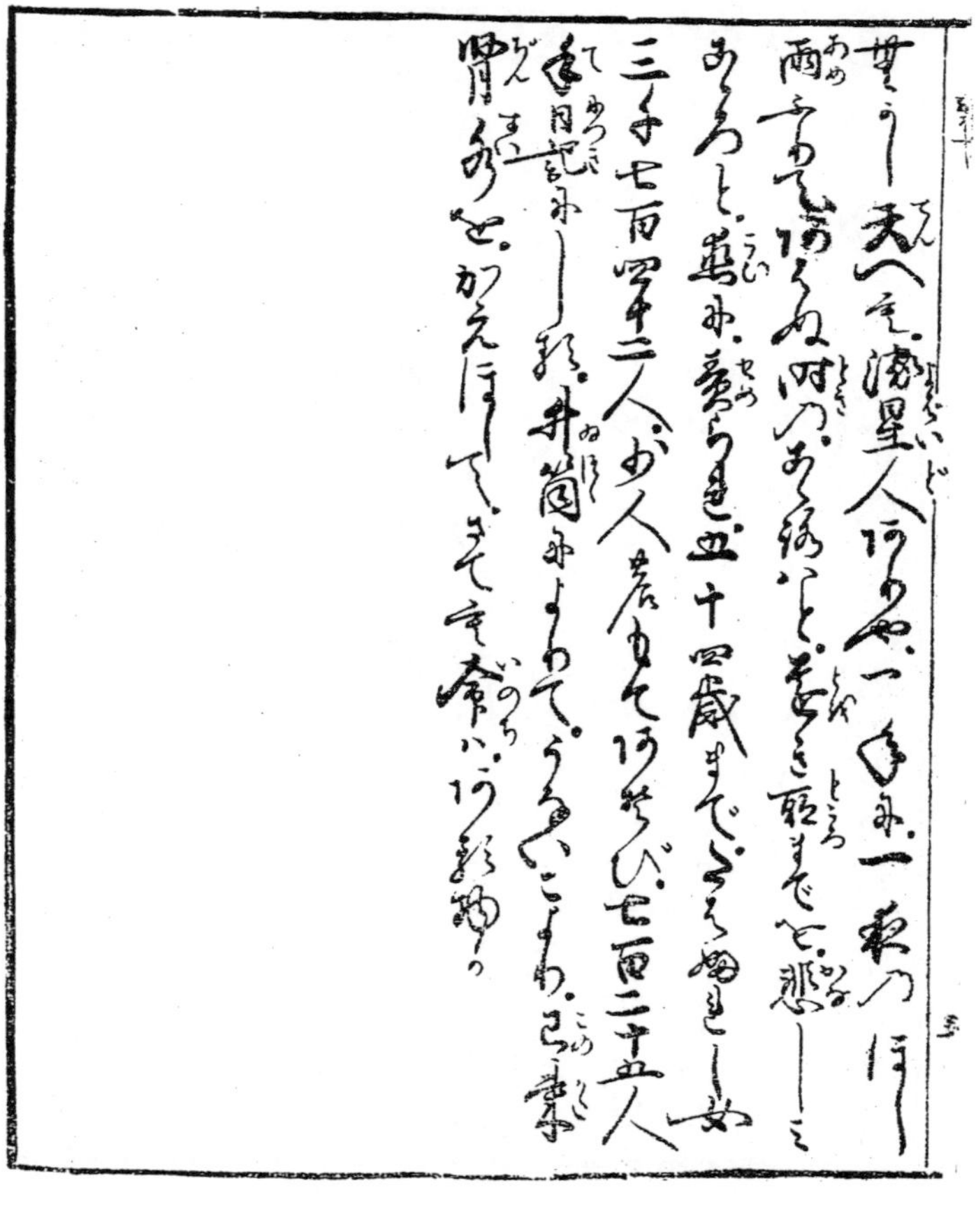

〈挿絵解説〉

長廊下を、世之介が腰元を従えて便所に行く光景。本章は『源氏物語』の枠組を借りて構想されているため、世之介はあたかも身分高貴な人物である如くに書かれていた。挿絵はその気分をうけて、下髪（垂髪の根を頭頂で結ったもので、公家や武家の奥向きの女性の髪型）の腰元や立派な廊下など、やはり御殿風に描いている。先導する腰元が持っているのが手燭。後に続く腰元が持っているのが守り脇差しである。

※補説

本章を発端として、しだいに世之介はその行動をエスカレートさせてゆく。はじめのうちは、手習い師匠に恋文の代筆を依頼したり（巻一ノ二）、女性の行水を覗き見したり（巻一ノ三）といったことであったが、十一歳のときには伏見撞木町の遊女を身請けするなど本格的な色道修行を積み、やがて諸国を彷徨するようになる。その足跡は九州中津・佐渡・酒田・鹿島・水戸・仙台・塩竈・信州追分・最上寒河江など広範囲な地域に及ぶ。つぎに取り上げる「形見の水櫛」（巻四ノ二）は、そうした全国的彷徨中の一挿話である。

巻四ノ二

○水櫛目の荒い櫛で、水に浸して髪を梳くのに用いる。**○御法事**将軍家の御法事。**○篭ばらひ**恩赦。日光や寛永寺などで将軍家の法事があるときには、比較的罪の軽い囚人の赦免がおこなわれた。前章「因果の関守」で、世之介は信州追分で誤って投獄され、隣の牢に投獄されていた百姓女と仲良くなる。その女は亭主を嫌って家出したために投獄されていたのだが、本章では将軍家の御法事のために解放され、二人は手に手を取って逃げるのである。**○筑磨川**千曲川。信濃川の上流。なお、この段は『伊勢物語』第六段の「芥川」が踏まえられている。**○くず屋**藁葺き・菅葺きの家。**○味噌玉**味噌を団子状にして藁苞で包み、縄で軒先などに吊しておくもの。二、三年かけて熟成させ、必要なときに擂って使う。なお、『伊勢物語』第六段には「白玉か何ぞと人の問ひし時露と答へて消なましものを」とあるのを踏まえる。**○麓引捨し柴積車**麓に引き捨ててあった柴積車。柴積車は柴を積んだ車。柴車とも。**○椎の葉に**『万葉集』巻二、有馬皇子「家にあれば笥に盛る飯を草枕旅にしあれば椎の葉に盛る」を踏まえる。**○手もり**自分で盛りつけること。**○茄子香の物**茄子の漬け物。「香」の振り仮名「がう」は「ごう」の誤刻か。**○こゝろの急ぐ道の程**心急ぎに帰る途中。**○竹のとがり鑓**竹を斜めに切り、先端を尖らせたもの。**○鹿おどしの弓**鹿を田畑から追い払うための弓。**○山拐**山仕事に使用する天秤棒。尖らせた両端に荷物を突き刺して肩に担ぐ。**○だいたんなる女め**ずうずうしい女め。**○宿**家。

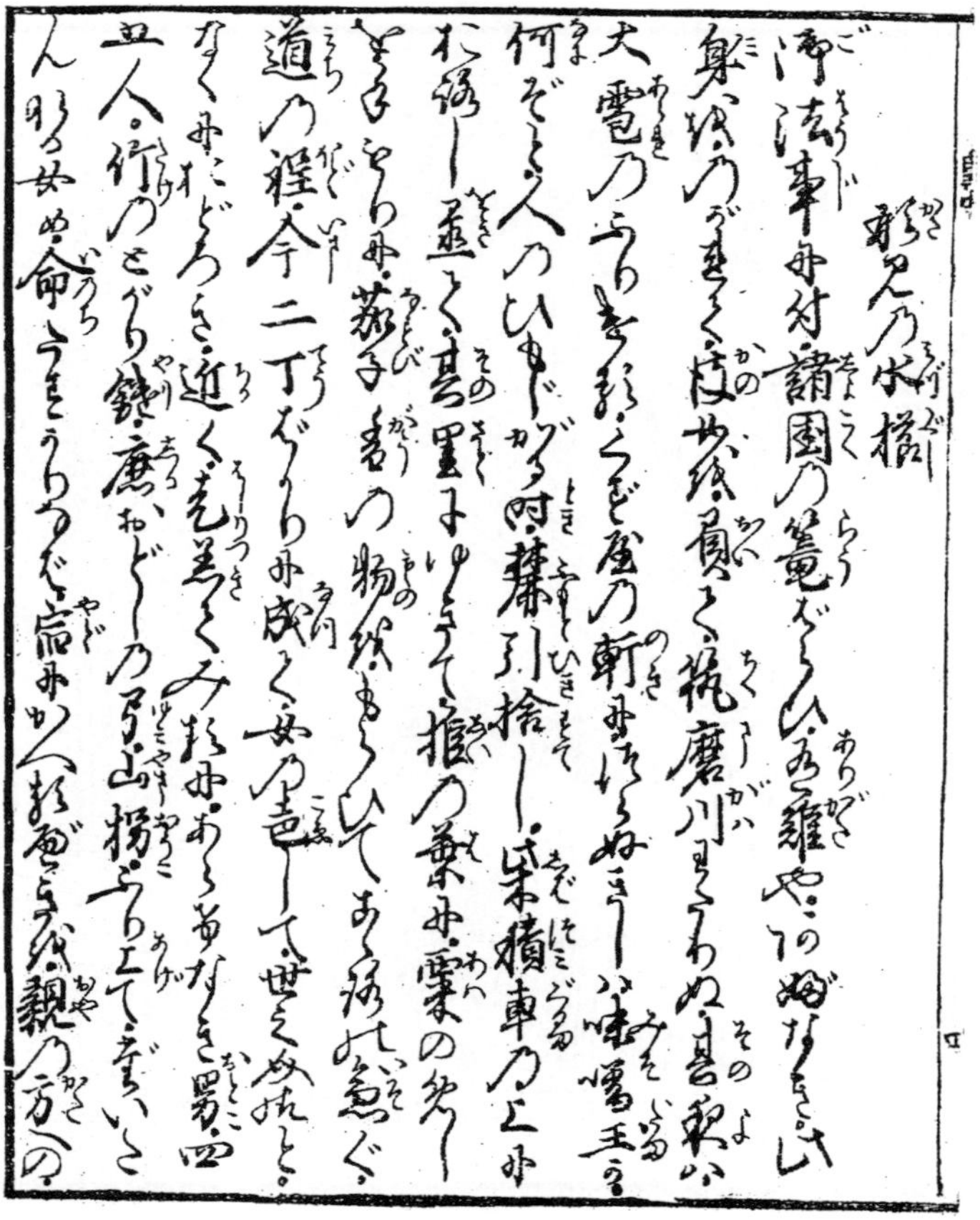

〇兄弟にもかゝる難義当時、人妻が駆け落ちなど不義密通を犯した場合には、その親や兄弟にも連帯責任があった。**〇ぐろ**叢。**〇とうとい所**尊い所。あの世。極楽。**〇誠の気**正気。**〇車はありし人の寝すがた**車だけがあって先ほどの女の寝姿を髣髴とさせる。**〇枕をはじめ**はじめて枕を交わすこと。新枕。新婚。**〇天にあらばお月さま地にあらば丸雪を玉の床と定め**白楽天の「長恨歌」に「在天願作比翼鳥　在地願為連理枝（天ニ在リテハ願クハ比翼ノ鳥トナリ、地ニ在リテハ願クハ連理ノ枝ト為ラント）」とあるのを踏まえる。**〇玉の床**「床」の美称。金殿玉楼。「玉」は「丸雪（霰）」の縁語。

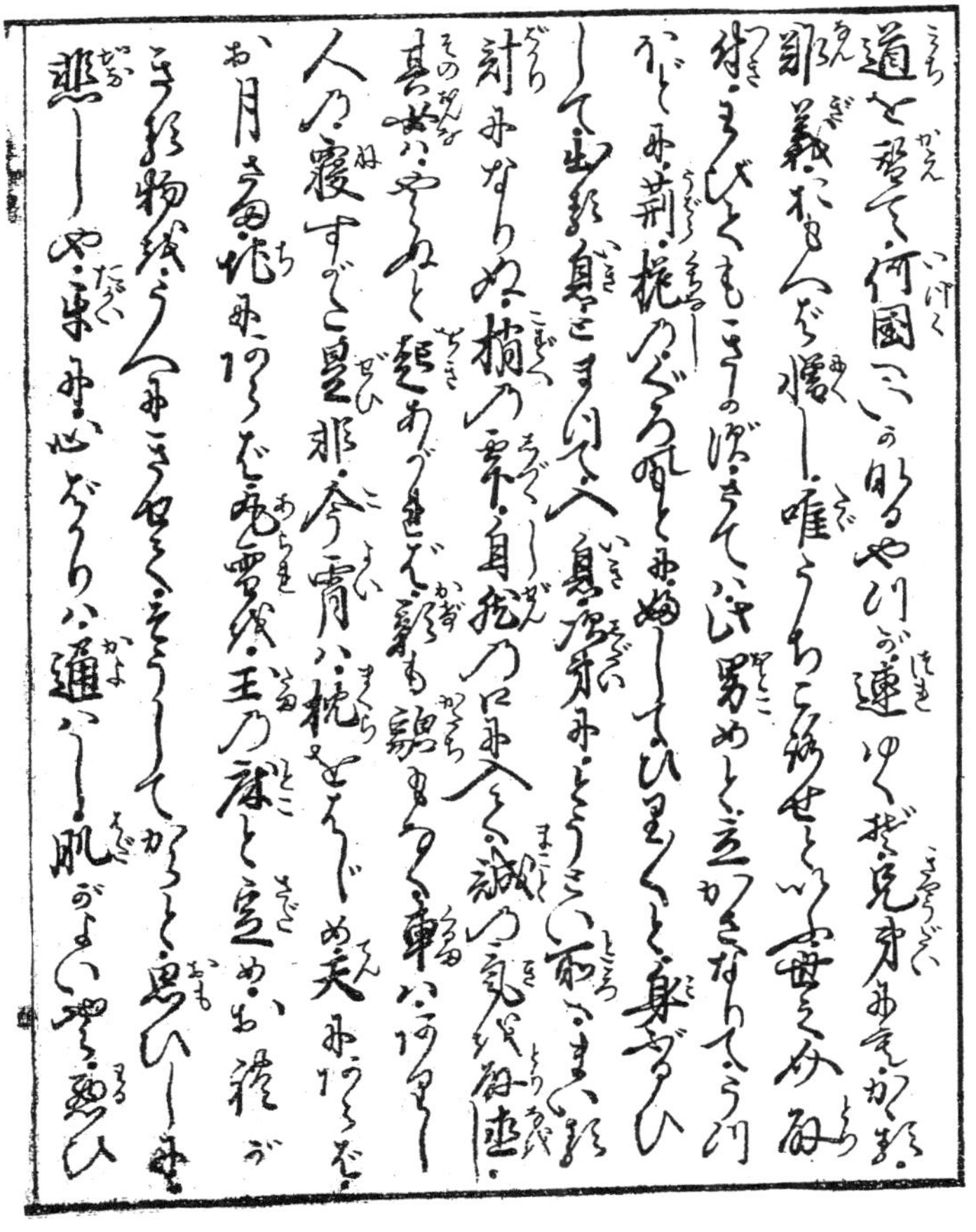

○落てげり落てけりの連濁。**○辻占**黄楊の櫛を持って辻に立ち、道祖神に祈って自分の願いが叶うかどうか占うもの。最初にその辻を通りかかった人の言葉によって吉凶を占う。黄楊の櫛を持つのは「黄楊」を「告げ」に取りなす俗信という。**○きく事もがな**聞きたいことだ。**○岨**険しい崖道。**○さてももろき命かな雄が歎ふといふ**「きく事もがな」と思った辻占の答となる。後の展開への伏線。**○身に引きあてゝ**身につまされて。**○野を家となして**野宿をして。**○霜月廿九の夜おのづとこゝろの闇路をたどり**十一月二十九日の闇夜に、自然と心も暗い気持ちになって夜道をたどると。太陰暦であるから、二十九日は闇夜である。**○いかなる人か世をさり惜まるゝ身も有ぬべし**どんな人が亡くなったのだろうか。その中には惜しまれた人もあったろう。**○竹立てちいさき石塔なをあはれなり**十数本の竹の上部で束ね、その下方を円形に開いて墓に被せたもの。狼弾《はじ》き・犬弾き・猪弾き・弾き竹などという。挿絵を参照。「竹をたてた小さな石塔は、（小児の新墓であるから、）なおいっそう哀れを感じることだ」。**○疱瘡**天然痘。**○疳**子供の病気で脾疳（消化器障害）やひきつけなどの症状をいう。疳の虫。**○母に思ひをさせしもと**母親に悲しい思いをさせた子もあるのだろうと。

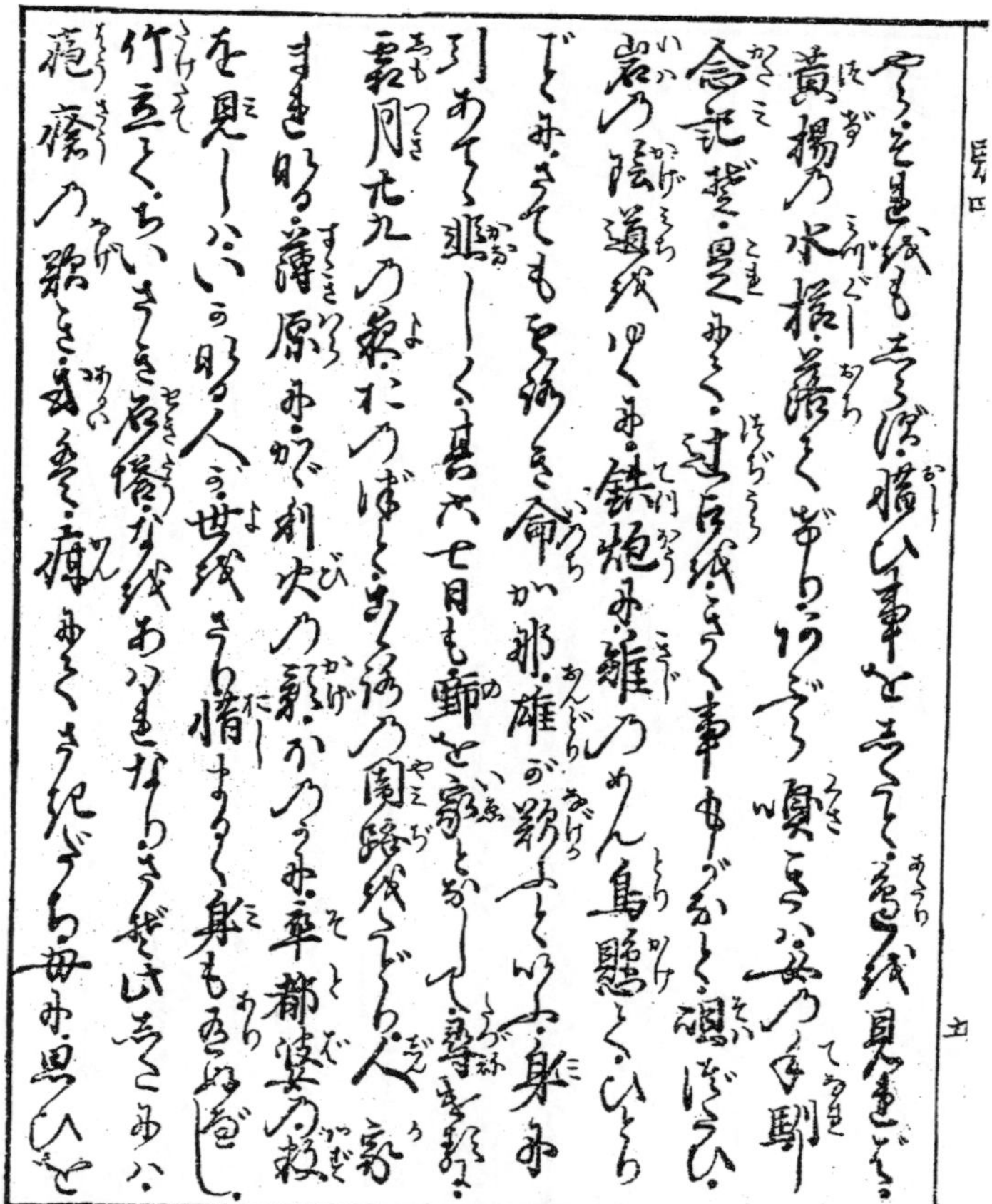

〇せんだん梅檀。楝（おうち）の俗称。火葬の際に使用したという。**〇こゝろの程のすごくなりぬ**心がぞっとして、もの恐ろしく感じられた。以下、『今昔物語集』巻二十九「羅生門にて上層に登り死人を見る盗人の物語」を踏まえる。**〇後とはいはじ**「この場で片を付けてやる」、「この場で斬り殺してやる」の意。**〇反を返して**刀の鞘の反《そり》を上向きにして、いまにも刀を抜かんばかりの姿勢をとること。**〇月日をおくりかね**生活に困って毎日の暮らしがなりたたず。**〇さまくのこゝろに成て**さまざまに迷い、悪心を起こして。**〇上方の傾城町**京都の島原、大坂の新町など。**〇求てこれを何にする**「遊女たちはそんなものを買い求めて何に使うのか」の意。**〇女郎の心中**遊女が馴染みの客に対し実意があることを示すため、髪を切ったり、爪をはがすなどして相手に贈ることを心中立てといった。他に、指切り、血書、煙管焼きなどの手段があった。**〇さき**先方。遊女の相手である客。**〇本のは**本物の自分の髪や爪は。**〇手くだの男**「手くだ（管）」は遊女が客と接する際の駆け引き。手練手管。「手くだの男」は、客の目を盗んで会う男。情夫。間夫。

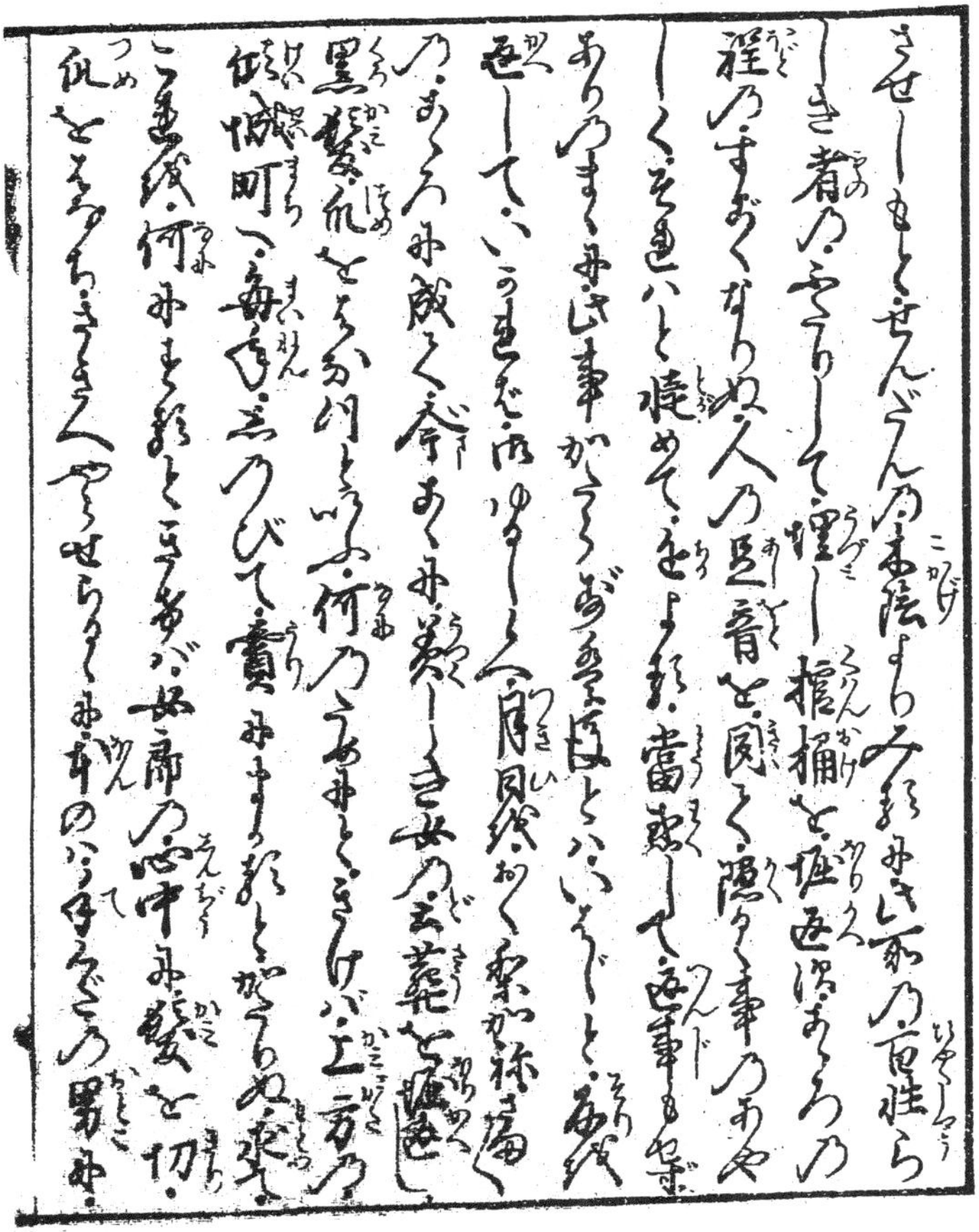

○**大臣**大金持ち。豪遊する客。○**五人も七人も**五人でも七人でも。○**きさまゆへにきる**貴方様のために（髪・爪を）切りました。○**文**手紙。○**もとより人に隠す事なれば**もともとこんなことは人には隠すことだ（公言することではない）から。○**かゝるうきめ**このようなつらい目。○**連てのかずば**「連れて立ち退かなければ」、「連れて逃げなければ」の意。○**不思議や此女**「不思議なことに、この女は」の意。謡曲「紅葉狩」に「不思議や今までありつる女、不思議や今までありつる女、とりどり化生の姿を現はし、…眼は日月、面を向くべきやうぞなき」とあるのによったか。○**本のごとく成ぬ**もとの死相に戻った。○**一期**一生。○**分別所也**思案のしどころである。

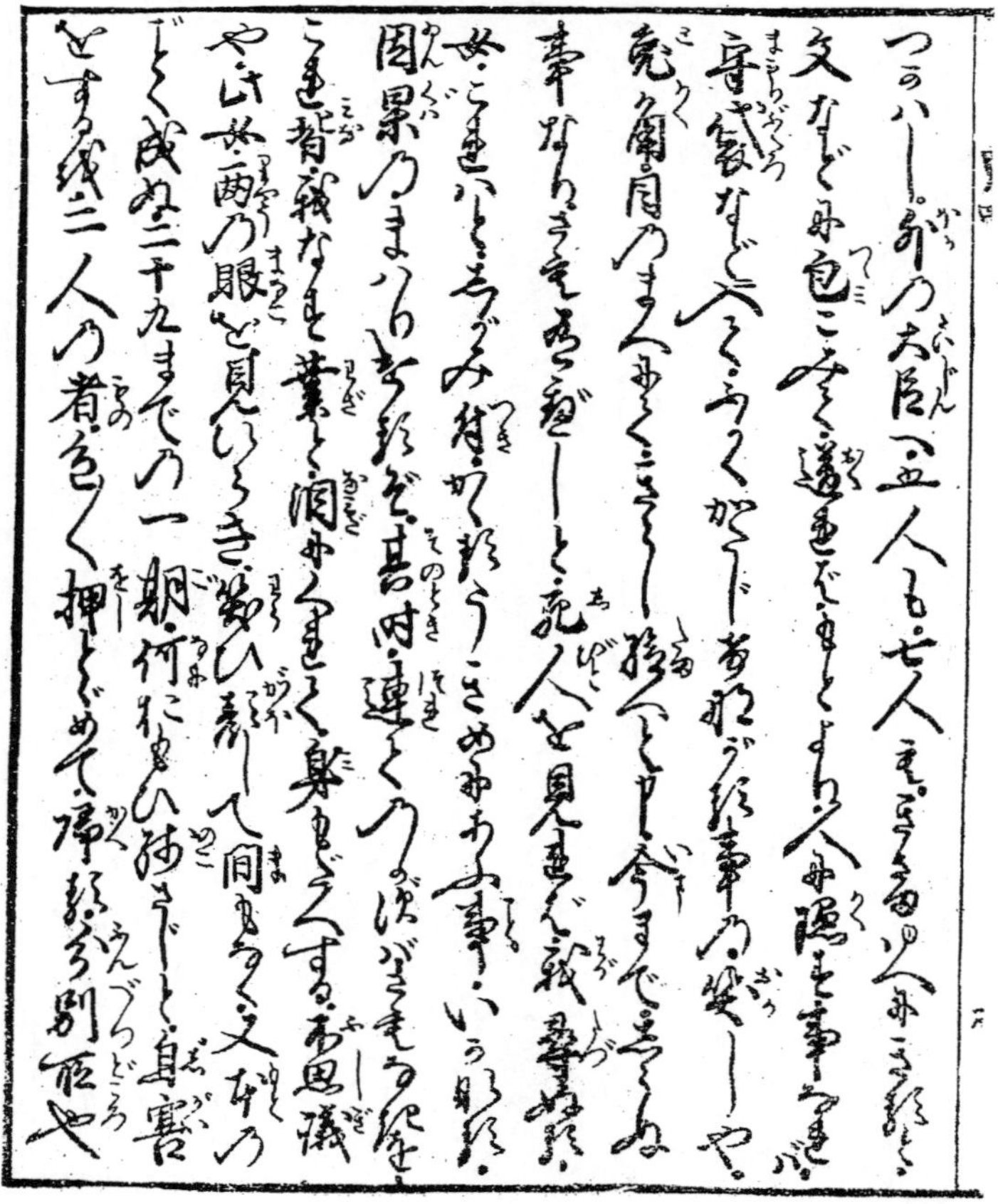

〈挿絵解説〉

画面中央の棺桶に入っているのが、世之介と駆け落ちしようとした女。左の二人の百姓が墓地を掘り起こしたところを、右から世之介が脇差しの反を返した格好で咎めている場面である。本文中に「竹立てちいさき石塔」という言葉があったが、たしかに竹を立てた狼弾きが後景に見える。

※補説
こうして、全国を彷徨していた世之介は、三十四歳のときに父の死を告げられ、遺産二万五千貫目を相続する。世之介は、ようやく彷徨生活にピリオドを打ち、大々尽となって京都に行く。以後（巻五以降）の巻では、三都の名妓をはじめとして、堺袋町・室津・筑前柳町・安芸宮島・長崎など地方の遊女も登場し、さながら遊女の列伝のような趣を呈する。こうした章段で、世之介は登場する遊女の脇役的な役割を果たしている。つぎに取り上げる「後は様つけて呼」（巻五ノ一）も、三筋町の遊女吉野に取材したそうした章段の一つである。

巻五ノ一

○**様つけて呼**奥様と呼ぶ。○**都をば花なき里になしにけり吉野は死手の山にうつして**灰屋紹益が吉野の死を悼んで詠んだ歌（湯浅経邦『吉野伝』所載）。「死手の山」は十王経に説く、死後初七日秦広王の庁に至る間にある険しい山。死の苦しさを山にたとえたもの。また、人名の吉野に桜の名所の吉野山をきかせる。「花のように美しかった吉野の死は、まるで桜の名所の吉野山を死手の山に移してしまったようなもので、この都を花のない里にしてしまったことだ」の意。吉野は六条三筋町林与次兵衛抱えの遊女、二代吉野太夫。禿名、林弥。本名、松田徳子。元和五年五月、十四歳で太夫に出世。才色兼備の名妓として有名であったが、寛永八年賤客を取ったため退廓し、灰屋紹益の妻となる。寛永二十年八月二十五日歿、三十八歳。紹益の随筆『にぎはひ草』に吉野の逸話が出る。紹益は通称三郎兵衛、名は重孝。本阿弥光益の子で佐野（灰屋）紹由の養子となる。元禄四年十一月歿。遊女の吉野と桜の名所の吉野を掛ける。○**駿河守金綱**未詳。○**小刀鍛冶**小刀・剃刀・鋏などをつくる鍛冶屋。○**人しれぬ我恋の関守は宵々毎の**『伊勢物語』第五段に「人知れぬ我が通ひ路の関守は宵々ごとにうちも寝ななむ」とある。○**五十三のあたい**『好色訓蒙図彙』に「今平安にしては、六条に三筋町ありて、第一の女郎を五十三匁にさだめて、五三ともいひ」とあるように、当時太夫の揚代は五十三匁であった。○**魯般が雲のよすがもなく**楚王が宋を攻めたときに、魯般に雲梯を作らせた故事が『淮南子』に見える。また、及ばぬことの喩えを「雲に梯、霞に千鳥」という。○**袖の時雨は神かけて是ばかりは偽なし**『続後拾遺和歌集』冬、藤原定家「偽りのなき世なりけり神無月たが誠よりしぐれそめけむ」。○**吹革祭**十一月八日の稲荷神社御火焼（おほたき）の日。この日、鍛冶・仏具・金銀細工などの職人は、鞴に供え物をして一日仕事を休む。また、この日は廓の紋日。○**及事のおよばざるはと身の程いと口惜と嘆く**「太

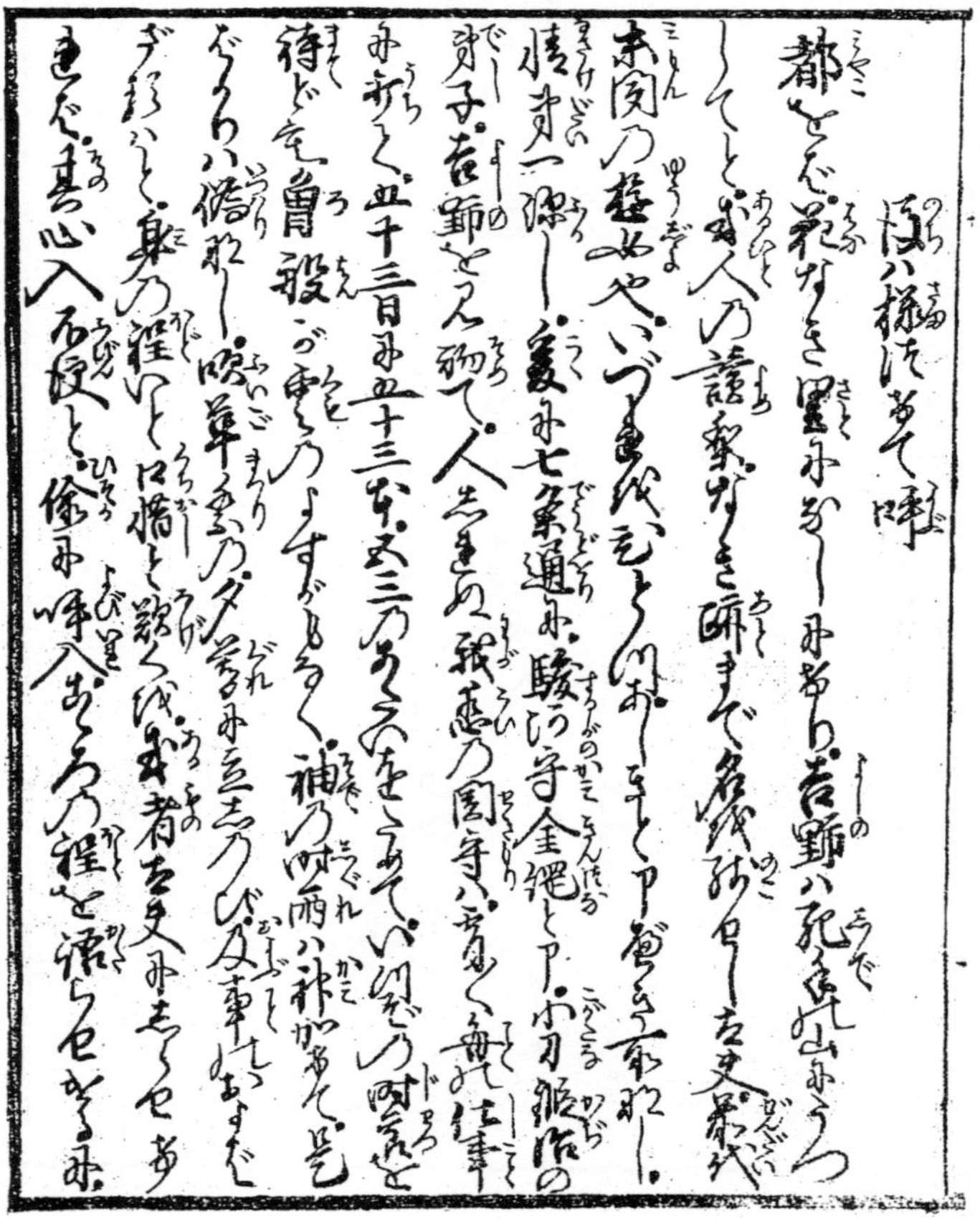

夫を揚げて遊べるだけの金は持っているのに、職人である自分にはそれがゆるされないとは悔しい」の意。当時、太夫は身分の低い職人や乞食などを客に取ってはならないとされていた。**○心入**心底。気持ち。

○うそよごれたる薄汚れた。**○いつの世にか**「いつの世に忘れることがありましょうか（けっして忘れることはありません）」の意。**○年比の願ひも是迄**「年来の願いも、これで思いが果たされました」の意。**○勝間木綿**摂津国勝間村（大阪市西成区）産の綿布。一般には好んで用いられたものであったが、太夫を揚げる程の者は絹の褌を用いるところである。**○引しめ**抱きしめ、**○此事**情交。**○さりとは**いったい。**○弱腰**腰の左右の細くくびれた部分。**○枕を定**床に入って。**○四ツの鐘**四ツ時（午後十時）を知らせる鐘。**○への字なりに**まがりなりに。「へ」が「一」を曲げて書いたような形であることからいう。**○埒明させて**結末をつけさせて、**○盃**盃事。遊女と客の約束の盃。**○揚屋よりとがめて**当時太夫は素性の賤しい者を客に取ってはならないとされていた。

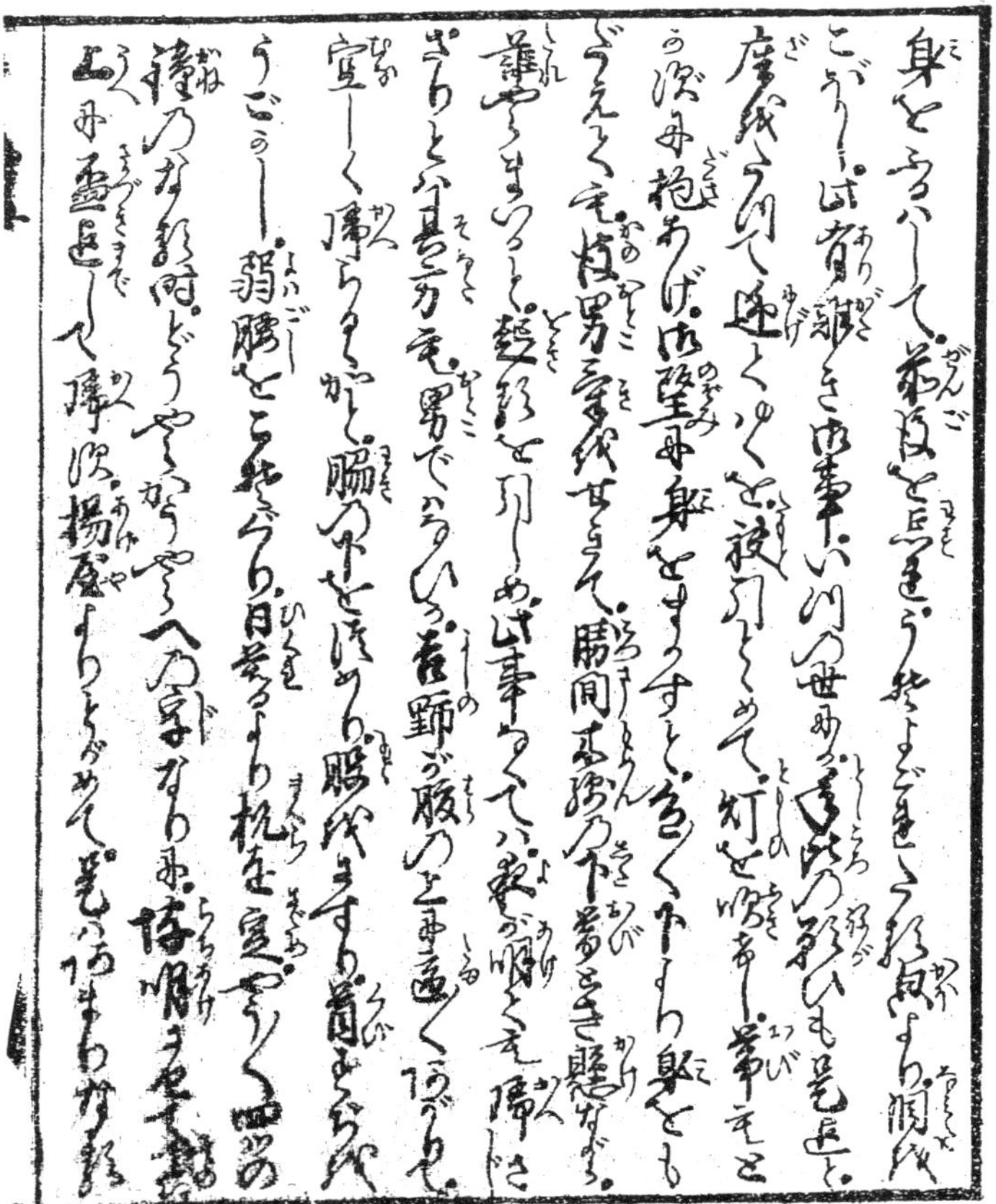

○わけ知粋人。色道の裏表をよく知っている達人。**○各の科には**「皆さんの罪にはしません」の意。**○介さま**世之介のこと。**○首尾**一部始終。**○本意**本当の姿。あるべき姿。理想。**○揉立**急いで話をまとめて、**○請出し**身請して。「身請」は、年季を定めて身を売った遊女や芸妓などの身代金を払って、その商売から身をひかすこと。落籍。**○奥さまと成**「正妻となる」の意。いっぱんに「奥様」は大名の正妻をいい、町人の正妻は「内儀」という。ここで「奥さま」としたのは、原話の紹益が大商人であったためか。**○そなはつて**「しぜんと奥様としての気品がそなわっていて」の意。**○世間の事も見習ひ**これまで遊里という特殊社会にいた吉野は、あらためて一般の世間のことを習い覚えなければならないのである。**○法花**法華宗（日蓮宗）。吉野は鷹ヶ峰の法華宗常照寺の日乾上人に帰依し、寛永五年二十三歳のときに吉野門（太夫門）を寄進している。紹益も菩提寺は法華宗立本寺であった。**○是を一門中よりは**以下の事情は、多少の相違があるが『色道大鏡』巻十五雑談部に載る。**○御異見申お暇乞て**「（吉野が世之介に）意見を申し上げ暇乞いをして」の意。**○責而は**やむをえなければ。**○御下屋敷**別宅。**○折節の御通ひ女**男が折にふれ通っていく女。妾。**○御聞分**ご納得。ご了解。ご承知。**○さもあらば**そうであるならば。**○御中**御仲。ご関係。**○出家**僧侶。ここでは菩提寺の住職などをいうか。**○社人**神職。ここでは氏神さまの神主などをいうか。

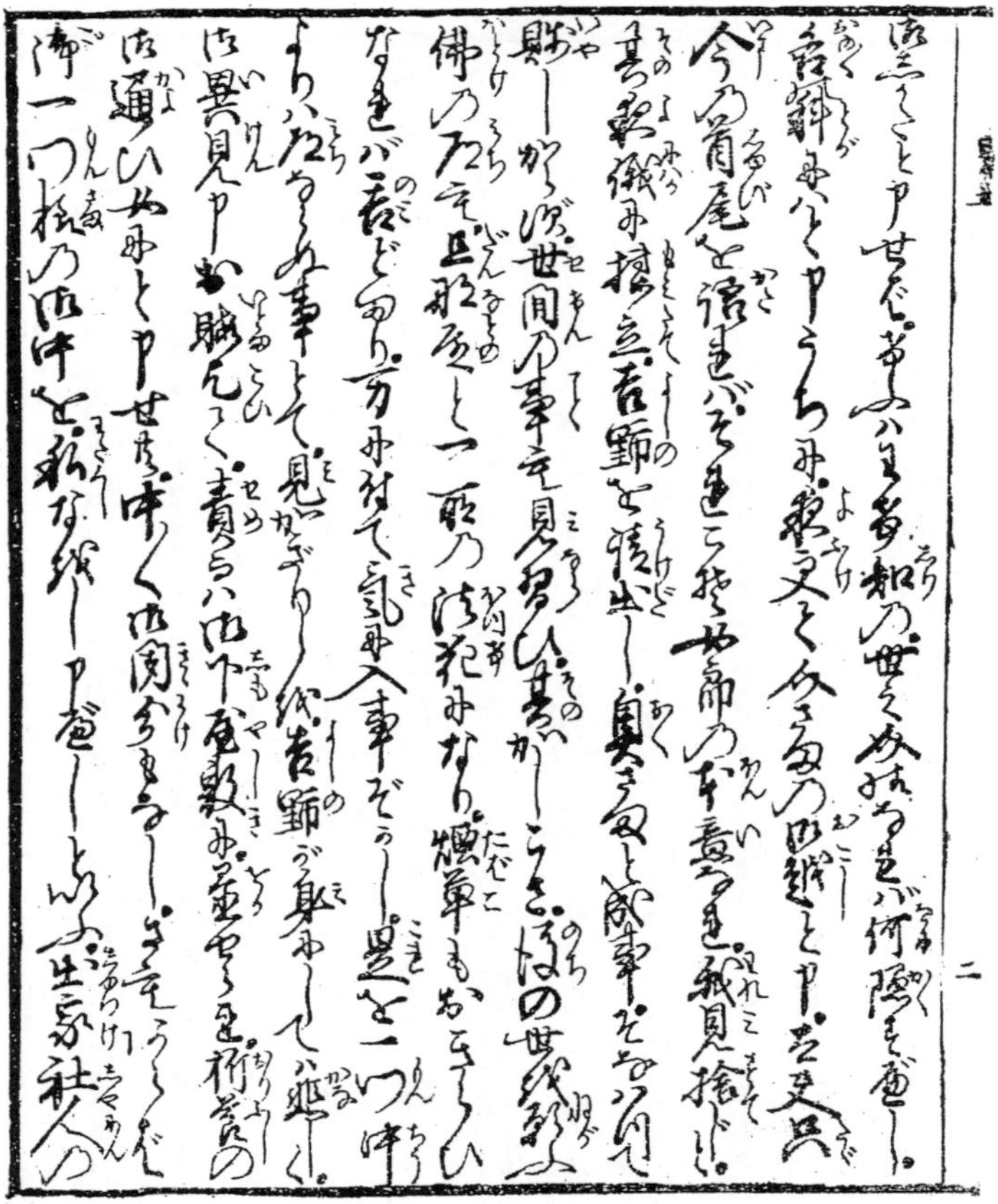

○あつかひとりなし。仲裁。**○暇とらせて帰し候**離縁して実家へ帰します。**○今迄の通に**「今まで通りのお付き合いをして下さい」の意。**○御言葉を下られ**辞を低くして。へりくだり下手に出た物言いで。**○女中方**ご婦人方。**○申入度**「ご招待したい」の意。**○触状**宛名を連名にし、順次に回覧して通知する書状。廻状。**○何かにくみはふかからず**「何もふかく憎んでいることではない」の意。**○乗物とも入れて**「多くの乗り物を担ぎ入れて」の意。「乗物」は、引き戸のついた上等の駕籠。**○懸作**斜面に櫓を組んで突き出すように建てた建物。その建て方。**○大書院**表座敷。大広間。**○浅黄の布子に赤前だれ**浅黄色の木綿の袷に赤前垂れをしめるのは下女・端女の風俗。**○置手拭**埃よけに手拭いを頭へ載せること。同じく下女の風俗。**○へぎ**片木。杉や檜を薄く削いだ板皿。**○切熨斗**のし鮑を適当な大きさに切ったもの。酒の肴。**○取肴**各自で取り分けるように盛って出す酒の肴。**○私**目上の者に対して、へりくだって言うときに用いる自称代名詞。**○三すぢ町**三筋町。京の遊郭。寛永十八年に島原に移転する以前は六条柳町にあり、上・中・下の三町に分かれていたので三筋町といった。**○御隙を下され里へ帰る**「離縁されて実家へ戻る」の意。**○昔しを今に一ふしをうたへば**静御前が鎌倉若宮八幡で舞った今様、「しづやしづしづのをだまきくりかへし昔を今になすよしもがな」（『義経記』巻六）による。**○きえ入斗**「（魂も）消え入るばかりに（うっとりと我を忘れて聞き惚れた）」の意。**○しほらしく**上品に。

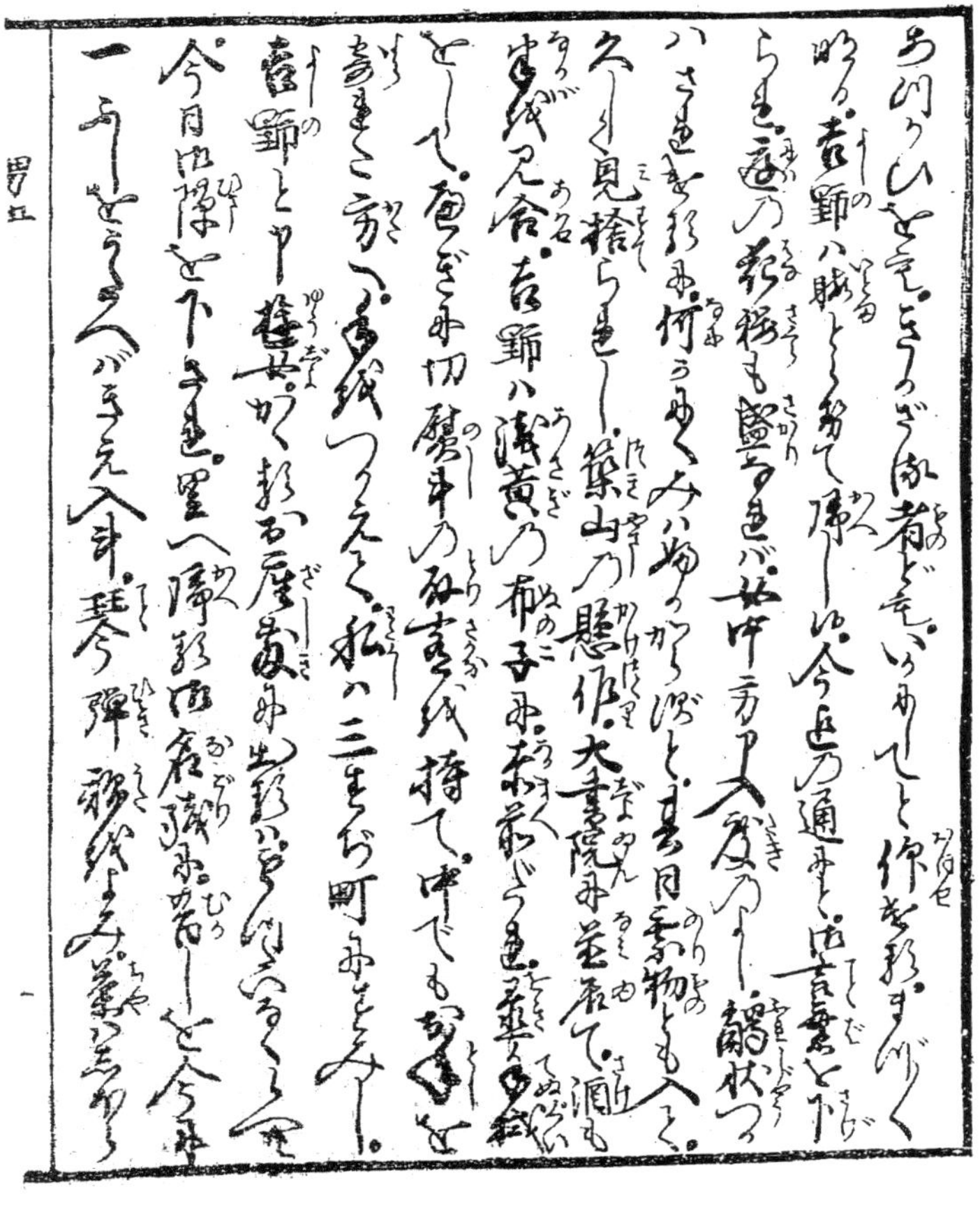

○土圭を仕懸なをし当時、和時計は昼夜を各六分するものであったから、季節や昼夜によって一刻（約三十分）の長さが異なっていた。そのため、たえず分銅を調整する必要があった。**○内證事**家計。家計のやりくり。**○勝手に入ば呼出し**「（吉野が）台所に入れば（すぐに）呼び出して」の意。**○無常咄し**信心話。信仰の話。**○立時**席を立つ頃合い。帰る時刻。**○宿**わが家。自宅。**○何とて**どうして。**○いなし給ふまじ**「暇をお出しにはならないでしょう」の意。**○娌子**「娌」は「嫁」の通用字。嫁御前の略で、嫁の敬称。**○一門**親類縁者全部。**○御堪忍**お許しになって。**○内義**町人の正妻。**○祝義**祝いの儀式。祝言。**○樽**酒樽。婚礼の贈り物。**○杉折**魚を入れた杉箱。同じく婚礼の贈り物。**○嶋臺**不老不死の仙人が住むという蓬莱山を擬した飾り物。州浜に松竹梅や鶴亀などを飾り付けたもの。**○相生の松風**謡曲「高砂」に「千秋楽は民を撫で、万歳楽には命を延ぶ。相生の松風颯々《さつさつ》の声ぞ楽しむ」とある。**○吉野は九十九まて**俚謡に「こなた百までわしゃ九十九まで、髪に白髪のはゆるまで」（『山家鳥虫歌』）とある。

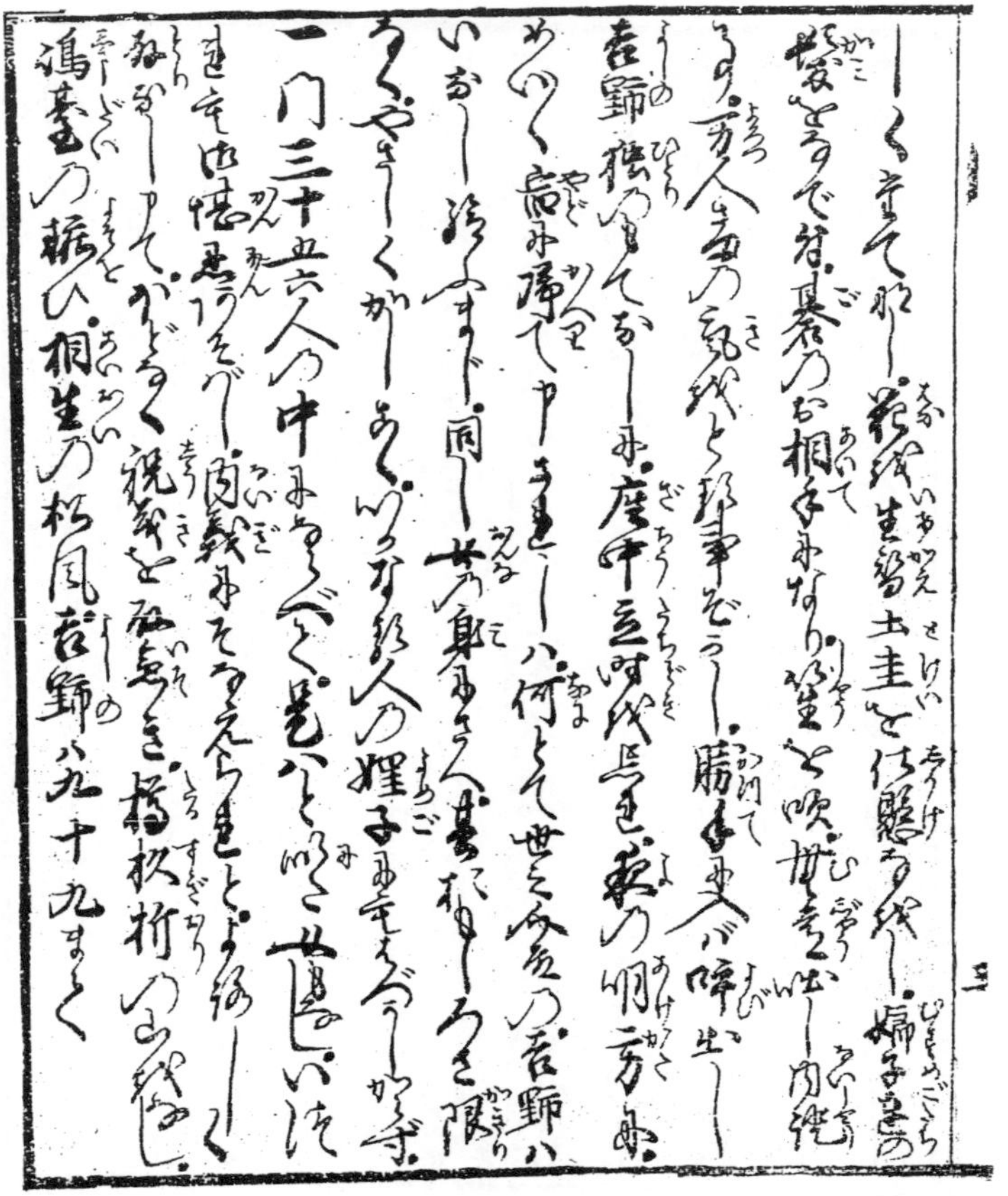

〈挿絵解説〉

揚屋の座敷の情景。左から二人目、立て膝をしているのが吉野、その脇で寝転んでいるのが世之介、他の三人の女性は禿である。

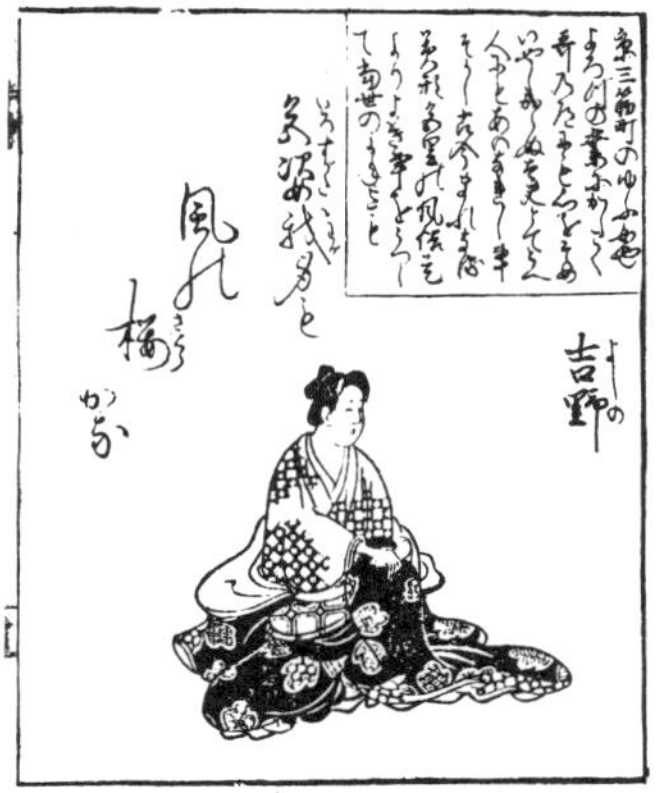

上段右…江戸版『好色一代男』巻五ノ一挿絵。師宣の挿絵である。

上段左…『古今俳諧女哥仙』より「吉野」。西鶴自画の挿絵。上方版『一代男』の吉野によく似ている。

『古今俳諧女哥仙』…西鶴編。半紙本一冊。貞享元年十月、河内屋市左衛門刊。自序。三十六名の女性俳諧作者の肖像に、その句を配した絵俳書。略伝・寸評も添えられる。（なお、図版は改題本『当流なぞ歌せん』による。）

▼西吟跋

○二柱のはしめ「二柱」はイザナギとイザナミ。天神の命により、はじめて日本の国土を経営したとされる。**○鏡台の塗下地とおほえ**「塗下地」は、これから漆が塗られる木地。「鏡台の鏡掛けの二本の柱のまだ漆の塗られていないものだと思い」の意。**○稲負鳥**「稲負鳥《いなおほせどり》」は古今伝授の三鳥（呼子鳥・百千鳥・稲負鳥）の一つ。秋に来る渡り鳥という程度で不詳。『古今和歌集』秋上、よみ人しらず「わが門に稲負鳥の鳴くなべにけさ吹く風に雁は来にけり」。**○羽のなひ牛の事かと**稲を負うという文字面からの洒落。「稲負鳥は羽のない牛のことかと思い」の意。**○吾すむ里は津国桜塚**西吟は延宝六年（一六七八）、大坂から摂津豊島郡桜塚（大阪府豊中市）に移り、落月庵を建てて住んだ。**○空耳潰して**聞こえないふりをして。**○天に指さし地に土け放れす臂をまけて桔槹の水より外をしらす**「ただ天を指したり、地を眺めたりするだけで、はね釣瓶で汲んだ水を飲むこと以外に楽しみを知らない」の意。『論語』述而に「水を飲み肘を曲げて之を枕とす。楽み亦その中に在り」とあるのをふまえた表現。「桔槹」は支柱の上に横木を渡し、一方の端に石を、他方の端に釣瓶をぶら下げて、石の重みで釣瓶をはね上げるようにしたもの。

○叵浪難波。大坂。**○斟みかたくてくます**わかりにくいのでわかろうとはしない。「斟む」は「汲む」に通じ、「難波の海」の縁語。**○鶴翁の許に行て秋の夜の楽寝**「鶴翁」は西鶴の尊称。「西鶴翁の所へ行って、秋の夜長に楽寝して喋っていたとき」の意。**○余所には漏ぬ**人には聞かせない

○文枕書物を重ねて枕にすること。**○かいやり捨てられし中に**押しやられ捨てられた中に。**○転合書**いたずら書。転業とも書く。**○荒猿に**だいたいに。おおよそに。**○藁口鼻**藁嚊。藁嬶。農婦のこと。**○娌謗田より鬩あがり大笑ひ止す**「嫁謗田」は姑が嫁をいじめるため耕作させる田。「嫁が田」とも。各地にそうした名称や伝説が残る。「姑のいじめにあっている嫁でさえも、つらさを忘れて田から駆け上がってきて笑い止まない」という意。**○鍬をかたけて手放つそかし**「かたぐ」は「負ける」・「降参する」。「鍬を取り落としてなすすべもなくなってしまったことだ」の意。**○落月庵西吟**？～宝永六年（一七〇九）没、七十余歳。本名、水田元清。通称、庄左衛門。宗因門。別号、桜山子・岡松軒。荒木村重の家臣水田和兵衛の四代目の子孫。延宝四年（一六七六）五月、『昼網集』を刊行（ただし、伝本未詳）。西鶴と親しく交わり、執筆を務め、俳書の板下をしばしば清書した。自選の俳書も十二点を数えるが、伝存するものは『庵桜』・『寝覚廿日』・『橋柱集』・『うつぶしぞめ』のみ。

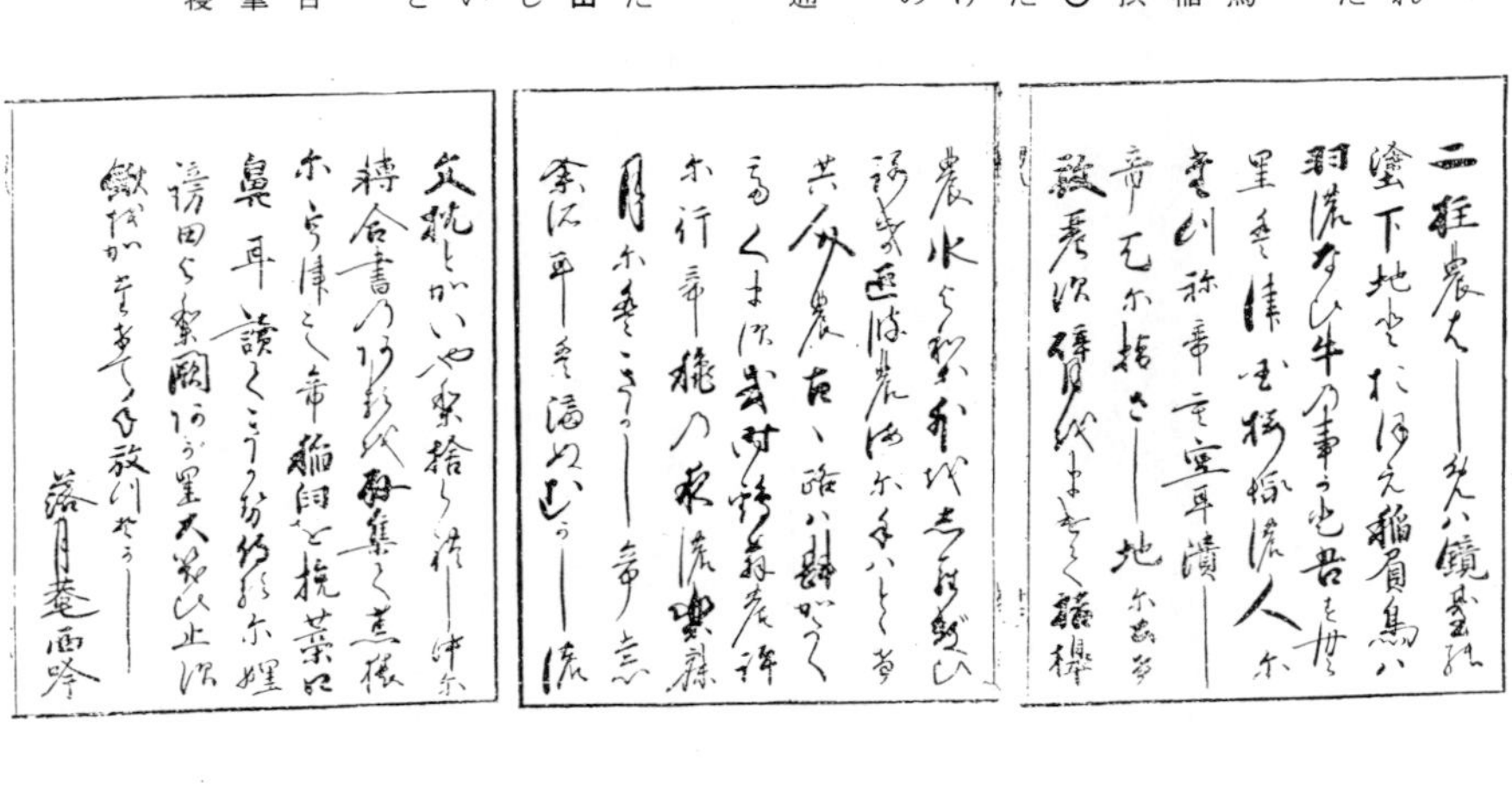

諸艶大鑑

巻二ノ五　百物語に恨が出る
巻五ノ三　死ば諸共の木刀

■解題『諸艶大鑑』

大本八巻八冊。各巻五章、全四十章。題簽「絵入／好色二代男　諸艶大鑑　一（〜八）」。目録題「好色二代男　諸艶大鑑」。柱刻題「二代」。初印本の刊記は「貞享元甲子年初夏／大坂呉服町真斎橋筋角／書林　池田屋三良右衛門板」であり、底本とした後印本の旧赤木文庫本では、「初夏」を削り、その部分に「江戸本石町拾間店／参河屋久兵衛板」と入木する。西鶴本に江戸の売捌き元が加わるのは貞享三年頃からなので、この後印本は貞享三年以降の印行とされる（図録『西鶴』）。本書の版下・挿絵ともに西鶴自筆・自画と認められている。題簽・目録題ともに、肩に「好色二代男」とあるように、『好色一代男』の続編という形をとる。『一代男』の主人公世之介の遺児世伝が、島原のやり手あがりの老婆から諸国の遊里の諸相を聞書きし、それに近年の粋人が加筆したのが本書だという（巻一ノ一）。続く三十八章分は各章独立した短編となっており、末尾の巻八ノ五で再び世伝が登場し、かつての有名な遊女が菩薩に姿を変えて迎えに来て、世伝は三十三歳で大往生する。『一代男』の続編という設定は形だけのもので、本書の主眼は諸国の遊里とそれをとりまく人間の様々なドラマを描く点にある。跋文には「右全部八冊、世の慰草を何がなと尋ねて、忍ぶ草靡き草皆恋草、是を集め令開板者也」とあり、職業作者として西鶴の意気込みが窺える。

▼巻二目録
○百物語に恨が出る百物語は、夜に数人で集まって、百本の蠟燭または行灯に百本の灯心を入れて怪談を交代で語り合い、一話終わるごとに一本ずつ消し、語り終わって最後の一本を消したときに妖怪が現れるとされた遊び。**○家に伝はる言葉つきの事**それぞれの遊女屋で使い慣らされている言葉癖の事。**○くづれ橋轆轤頸の事**くづれ橋は、現在の大阪市西区立売堀《いたちぼり》付近に架かっていた橋。そこにろくろ首が出るということ。**○現にも借銭はおそろしき事**夢現にも借金は恐ろしいものだ。

▼巻五目録
○三野若山今すこしの事三野は山谷とも書き、東京都台東区の旧町名。ここではその地にある吉原遊廓をさす。若山は、吉原京町三浦屋四郎左衛門抱えの太夫。**○花夕莇藻声を売事**吉原江戸町二丁目次郎左衛門抱えの、花夕は鹿恋女郎、莇藻は格子女郎であった。ともに三味線・浄瑠璃の名手。**○太鞁は沓の次良が事**沓は沓持ともいい、太鼓持ちのこと。

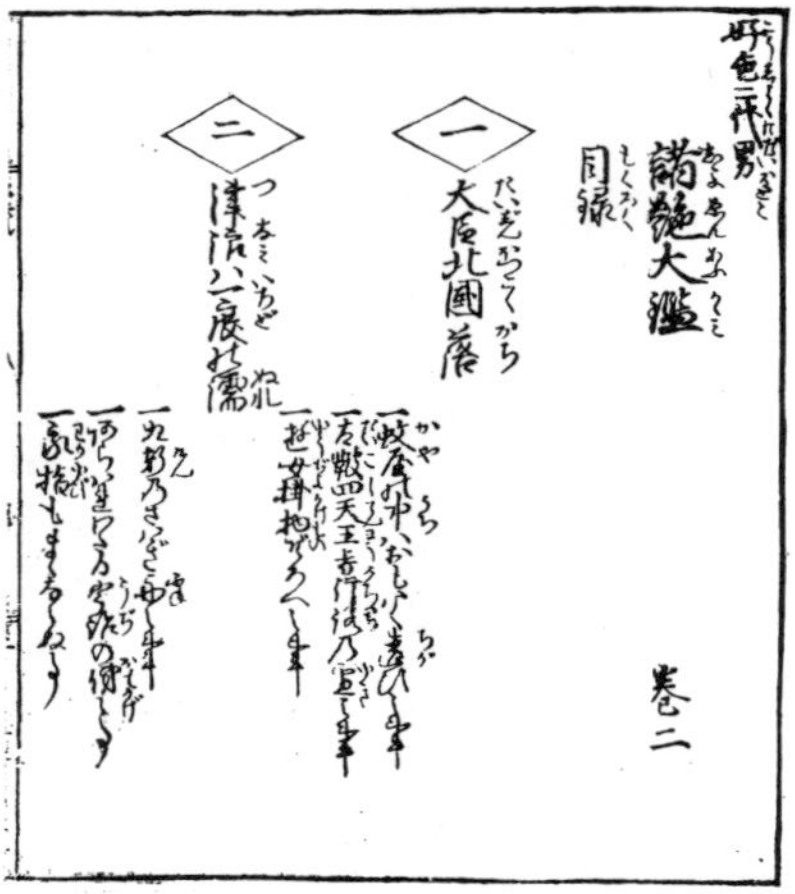

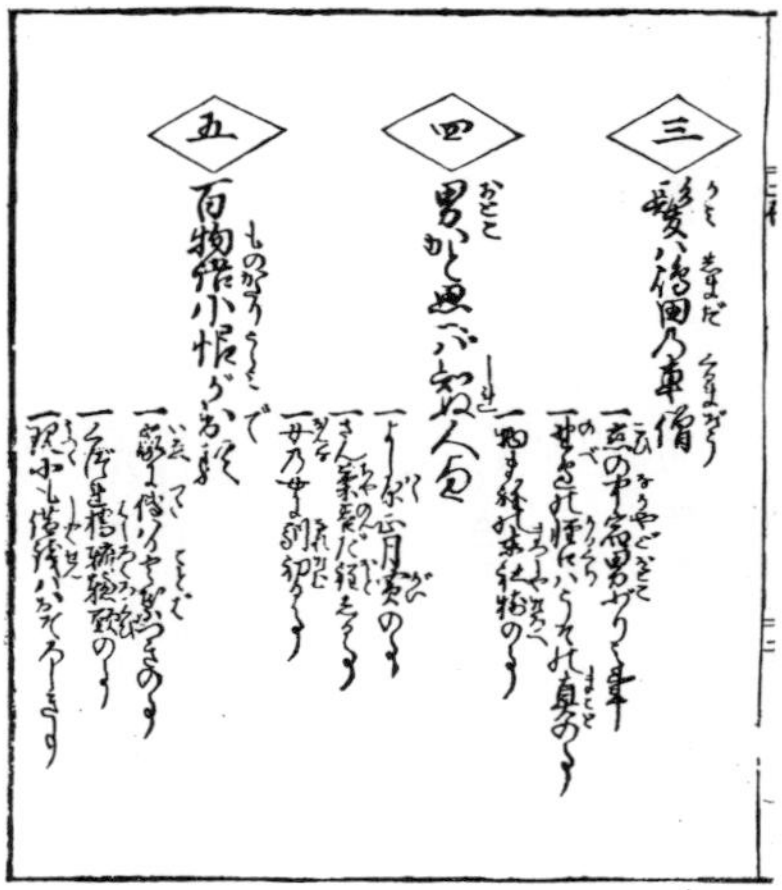

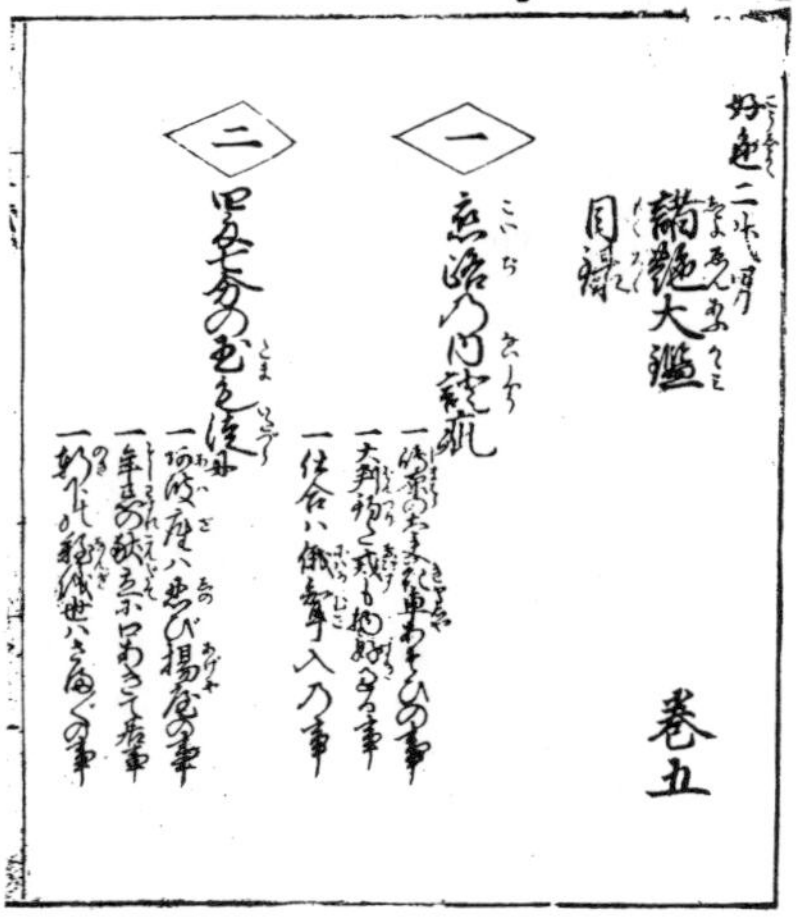

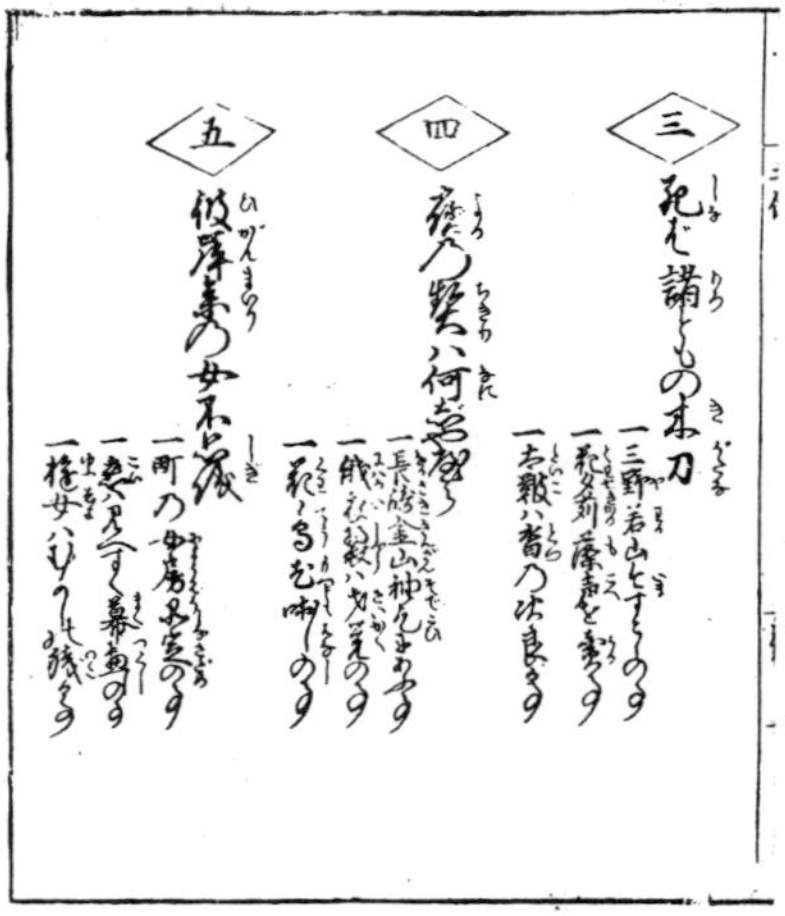

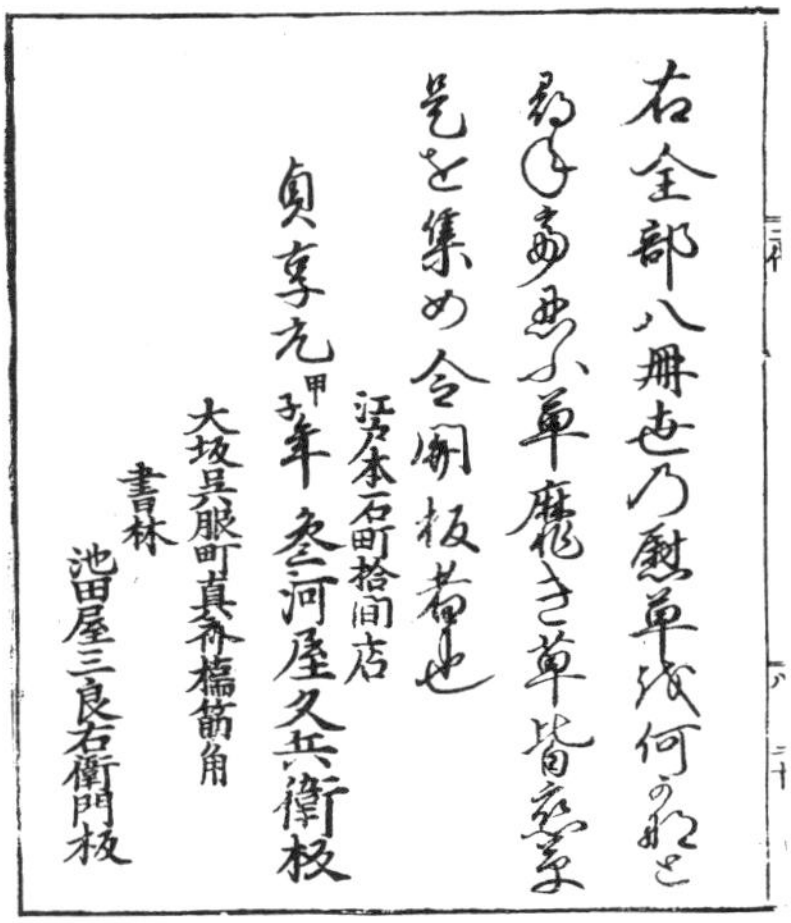

刊　記

表　紙

■参考文献

影印　西鶴学会『諸艶大鑑』上・下（古典文庫　昭和26年2・3月）
　安田富貴子『諸艶大鑑』（「近世文学資料類従　西鶴編3」勉誠社　昭和49年12月）
翻刻　山口剛『西鶴名作集　上』（「日本名著全集」日本名著全集刊行会　昭和4年8月）
　潁原退蔵・暉峻康隆・野間光辰『定本西鶴全集　1』（中央公論社　昭和26年8月）
　横山重『好色二代男』（岩波文庫　昭和33年11月）
　井上敏幸・佐竹昭広・冨士昭雄『好色二代男　西鶴諸国ばなし　本朝二十不孝』（「新日本古典文学大系76」岩波書店　平成3年10月）
　麻生磯次・冨士昭雄『諸艶大鑑』（「決定版対訳西鶴全集2」平成4年5月　明治書院）
　新編西鶴全集編集委員会『新編西鶴全集　1』（勉誠出版　平成12年2月）

巻二ノ五

○三光に付る三光は太陽と月と星のことであるが、ここは「つきひほし」と囀る三光鳥のこと。飼鶯の子を三光鳥に付けて、囀り声を仕込んだ。**○からず**かならず。「な」の誤脱。**○梅枝といふ**天神新町中之町丸屋九郎左衛門抱えの天神。延宝期。「丸屋の梅が枝」（『椀久一世の物語』上ノ五）。**○耳にたつて**耳ざわりで。**○其家の姉女郎のまねをするにや聞とがむれば定まつてくせあり**（遊女というものは）その家の姉女郎の真似をするものであろうか、注意して聞いていると、きまって言い癖がある。**○新屋**新町下之町の遊女屋、新屋又七郎。**○しんき**辛気。気がふさぐこと。ああつらい。**○木村屋**新町下之町の遊女屋、木村屋又次郎。**○白癩**決して。誓いを破った時は白癩という病気になってもかまわないという意。**○扇子**新町中之町の遊女屋、扇屋四郎兵衛。**○ゑず**形容詞「えずい」の語幹。ああ気味が悪い。**○八木屋**新町遊廓に四軒ある。**○つがもない**たわいもない。とんでもない。**○金田屋**新町阿波座上之町の遊女屋、二軒ある。**○名利**誓いを破った時は冥利（神仏の加護）が尽きてもかまわないという意。**○明石屋**新町阿波座上之町の遊女屋、明石屋八右衛門。**○丹波屋**新町佐渡島町下之町の遊女屋、二軒ある。**○無下ない**冷淡だ。思いやりがない。**○藤屋**新町佐渡島町の遊女屋、藤（富士）屋勘右衛門。**○てんとまったく。○堺屋**新町遊廓に五軒ある。**○松原屋**新町遊廓に四軒ある。**○伏見屋**新町遊廓に十一軒ある。**○塩屋**新町佐渡島町下之町の遊女屋、塩屋三右衛門。**○京屋**新町遊廓に十六軒ある。**○大坂屋**新町東口之町の遊女屋、大坂屋九郎右衛門。**○みぢん**微塵。すこしも。**○住吉屋**新町遊廓に四軒ある。**○槌屋**新町東口之町の遊女屋、槌屋彦兵衛。**○けりやう**仮令。たとえば。かりに。**○湊屋**新町阿波座

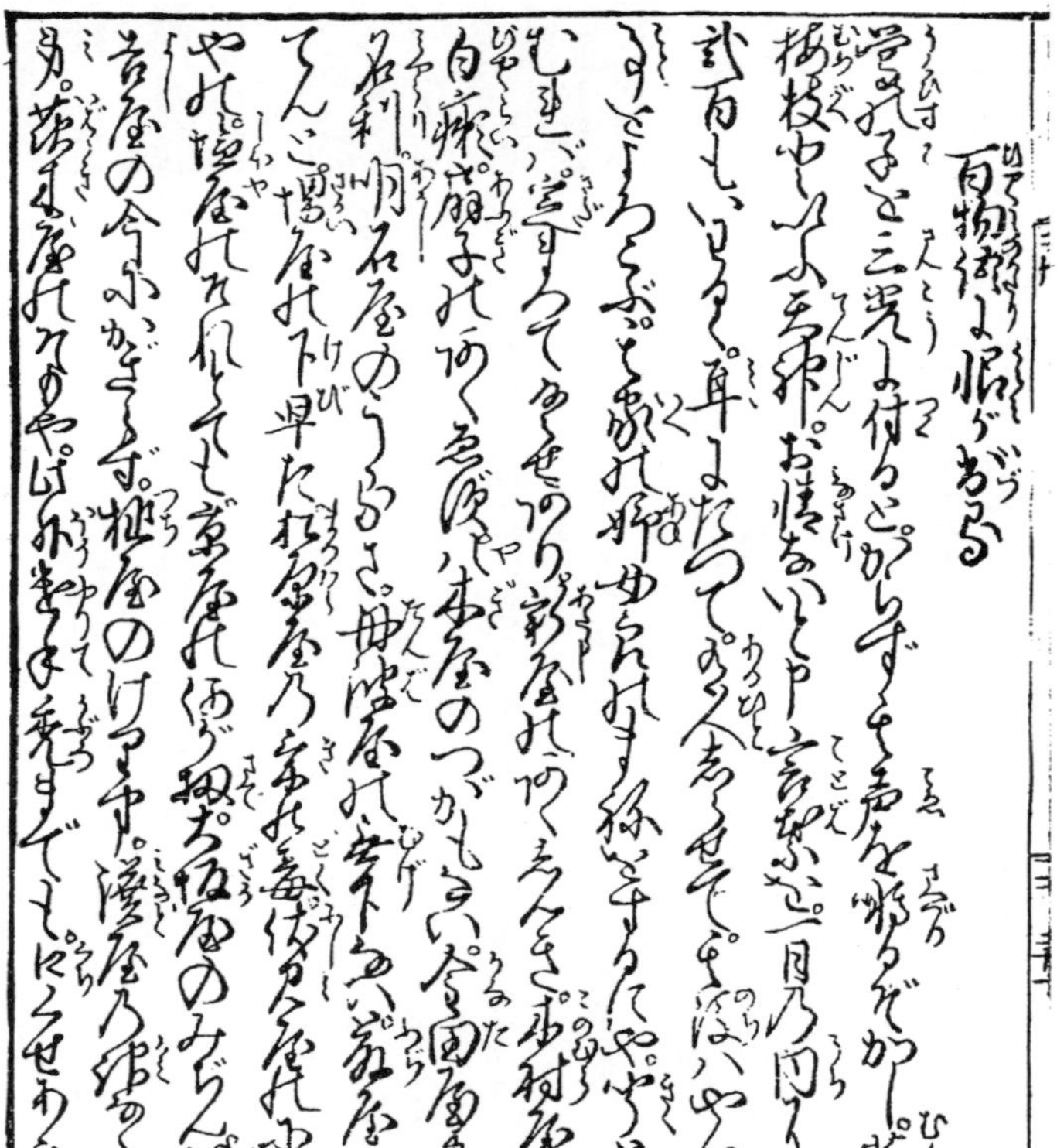

下之町の遊女屋、湊屋昭甫。○**茨木屋**新町遊廓に四軒ある。○**そもやそもや**そも。一体全体。○**口くせあれあれども**衍字「あれ」。

○**請覆す酒にうわがへの妻もいとはず**客からの酒を受けこぼして、着物の褄が濡れてもいやがらず。うわがへ（上交）は着物の上前のこと。○**大奉書**大奉書紙。純白で高価な良質な紙。○**ひつしごきの帯**一幅《ひとはば》の布をしごいた帯。しごき帯。○**請桟敷**前もって買っておく芝居の桟敷席。○**九軒**九軒町の揚屋。遊女は客の前で食事をしないのがたしなみ。○**せゝり箸して**食事であれこれと箸でつつくこと。○**すまし汁吸もあへず**すまし汁をちょっと吸っただけで。○**納戸食にも浅漬ならでは**納戸飯のおかずも、浅漬ぐらいなもので。納戸飯は、遊女が納戸などで、空腹しのぎに食事をすること。『色道大鏡』一に、「納戸飯　傾城の食する事にいへり。（略）あながち納戸ならでも、物陰をかまへて食するゆへに、納戸飯といふ」とある。○**万の肴も禿の時喰覚るあり**いろいろな肴は、禿の時に食べ覚えるぐらいだ。

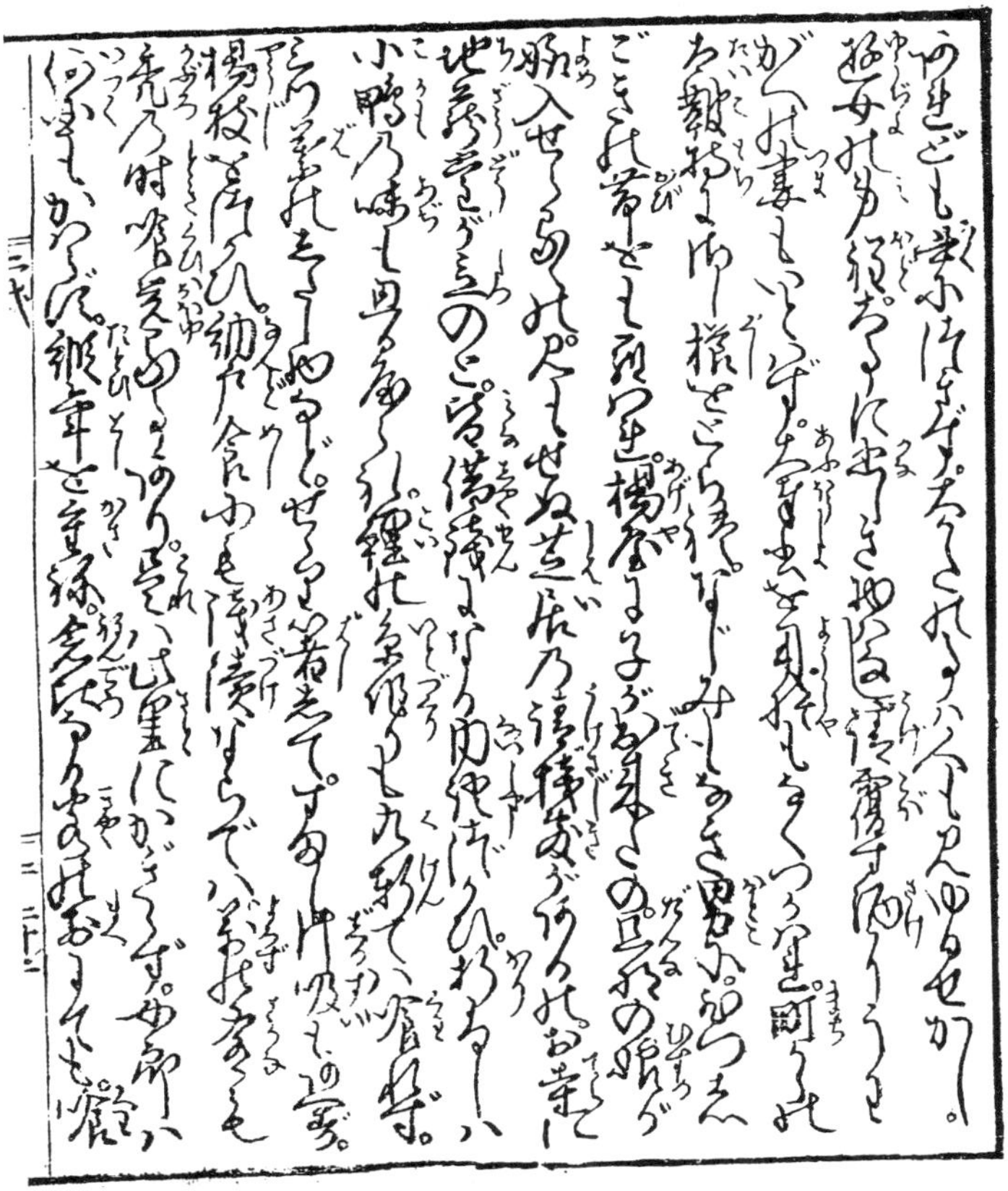

○されば連哥にも食物は酒計ぞかし連歌では、酒以外の食物は、植物・鳥・虫・魚類に分類される。**○紋日**遊廓の祝いの日で、この日に客のない遊女は自腹を切って揚代を出す。ここではお盆の節句に来てほしいと遊女が頼んだところ。**○盆掛て熊野参りをする**お盆にかけて熊野参りをする。紋日に来られないことの言い訳。「熊野参り」は和歌山県熊野三山を参詣すること。**○三番太鞁**新町遊廓で大門の閉まる時間を示す太鼓。限りの太鼓。延宝ごろは亥の刻（午後十時ごろ）に鳴った（『色道大鏡』十三）。**○八つの鐘**午前二時ごろ。**○あかず**ぐずぐずしていること。**○格子まで送り**揚屋から遊女屋の格子先まで送り。**○小者**供の男。遊女屋の従業員。**○算くづし**算木（卦を表す六本の棒）を崩したように、三筋ずつ縦横に石畳にした模様。**○半ゑり**上着に半襟をかけるのは野暮とされた。『色道大鏡』二に、「半襟ひなびたるものなり。上着に堅く是を制す。中着・肌着にはくるしからず」とある。**○青茶小紋の細帯**青茶（緑黄色）・細帯ともに野暮な風俗（『色道大鏡』二）。**○目くら嶋**縦・横ともに紺糸で縫った綿織物。紺無地。**○小脇差**遊廓で、短い脇差は野暮。『色道大鏡』二に、「刀は直《すぐ》に、腋《わき》指は長きを本とす。腋指のみじかきは、傾国わきて是を嫌ふ」とある。**○こいかうじ**濃い柑子色。濃いだいだい色。**○革踏皮**鹿のなめし皮製の足袋。この時期、木綿足袋に取って代わられる。「踏皮　タビ」（『易林本節用集』）。**○毛雪踏**表に毛皮を張った防寒用の雪駄。**○夜なればこそ門で咄しもなれ、一座なしにあへばこそなれ**夜だからこそ門口で話もでき、連れがいないから仕方なしに逢っているのだ。**○しなだるゝを柳にやつて**しなだれてくるのを風に柳とあしらって。**○中戸の腰掛もひへて**「中戸」は店の奥に通じる土間の仕切り戸。男女の密会の場所となるところ。

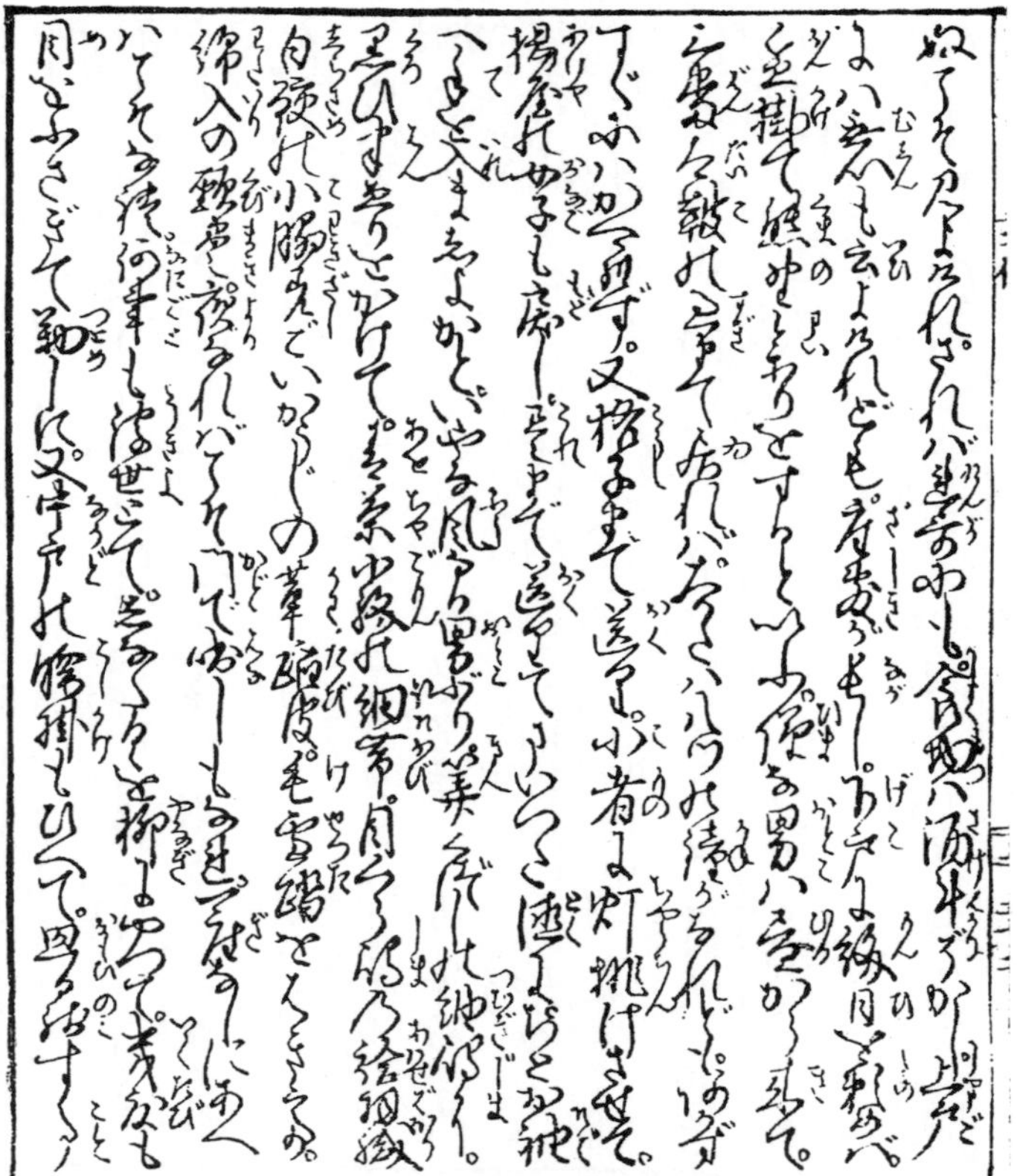

そこでしばらく時を過ごしたことを暗示する。

○下く奉公人たち。**○それ迄は是非と身をかためしが**それまではむりやりに身を引き締めていたが。**○折屋**新町佐渡島町の揚屋、二軒ある。**○京橋**大阪市中央区京橋。**○鯡川**鯰江川。大和川の支流で京橋付近で淀川に入る。『摂陽群談』三に、「所伝、漁者是に網す。鯰魚多きに因れり」とある。**○ぜいをいわるゝ**自慢話をする。**○質嶋**賃嶋。「質」は賃の誤り。賃仕事に織る木綿縞。**○中間の焼炭**仲間買いの炭。**○二人あいの薬鑵**二人で共同使用している薬鑵。

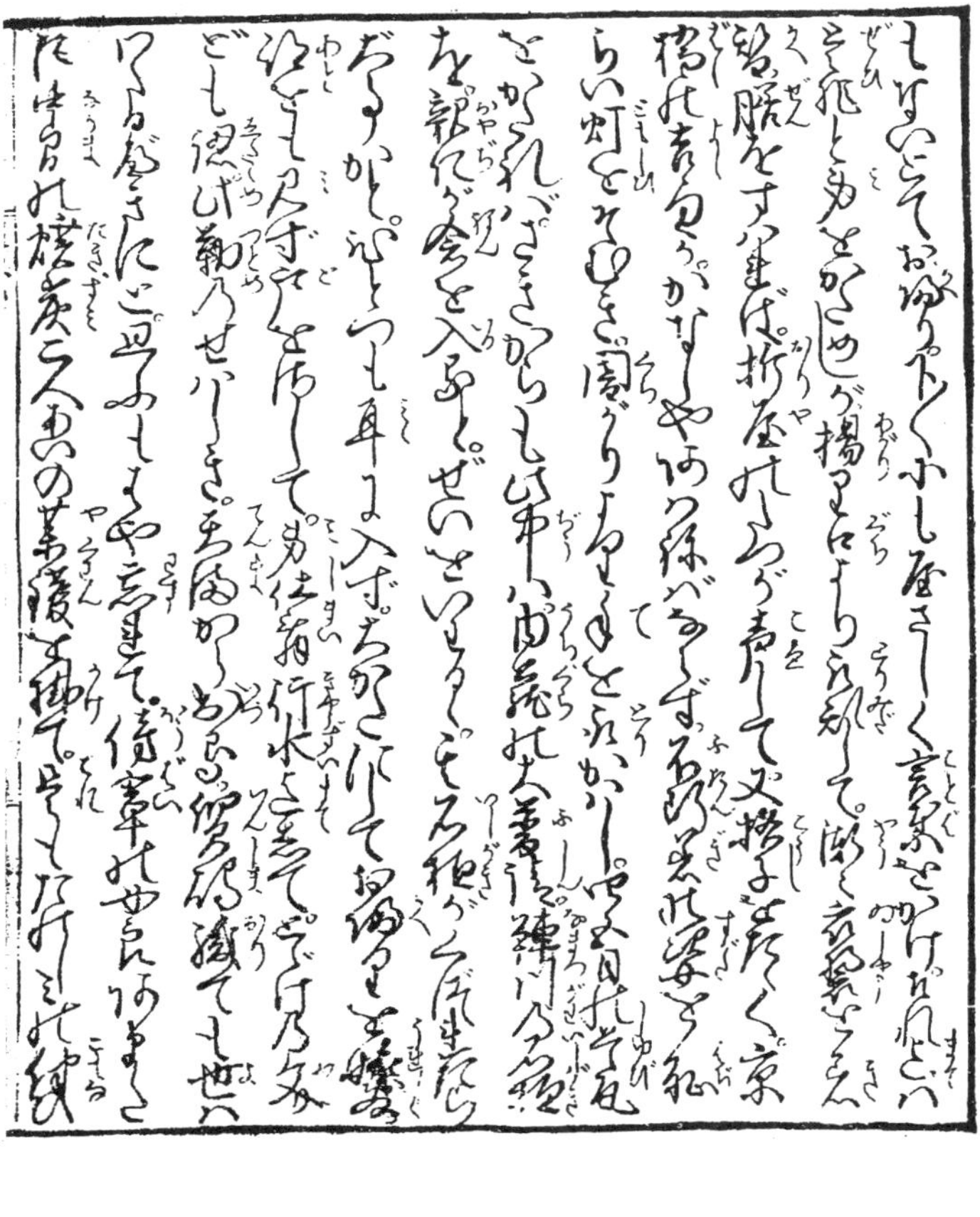

○**吉田屋**九軒町の揚屋。○**融堀**大阪市西区の立売堀《いたちぼり》南通り。『摂陽群談』七に、「新一橋　立売堀川筋（略）此川筋を、世に融堀と称す」とある。○**新うつぼ町**西区靭本町一・二丁目。宝暦六年版『大坂町鑑』に、「新靭町　西よこぼり相生ばし西詰を西へあはざぼりより北へ三すじ目」とある。○**床に寝皃のうるさく**床の寝顔を見るのがいやになり。○**近付彼岸の入温槃廿二日の事こそはけれ**それぞれ新町の物日。『色道大鏡』十三に、「大阪郭中年中売日（略）二月　一日、十五日　涅槃会、廿二日　聖霊会、廿五日　彼岸」とある。遊女にとっては化物よりも、十五日の涅槃会・二十二日の聖霊会・二十五日の彼岸の入りと物日が続くのが怖いということ。原文「温槃」は誤刻か。○**売日**物日、紋日。○**様**「様　タメシ」（『易林本節用集』）。○**ふてきない**不敵ない。大胆な。○**小橋の井戸**天王寺区小橋町。野井戸が多かった。○**はめの子とも**井戸にはまった子供。○**孕女**出産のために死んだ女の幽霊。○**物語は百にも勝れども**物語は百を越えてしまったけれども。

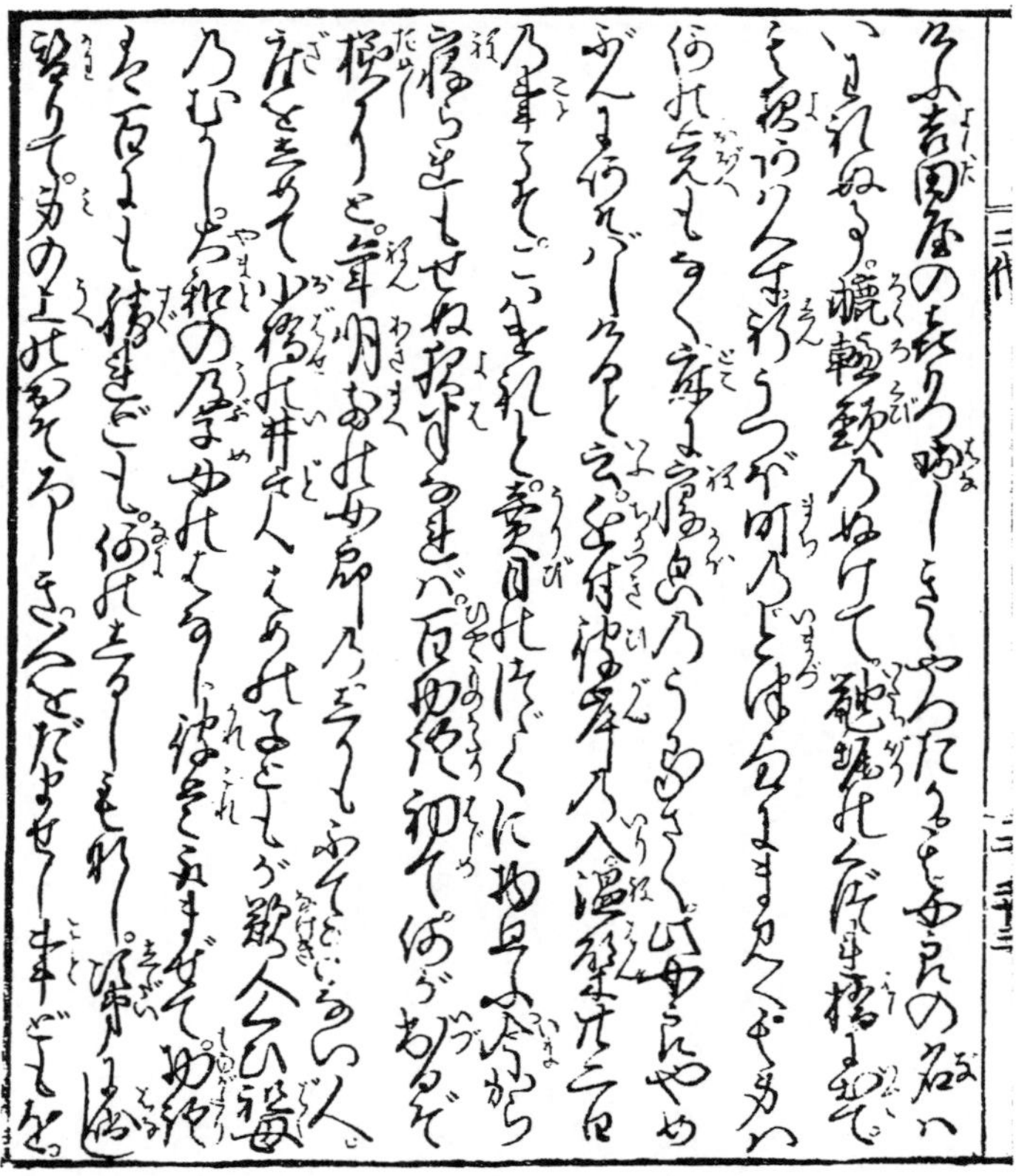

○**千日寺**道頓堀芝居町の裏にある法善寺の別名。○**身あかりにさしつぎ**身上がり（遊女が自分で揚げ代を払って休むこと）のために遣い込み。○**のぼらせ**夢中にさせる。○**くたる事はならず**国（長門）へ帰ることのできない身にした。○**堺山の口**堺高洲の遊里に隣接した揚屋町。『色道大鏡』十三に、「和泉国堺（略）山口通一町目即挙屋町」とある。○**高原**中央区谷町六、七丁目にかけての一帯。○**科（はかり）**「秤」の誤刻。○**龍頭**竜頭の形のかぶり物。挿絵参照。○**あつた大明神**名古屋市熱田区にある熱田神宮。○お**初尾を申請にあるかしやる**お賽銭をもらってお歩きになる。○**松屋町**中央区松屋町。○**つれぶしの読うり**事件や珍しい出来事などを浄瑠璃や小歌にした刷り物を、二人で合唱しながら売り歩く。挿絵参照。○**うはがれ声のかくれない**うわがれ声だから、あの兄弟とすぐわかる。

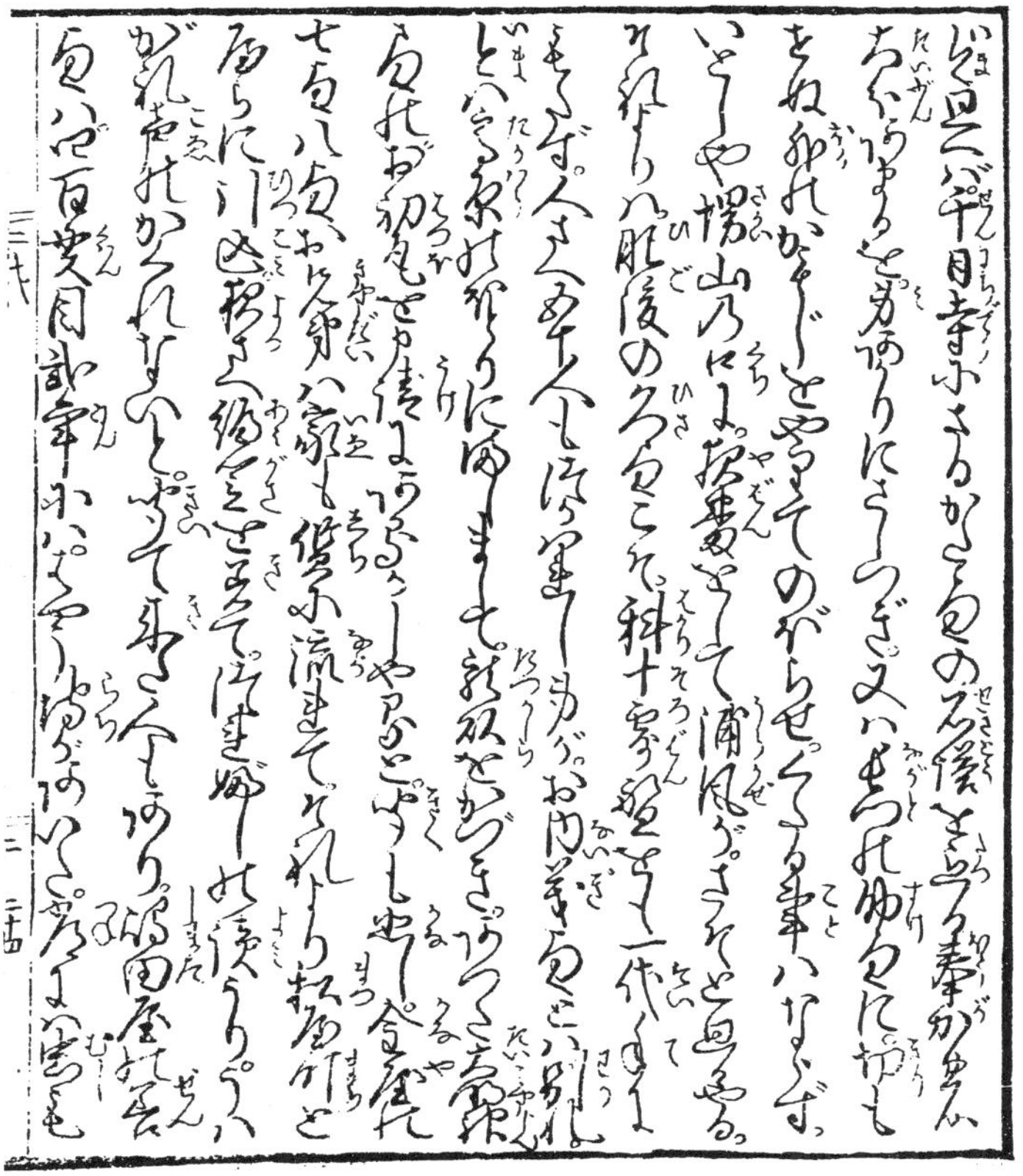

○鱉突鼈突。鼈をもりなどで捕らえる職業。挿絵参照。○**長堀の木さま**新町の南を流れる長堀川の浜辺には材木屋が多かった。「木さま」は材木屋の手代か。○**親方目がしばつて**親方めが縛って。○**倉義**「僉義」の誤刻。○**津村**中央区瓦町五丁目と備後町五丁目の辺。○**行人**乞食僧。挿絵のように、頭に水桶をのせ、首に鉦をかけ、鳥足の高足駄をはいて歩く（『人倫訓蒙図彙』参照）。○**入瘢子**入れぼくろ（遊女などが情人の名前などを腕に彫ること）に同じ。『嵐無常物語』下ノ三に、「さうし錐《きり》にて入ふくろ跡と、手くびの見えぬ所に三の字」とある。

（『人倫訓蒙図彙』）

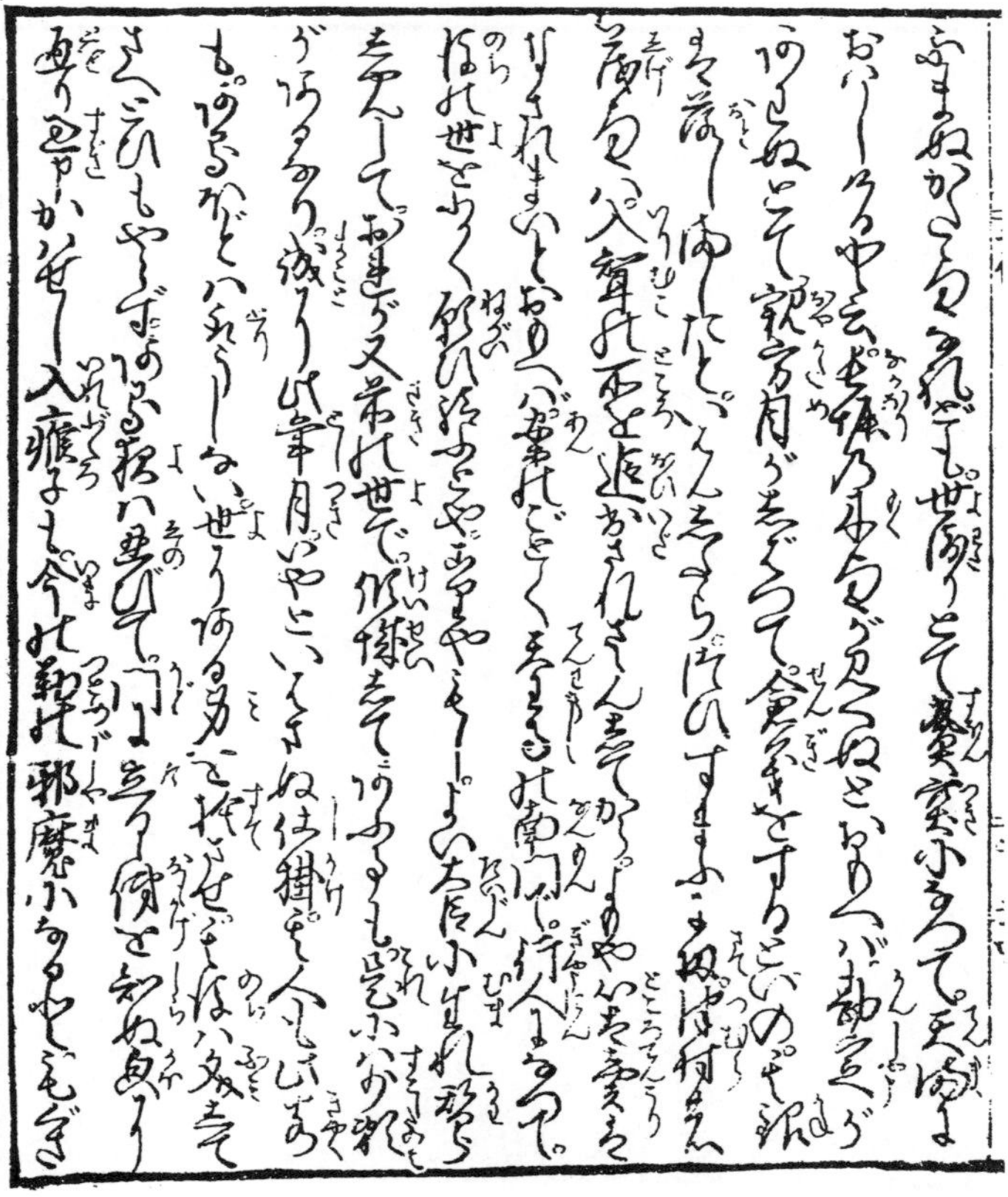

○**懇き時は、**うらなく親しい時は心隔てなく。
○**心から心の鬼の物すごく**我れながら自分の鬼のような心が物凄く思われ。○**幼**「幻」の誤刻。
○**日帳**日記帳。遊女が馴染みの客にまことを示すために、毎日の勤めを記して贈る習慣があった。『好色一代男』七ノ五「諸分の日帳」参照。

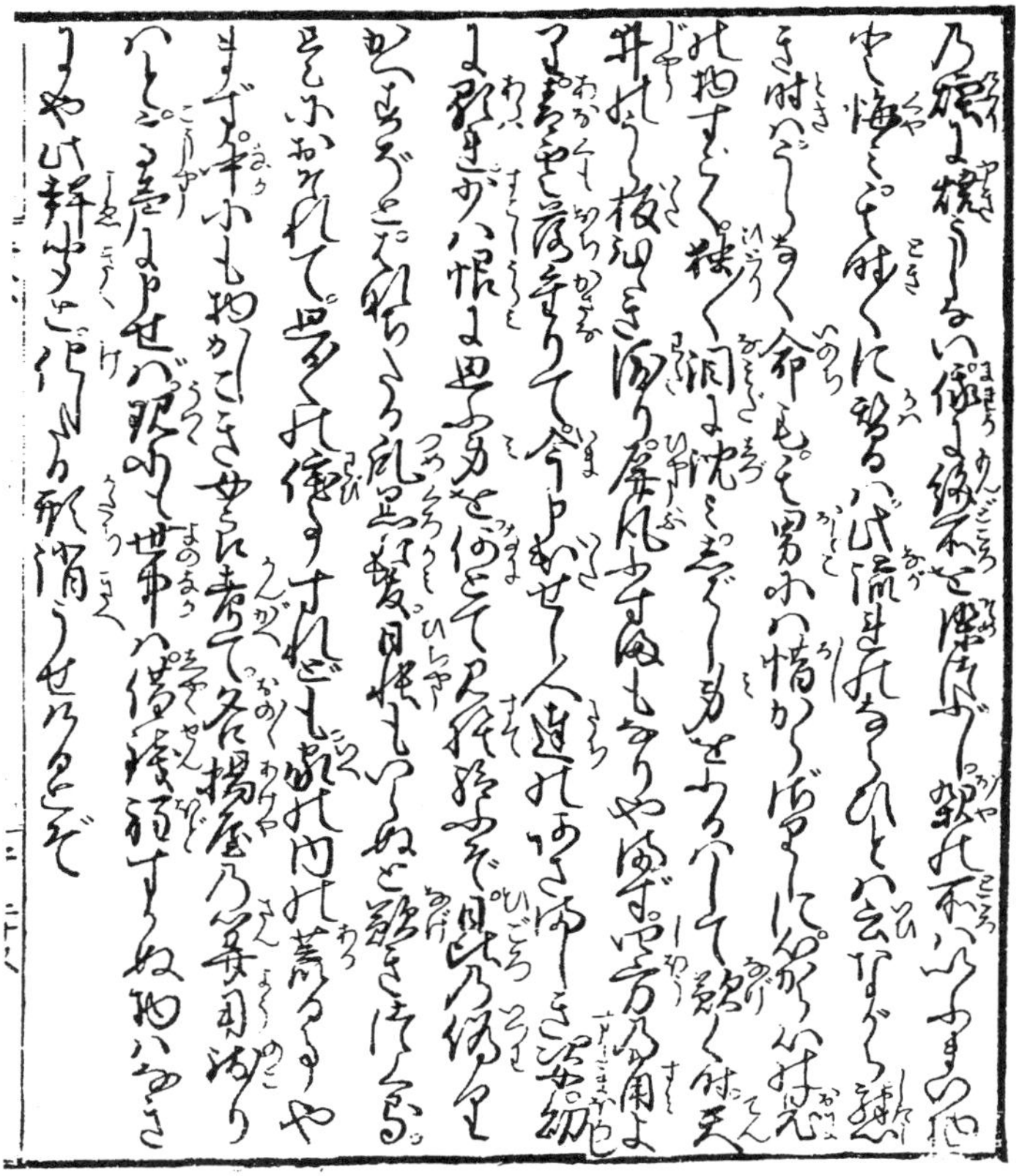

『諸艶大鑑』 50

〈挿絵解説〉

遊女たちが集まって百物語をしているところに現れる、昔なじみの遊客たちのなれのはての姿。太鼓を抱えて夜番をする長門の助さま、竜頭をかぶっている肥後の久さま、編笠をかぶり読売りをする金屋の七さま・八さま兄弟、もりを持つ鼈突きの嶋田屋の善さま、親方に縛られた長堀の木さま、高い鉄の足駄をはいて行人となっている津村の茂さま、の姿が描かれている。

51　巻二ノ五　百物語に恨が出る

巻五ノ三

○けふあつて明日は今日あって明日はどうなるかわからない身の上であるが。**○石火**火打ち石を打って出す火。転じてきわめて短い時間をたとえていう言葉。**○女良の命程はかなき物はなし**（稲妻・石火・煙草をのむといったはかなく短い時間に比べても）女郎の命ほどはかないものはない。**○三浦屋四郎左衛門**吉原京町《きょうまち》の遊女屋。**○勤の程も今一とせにたらず**遊女としての契約もあと一年たらずとなった。**○出前**年《ねん》明き前。**○お敵**ここでは遊女から客を呼ぶ言葉。『色道大鏡』一に、「敵　客より傾城をさしていふ。傾城より客をもさしていふ」とある。**○ぜいむかしにかはらず**昔に変わらず全盛なさま。**○役日**物日・紋日に同じ。吉原の言葉。延宝二年刊『吉原失墜』に、「役日は、毎月朔日十五日二十八日、又日十八日、これは観音の縁日ゆへとぞ、その外月見恵比寿講」とある。**○其内の文かきつくして**その間の思いを手紙に書きつくし。**○百も二百目も**百も二百も。「目」は手紙の重さを言い掛けるか。二百目（匁）は約七五〇グラム。

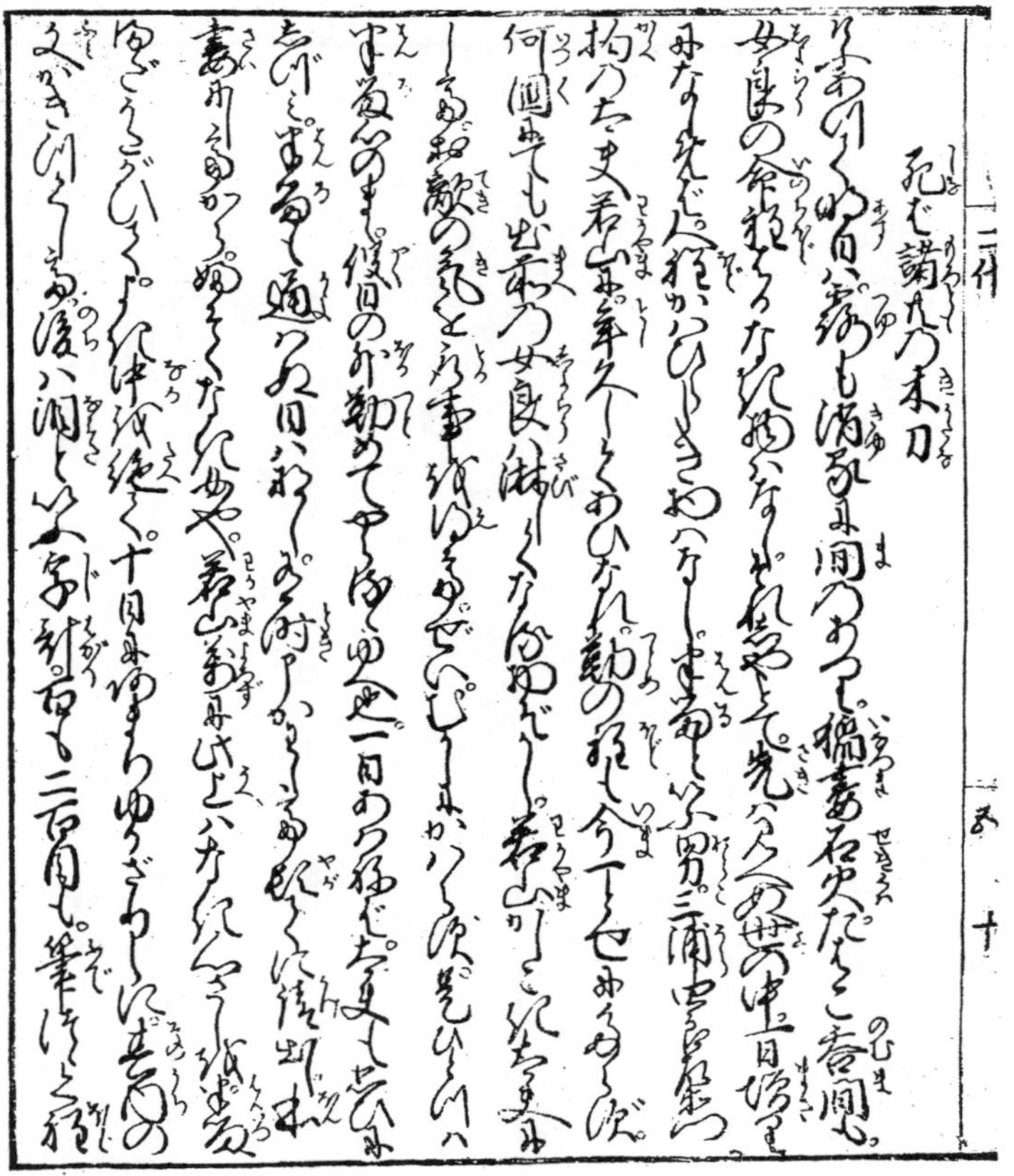

○**作り文**偽りの手紙。○**蔦屋の市左衛門**吉原揚屋町の揚屋桐屋市左衛門のことか。○**一谷**新宿区市ヶ谷。武家屋敷が多かった。○**花夕苅藻**四〇ページ参照。○**つれ引つれ哥**（琴・三味線の）連れ弾きと連れ節（二人の合唱）。「ききたきものかるも花夕がつれふし」（寛文七年刊『吉原讃嘲記時之大鼓』）。○**梁の塵も落ぬるばかり**（魯の虞公の歌声に感動したあまり、梁の上の塵が動いたという故事から）歌声のすばらしいこと。○**箱階子**側面の空間を引き出しなどに利用する階段。

『吉原こまさらい』

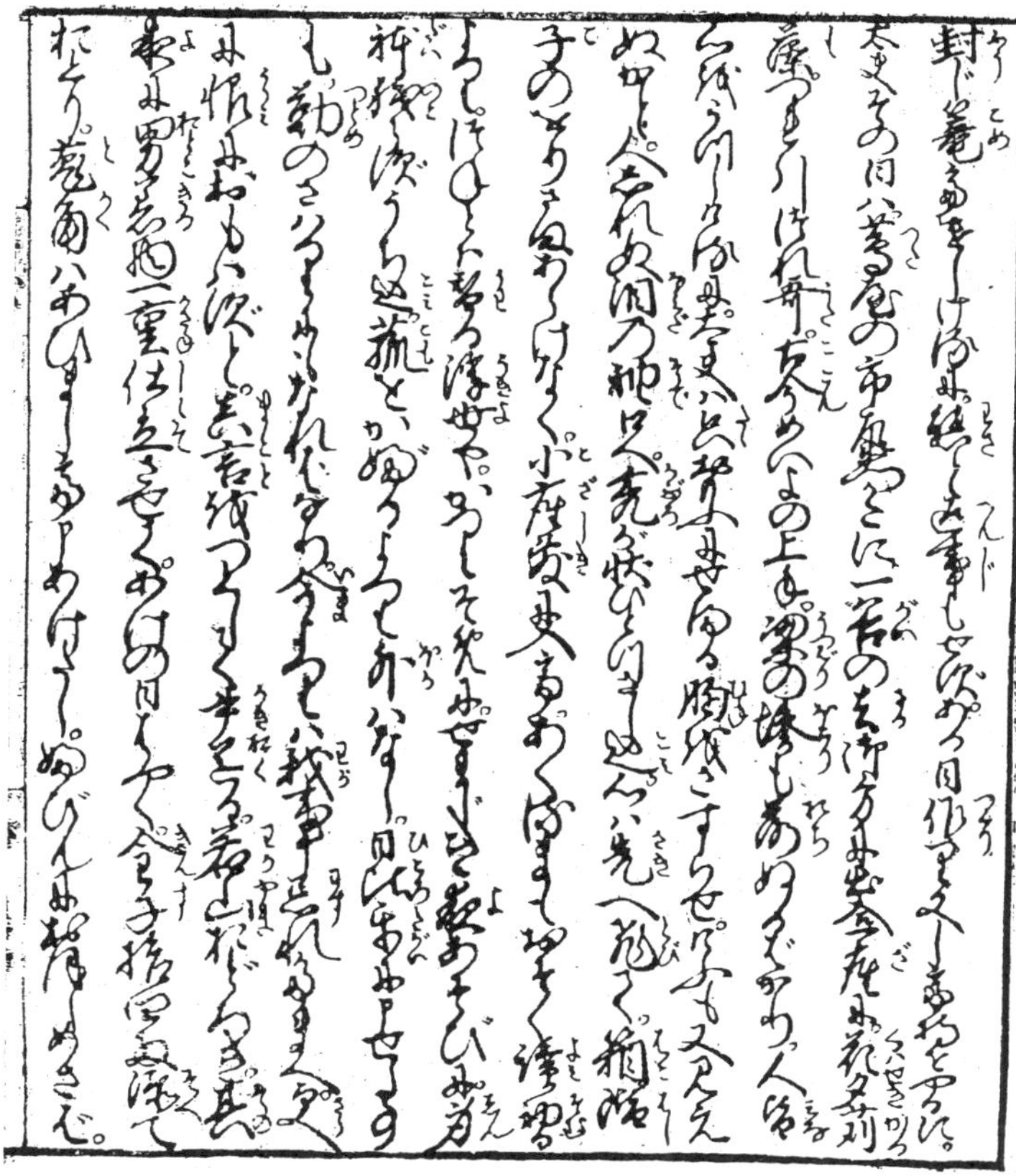

○**夢もはやくま見へたまはれ**夢だとしても早くいらしてください。○**柵迄便り**遊女屋の見世の格子までたどりつき。○**太郎右衛門**吉原揚屋町の揚屋藤屋太郎右衛門。○**たとへ身を捨命を掛て、あひませひては置まじ**たとえ私の身を捨て命をかけても、逢わないではおきません。○**いかにもなるまじき御事にあらず**どうにもならないという事ではありません。○**今迄此町にて名は先立しに**今までこの吉原の廓で（私半留は）誰よりも名前を知られていたのに。○**頼みし仏の日**親父の命日。○**谷中**台東区谷中。日蓮宗の寺院が多い。

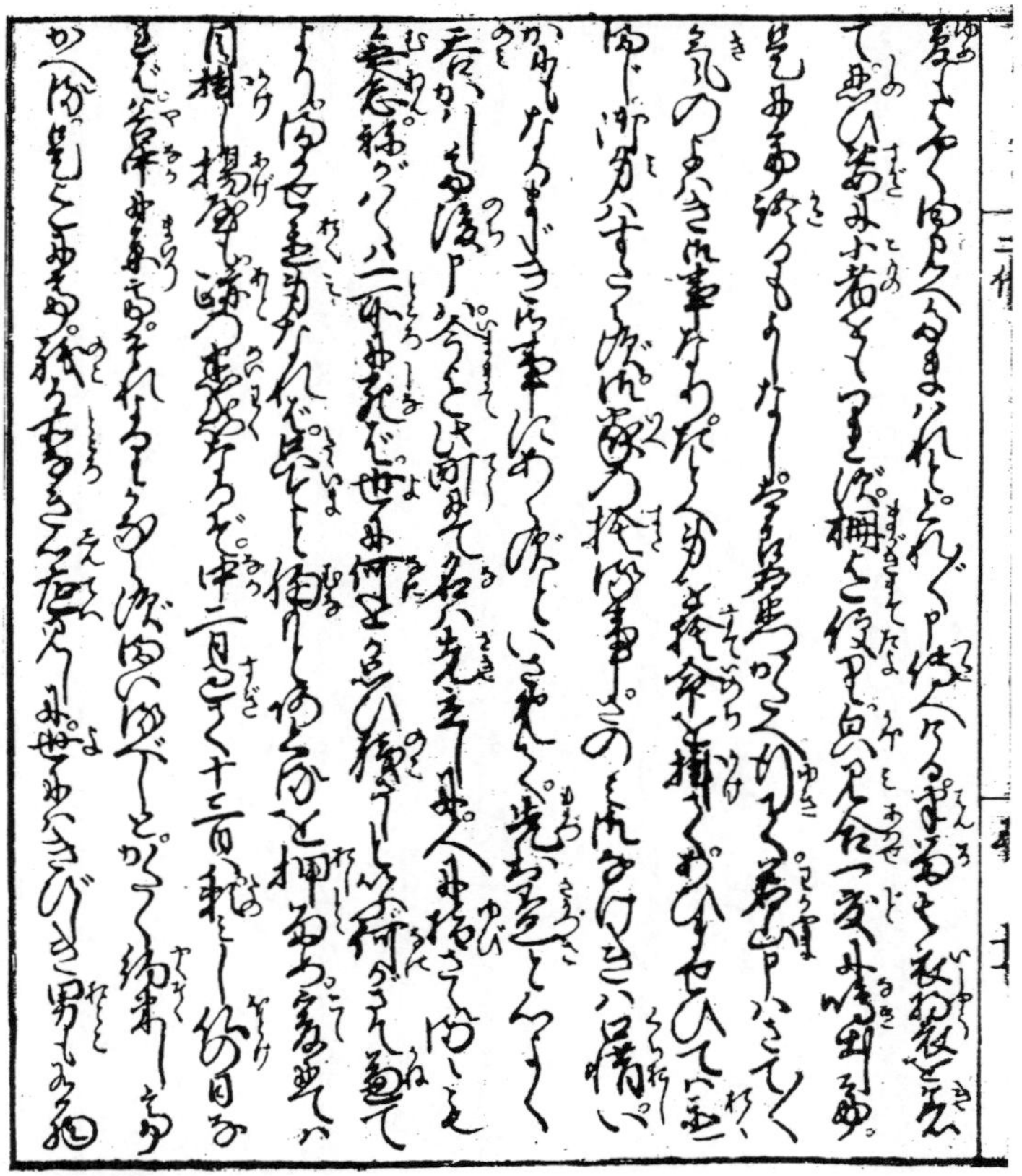

○**其日昼にかたむく影法師もながくみぢかく待て**その日、日が傾いて影法師の長くなるのを気短かに待ち。○**つぼね**局女郎。遊廓で最も下級の遊女。○**もは今なり**もはや今が最期だ。○**題目**日蓮宗でとなえる「南無妙法蓮華経」の七字のこと。○**取付時**取りつく時。○**番所**番人の詰所。廓内には番所がいくつかあった。

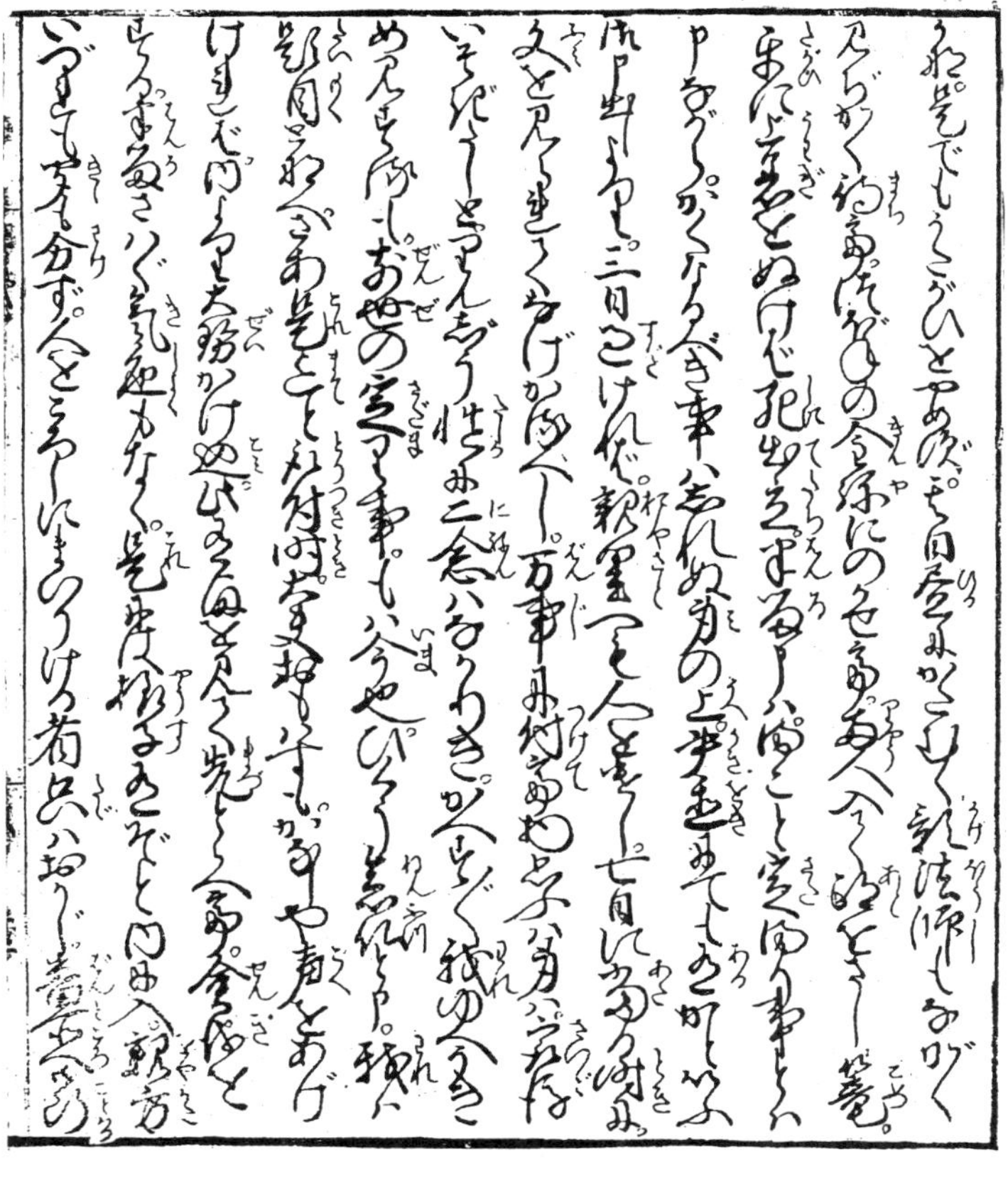

○是非一年の所を申請るかくごぜひとも残り一年の年季を譲り受ける覚悟。**○弐百三拾両の借金迄持てまいつた**二百三十両の借金をしてまで持って参った。**○鍔ぎわ**刀の刀身と鍔の接するところの意から転じて、物事の分かれ目・瀬戸際。**○馬乗物**人を乗せるための馬のこと。**○立出し伊左衛門**吉原新町のうち仲之町道路側に面して、新町の木戸口より外にあったため建て出し（建て加えること）といった。延宝八年刊『吉原人たばね』等参照。**○明石**伊左衛門抱えの格子女郎。『吉原人たばね』に、「あかし　たてだし　めんてい大かたなり。心だて物言ひしどけなく、可愛ゆらしく情けあり。よろづよしとなり」とある。**○女良の分はさにはあらず**女郎とはそのようにすぐ乗り換えてよいものではありません。

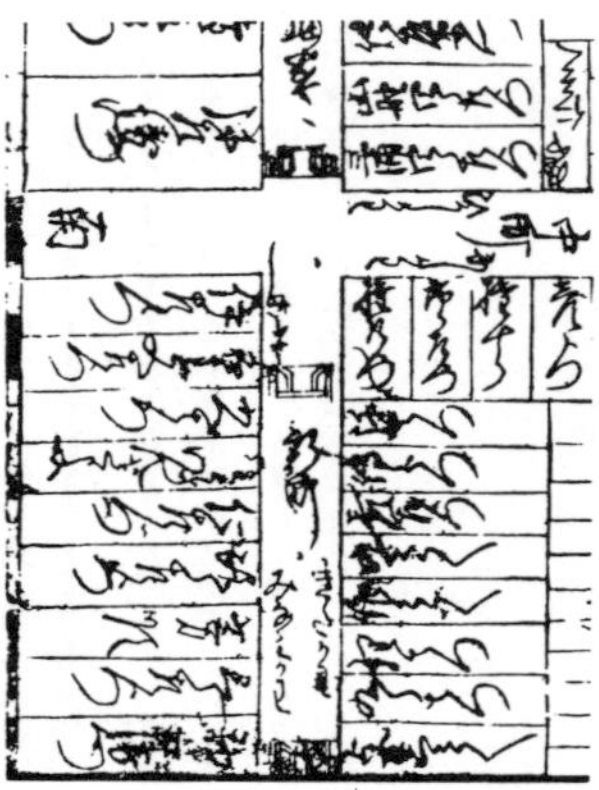

『吉原大全新鑑』

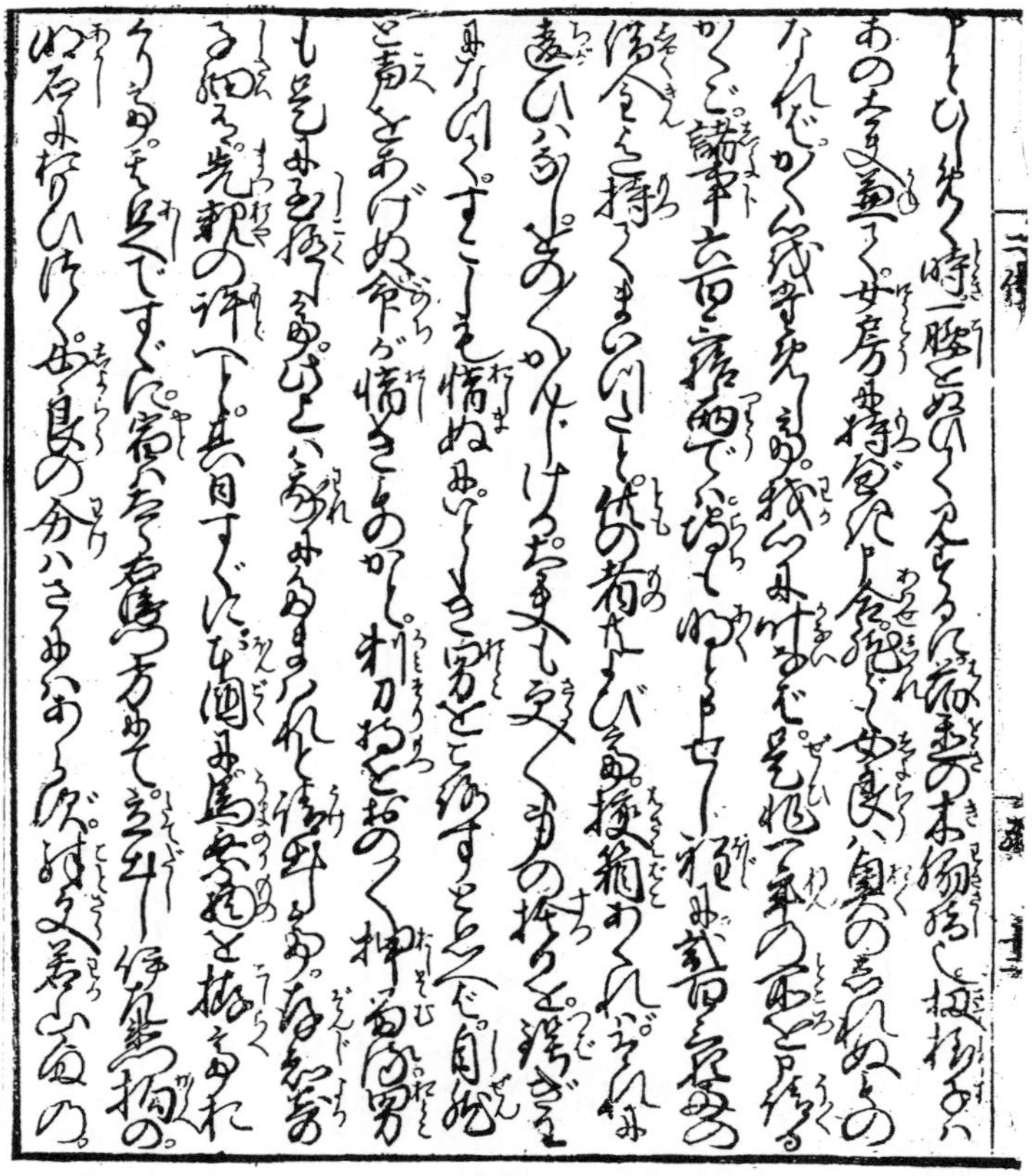

○色あそびを一代やめぶん色遊びはこれっ切りでやめよう。**○我おつかなくおほしめさずば**私が恐ろしくなければ。**○沓の次良**沓は太鼓持のこと。『色道大鏡』一に、「沓持　沓とばかりもいふ。同じく太鼓持の事なり。是江戸によくいひ馴たる名《みょう》目《もく》なり」とある。**○かれらを恋の橋掛て申やる**かれらを恋の仲立ちとしてしきりに申し込んだ。**○わたり違へる男どもにあらず**しくじるような男たちではない。「わたり」は橋の縁。**○進て**勧めて。**○なげく**口説く。哀願する。

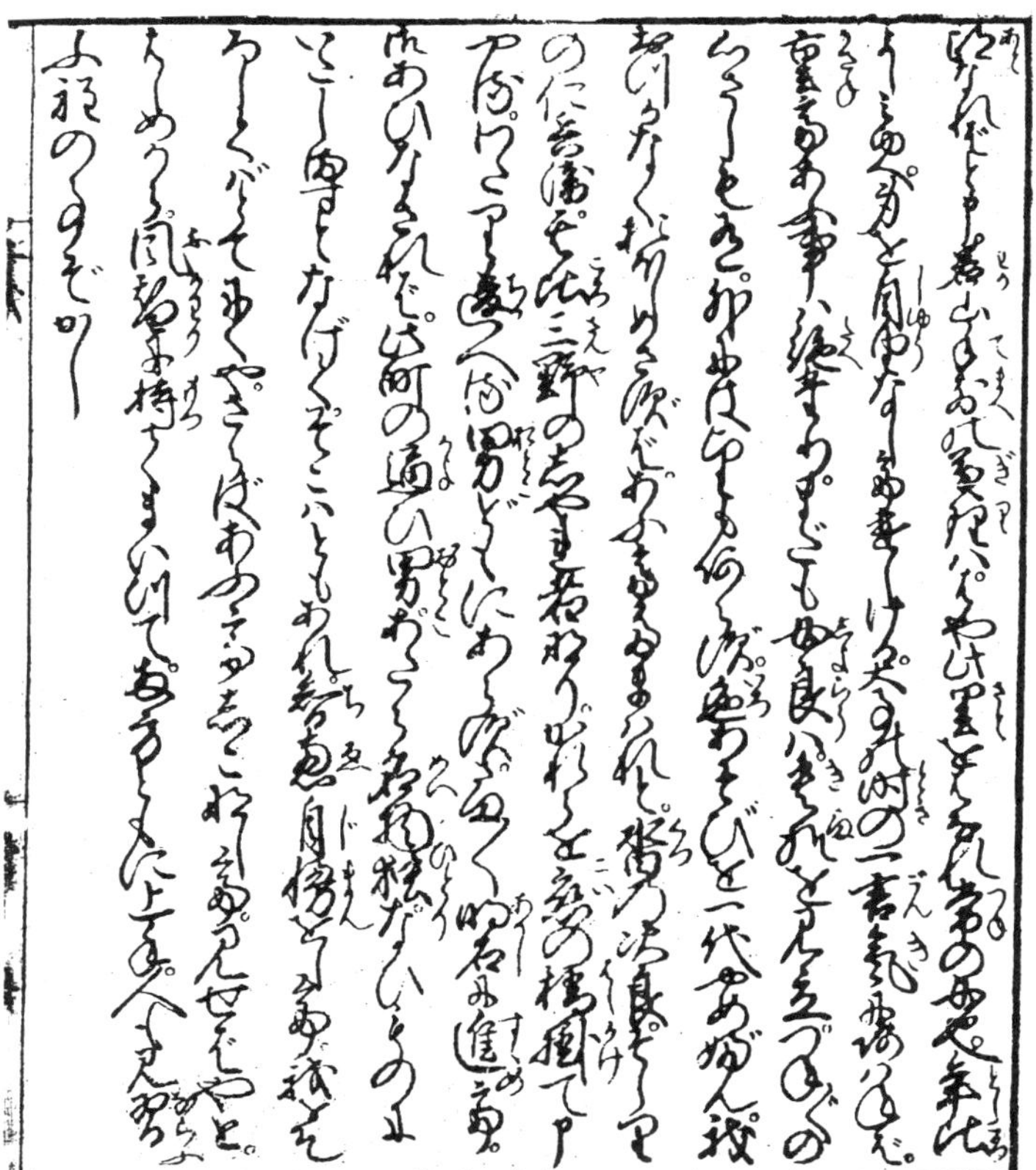

『諸艶大鑑』 58

〈挿絵解説〉

死装束姿の半留と若山と、二人の心中を止めようとする遊女屋の者たち。二人の前には遺書と守り袋がある。

59　巻五ノ三　死ば諸共の木刀

西鶴時代の遊里

西鶴の時代の遊里は、京・江戸・大坂三都の、島原・吉原・新町が代表的なものである。

京都の遊廓は、寛永十七年（一六四〇）、六条三筋町から京都西郊の不便な地である朱雀野へ移転させられ、島原と名付けられた。島原の名の由来は、周囲に堀を巡らせた廓の形態が、島原の乱（一六三七〜三八）で落城した原城に似ているからとも、廓の関係者にとって突然の移転の慌ただしさが、島原の乱の混乱に似ているからとも言われる。ただ一つの出入り口である大門を入ると、茶屋が並んでおり、太夫・天神といった高級遊女と遊ぶ客はそこで休憩し、茶屋の亭主の案内で揚屋へ向かう。揚屋では遊女屋（置屋）から派遣するという形で、客と遊女が会うのである。ただし下級遊女の場合は、揚屋の介在が省略され、遊女屋での見世遊びとなる。

江戸の遊廓は、明暦三年（一六五七）、日本橋葺屋町の元吉原から、浅草日本堤の新吉原（吉原）へと移転した。元吉原は江戸城の前面中央部にあたる場所にあり、遊廓の位置する場所としてはいろいろ差し障りがあったものと思われる。新吉原は浅草寺の裏手にあたるが、京都同様以前に比べると不便な地であった。太夫・格子（島原・新町の天神にあたる）といった高級遊女とは、京都とおなじく揚屋で遊ぶきまりであるが、江戸中期には吉原は三都のなかでは初めて太夫の位が消滅する。格式ばって費用もかさむ揚屋を嫌い、大衆的な茶屋遊びが流行するようになる。

大坂の遊廓は、寛永八年（一六三一）、もと道頓堀にあった遊女町（瓢箪町）が新町に移転したことに始まる。心斎橋にほど近い交通の便の良い地であった。新町の名物は、揚屋の豪華さにあった。九軒町が揚屋の町として名高く、新町の廓のできた当初、揚屋ばかり九軒を並べて一町としたことに町名の由来がある。

西鶴の時代の遊女の数は、島原約三百人、吉原約二千人、新町約千人ほどであったという。遊女の位は、太夫・天神（格子）・鹿恋（散茶）・端女郎と分かれ、太夫との遊興費は島原・吉原が約七十匁、新町が四十八匁であった。その他の諸経費もかかるので、一晩で一両（十万円）以上の金が必要であったようである。端女郎は一匁（千七百円）前後からであった。

好色五人女

巻一　姿姫路清十郎物語

一　恋は闇夜を昼の国
二　くけ帯よりあらはるゝ文
三　太鼓による獅子舞
四　状箱は宿に置て来た男
五　命のうちの七百両のかね

■解題『好色五人女』

貞享三年（一六八六）二月刊。大本五巻五冊。各巻一話五章全二十五章。題簽「好色五人女　ゑ入一（～五）」、各巻角書に「ひめぢニすげがさ」（巻一）・「てんまニたる」（巻二）・「みやこニこよみ」（巻三）・「江戸ニあを物」（巻四）・「さつまニさらし」（巻五）と記す。目録題「好色五人女」、その左側に「姿姫路清十郎物語」（巻一）・「情を入し樽屋物語」（巻二）・「中段に見る暦屋物語」（巻三）・「恋草からげし八百屋物語」（巻四）・「恋の山源五兵衛物語」（巻五）と副題する。挿絵は吉田半兵衛風。刊記「武州　書林　青物町　清兵衛店／貞享三龍集丙寅歳仲春上旬日／摂州　書肆　北御堂前　森田庄太郎板」。初印はこの二都版で、森田単独版が後印（石川了『西鶴選集　好色五人女〈影印〉』解題）。本書は実際にあった五組の男女の恋愛事件をモデルとした作品。素材となった事件は、歌祭文や演劇等に取上げられ、広く知られたものであった。ここに採録した巻一「姿姫路清十郎物語」の場合、姫路で寛文初年におこった事件に取材。『五人女』以前に、「清十郎ぶし」の流行が確認される（『松平大和守日記』他）。また、『五人女』以後、同事件を近松門左衛門が浄瑠璃『五十年忌歌念仏』（宝永四年〈一七〇七〉）で取上げている。

▼刊記

○**龍集**「龍」は星の名前で木星のこと。「集」は宿るの意。「龍集」で一年の意味をもつ。○**仲春**陰暦二月の異称。○**摂刕**「刕」は「州」に同じく、「州」の異体字。○**書肆**本屋。書物の出版および売買をする店。○**北御堂**「北御堂」は、現在、大阪市中央区本町四丁目にある西本願寺別院のこと。大坂の地誌『難波鶴』（延宝七年刊）などによれば、この辺には本屋が集まっていたことがわかる。○**森田庄太郎**「毛利田」とも書いた。大坂の本屋。出版物は貞享頃から宝暦頃まで確認できる（井上隆明『改訂増補　近世書林板元総覧』）。『難波鶴』の「書物屋」の項に、「御堂前　本や庄太」として出ている。西鶴の作品では、本書の他に『椀久一世の物語』（貞享二年二月刊）・『日本永代蔵』（貞享五年正月刊）も出版した。なお、初印本は、「貞享三龍集…」の右側に、「武州　書林　青物町清兵衛店」とある二都版。清兵衛は万屋清兵衛で、江戸での売りさばき元。江戸で西鶴本をほぼ独占していた。底本は、その万屋を削除した後印本。削除の理由は、万屋が森田に対し、何らかの問題を起こしたためと推定（石川了『西鶴選集　好色五人女〈影印〉』）。

※他巻の内容

巻二「情を入し樽屋物語」は、樽屋の女房おせんと麹屋長左衛門との密通に取材。貞享二年正月、西鶴の地元大坂での事件。

巻三「中段に見る暦屋物語」は、京の大経師の女房おさんと手代茂右衛門との密通事件。天和三年九月、仲立ちした下女の玉ともども、二人は処刑。

巻四「恋草からげし八百屋物語」は、江戸の八百屋の娘お七と吉三郎の恋物語。吉三郎に再会したい一心からお七は放火、天和三年三月、火刑に処せられた。

巻五「恋の山源五兵衛物語」は、男色好きの源五兵衛とおまんの恋物語。舞台は薩摩。詳細は不明ながら、モデルは寛文年間の事件と推定。この巻のみ二人の恋が成就、目出度く結ぶ。

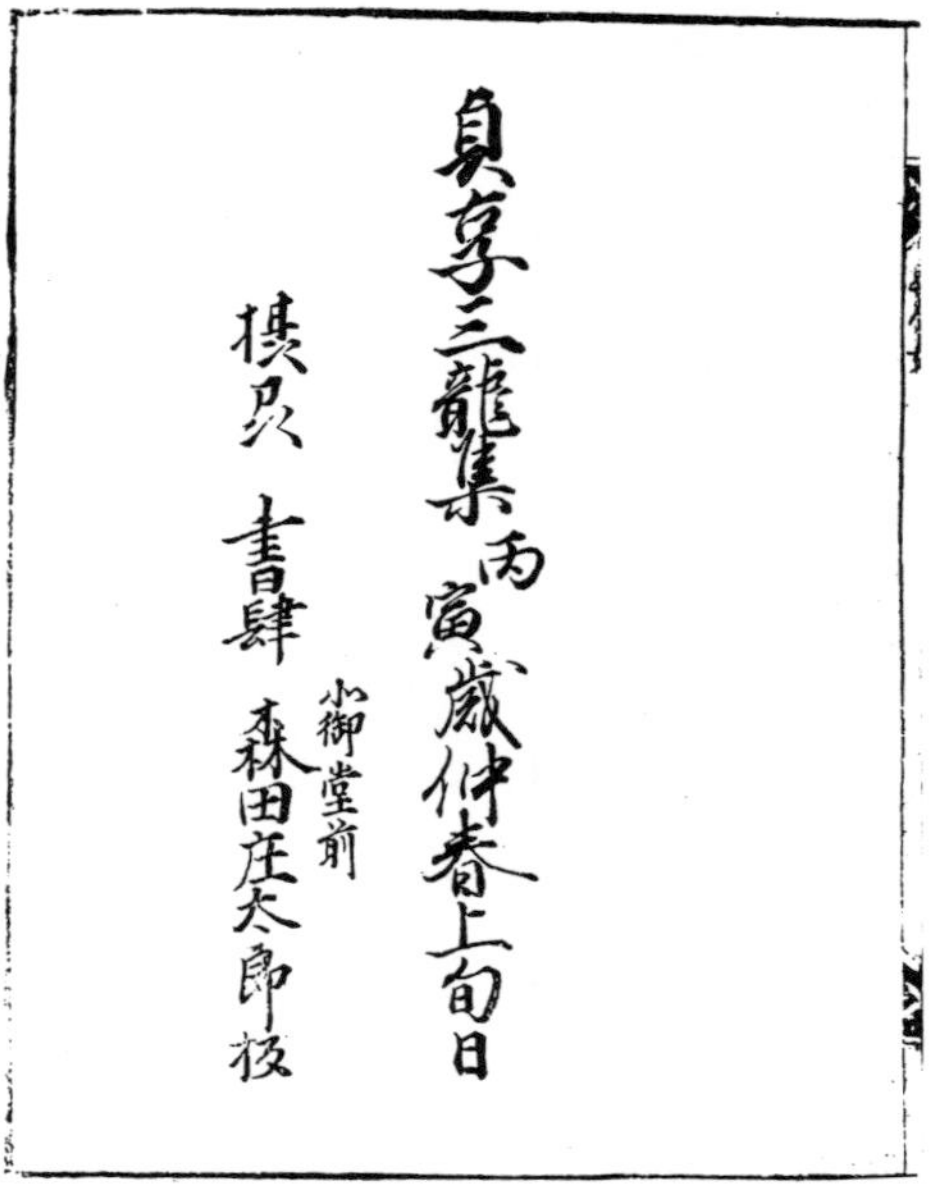
貞享三龍集丙寅歳仲春上旬日
摂刕　書肆　北御堂前　森田庄太郎板

刊記

▼巻一目録

○姿姫路清十郎物語姫路で起こった清十郎の物語。「姿」は美人の意。ここでは、「姫路」を導き出す序詞的なはたらき。**○恋は闇**恋には分別を失う意の諺。**○夜を昼の国**夜も灯をともして、昼のようにして遊ぶ場所、つまり遊廓。当時の地理書や世界地図に見える「夜国」の意も含む。清十郎は室津の遊廓で、昼間に夜の真似事をして騒ぐが、その最中に父親が登場、勘当をいい渡される。悲観した清十郎と馴染みの遊女皆川は、心中を図る。**○室津にかくれなき男有**「室津」は、現在の兵庫県揖保郡御津町室津にあった港。「かくれなき男」は清十郎を指す。なお、各章題の添書は、全巻すべて「…有」と統一。**○くけ帯**縫い目が表から見えないように縫った帯。清十郎が仕立て直しを頼んだくけ帯から、昔の恋文が出てくることを示唆する章題。その恋文がきっかけとなり、おなつは清十郎に魅かれはじめる。**○姫路に都まさりの女有**おなつを指す。本文中に、京島原の太夫にも勝る美形とある。

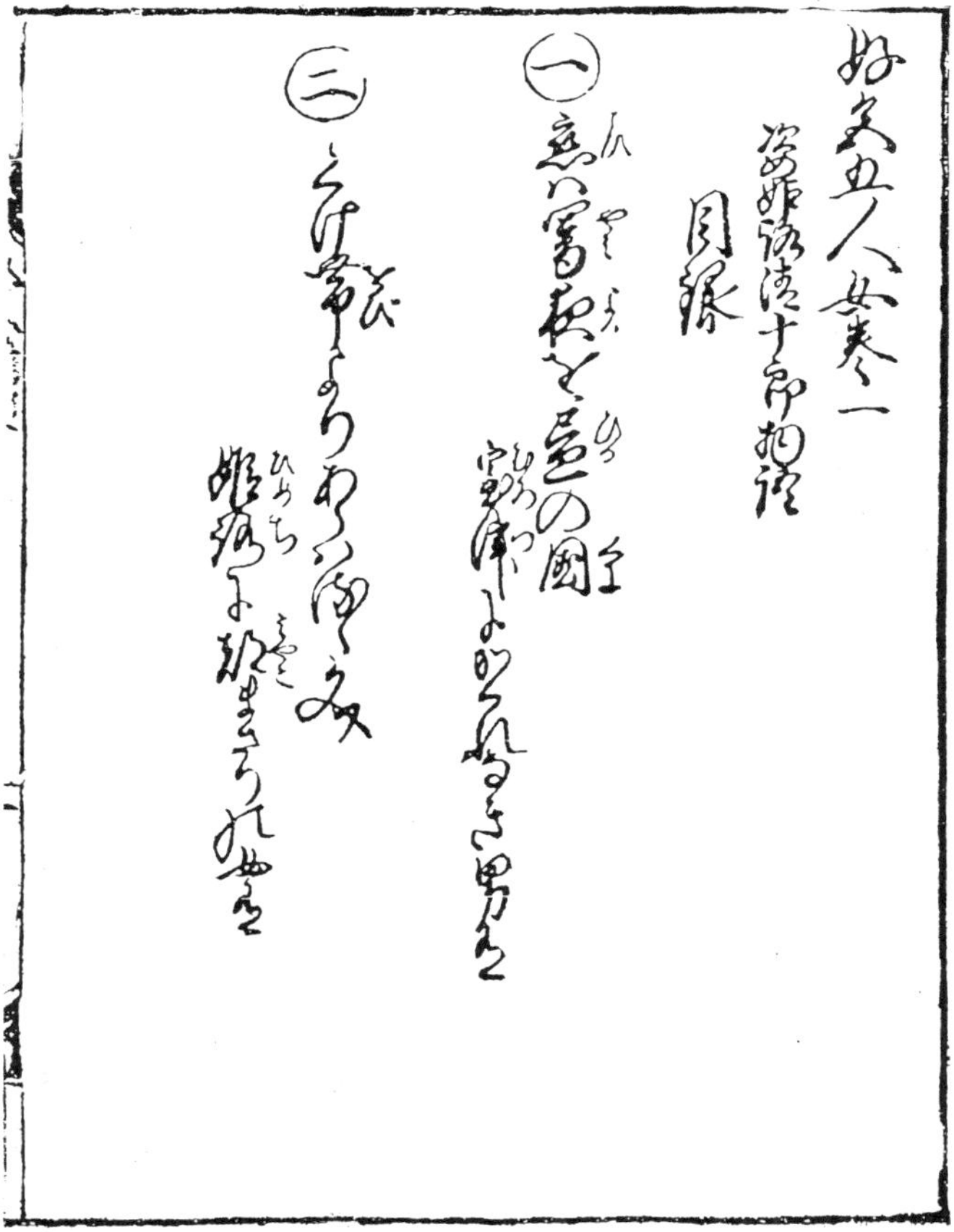

〇**太鞁に寄獅子舞**花見の場に獅子舞が登場することを示唆する章題。獅子舞は清十郎が仕組んだもので、その間に清十郎とおなつは契りを結ぶ。「鞁」は「鼓」と通い用いられた。〇**小袖幕**小袖（袖口の狭い着物）を綱にかけ、花見の幕として用いた。〇**状箱は宿に置て来た男**本章に登場する書状の入った状箱を宿に置いてきた飛脚を指す。おなつと清十郎を乗せた船は、この飛脚のために港へ引き返す。二人は追手に捕えられ、駆落ちは失敗。〇**命のうちの七百両のかね**命があってこその七百両という意。清十郎が七百両を盗んだとぬれぎぬを着せられ、処刑されることを示唆。振り仮名「いの」は「いのち」の誤刻。〇**哥**「歌」の異体字。

巻一ノ一

〇**恋は闇**恋には分別を失う意の諺。〇**夜を昼の国**夜でも昼のように明るい国。ここは、夜も灯火を昼のように明るくともして遊興する遊里をいう。当時の世界地図にある「夜国」（北極圏）を意識。例えば、慶安五年刊「万国総図」（「岩波文庫」付図、『江戸時代「古地図」総覧』）には、「此れ北方の国、略二月より八月に至つて昼、八月より二月に至つて夜」と注記。陽の沈まない国の存在は、当時の人々に知られていた。〇**宝舟の浪枕**宝船は宝物と七福神を乗せた帆掛船で、ここは多くの財貨を積んだ船が碇をおろす意。「春」「宝船」「枕」、「海」「浪」「湊」は縁語。

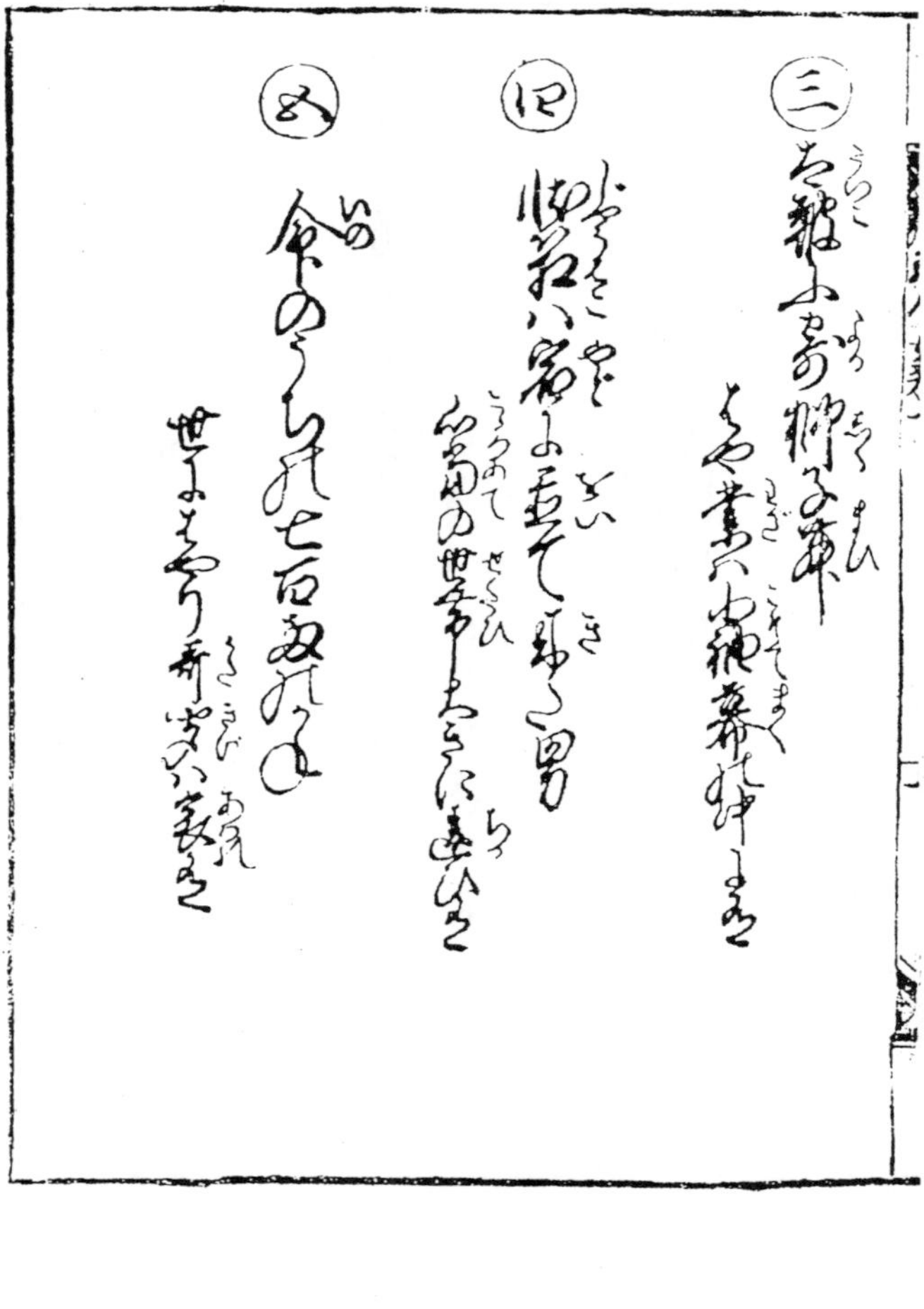

○室津現在の兵庫県揖保《いぼ》郡御津《みつ》町にある港。西鶴は、『一目玉鉾』巻四に、室津を「西国第一の船がかり」と記す。**○むかし男**在原業平。平安前期の歌人。美男子の典型とされ、『伊勢物語』の主人公に擬せられる。「むかし男」は、『伊勢物語』各段の書き出し「むかし、男ありけり…」に由来。**○此津の遊女**『色道大鏡』巻十三に、室津は遊女発祥の地という。『好色一代男』巻五ノ三によれば、室津の遊廓は遊女屋三軒に遊女八十余人。**○誓紙**起請文。遊女が客に真心を示す心中立の一つ。遊女が客に二心のないことを、神々に誓って書き記した文書。用紙には熊野牛王《ごおう》（熊野神社が発行する護符）を用いた。後出の爪を剥がす（放爪）、髪を切る（断髪）も、同じく心中立。「放爪《ほうさう》とは、爪をはなすをいふ。此事いたましき業《わざ》なれども、是は男より望まずしておこなふ所作なれば、初発の心中にこれを載す。…誓詞《せいし》・起請文《きしやうもん》其心同じ。抑《そもそも》傾国の起請をかきておとこに約する事、心中の極意にありて、秘する事なれども、先第二の品にをくは、初心のおとこ、誓詞を望む事あり。他人の目に見えぬ心中なれば、心やすくかきて、其男に受納さするゆへに、最初の心中ともす。又、大功ある男、最初に誓詞をとる事も秘事也。…抑《そもそも》、傾城の髪をきる事、心中の其ひとつにして、近代甚もつてさかんなり。其はじまる処は、播州室の遊女、宮木《みやぎ》といひし女よりおこれり」（『色道大鏡』巻六）。**○大綱になはせける**『徒然草』第九段に「女の髪すぢをよれる綱には、大象もよくつながれ」とあるをふまえ、「大象」ならぬ「りんき深き女」（嫉妬深い女）さえつながるだろうとした。**○紋付の送り小袖**遊女から客に送る小袖。『色道大鏡』巻四に、遊女の紋または客の紋を付けたという。**○三途川の姥**奪衣婆《だつえば》。冥土の三途川のほとりで、亡者の衣をはぎ取るという。

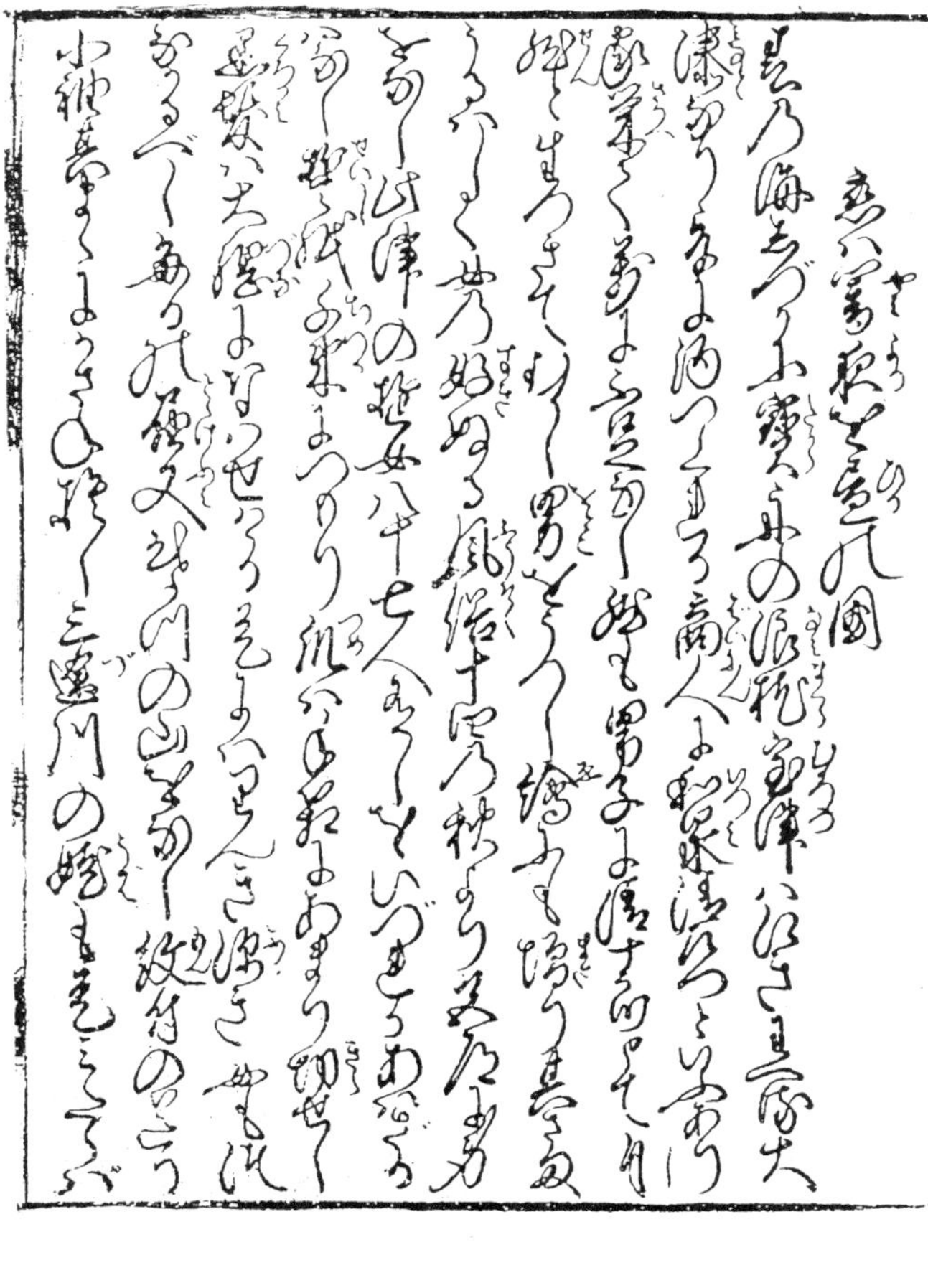

○高麗橋の古手屋「高麗橋」は東横堀川に架かる橋。現在の大阪市中央区内にある。「古手屋」は古着屋。『難波雀』に「同（古手屋）高麗橋堺筋西」。**○浮世蔵**遊女からの進物を収めた蔵。「浮世」には好色の意がある。穎原退蔵「うきよ名義考」（『穎原退蔵著作集』一七）参照。**○あがりを請べし**「あがりを請く」は、品物を安値の時に買い込み、値上がりを待って売り払い、利を得ること。ここは、遊女からの進物をいくらためこんでも何の利にもならぬだろう、という意。**○勘当帳**正式に勘当する場合、町年寄・五人組を経て奉行所に願い出、勘当帳に登記する。**○やめがたきは此道**『徒然草』第九段に「まことに、愛著の道、その根ふかく、源とほし。…その中にただ、かの惑ひのひとつ止めがたきのみぞ、老いたるも若きも、智あるも愚かなるも、かはる所なしとみゆる」とあるのをふまえた表現。**○比**版本「比」は「頃」に通用。**○月夜に灯燈を昼ともさせ**「月夜に提灯」は、無用の奢りをいう諺。『毛吹草』巻二に「月夜に灯燈も外聞」。月夜に提灯をともすのさえ無用の奢りなのに、月夜どころか昼間にともさせている。**○昼のない国**前出「夜を昼の国」参照。**○番太**番太郎の略。雇われて自身番に詰め、火の番や夜番に従事した。ここは、夜の風物の一つとして、拍子木を打たせ夜回りの真似をさせた。**○やりて**遊里で客へのとりもちや、遊女の世話・監督をする年配の女。『色道大鏡』巻一に「遣手といふは、傾城に付て、其請待する挙屋へやりわたすゆへに、遣手といふ」。**○門茶**仏寺詣りする人に門前や街頭で湯茶を施すこと。但し、これは夜の行事ではない。七月中の風物としてあげ、以下の盂蘭盆の行事へ続く。**○哥念仏**念仏に節をつけて歌うもの。**○久五郎**下男の通称。ここは揚屋の下男であろう。**○尊霊の棚**盂蘭盆に仏前に作る棚。先祖の霊への供物を乗せる。「灵」は「霊」の異体字。**○楊枝**現在のものより長く、四〜五寸（約一五センチ）程ある。それを苧殻の代用とした。**○送り火**七月十六日の宵、聖霊を送るため、門前で苧殻を焚く。

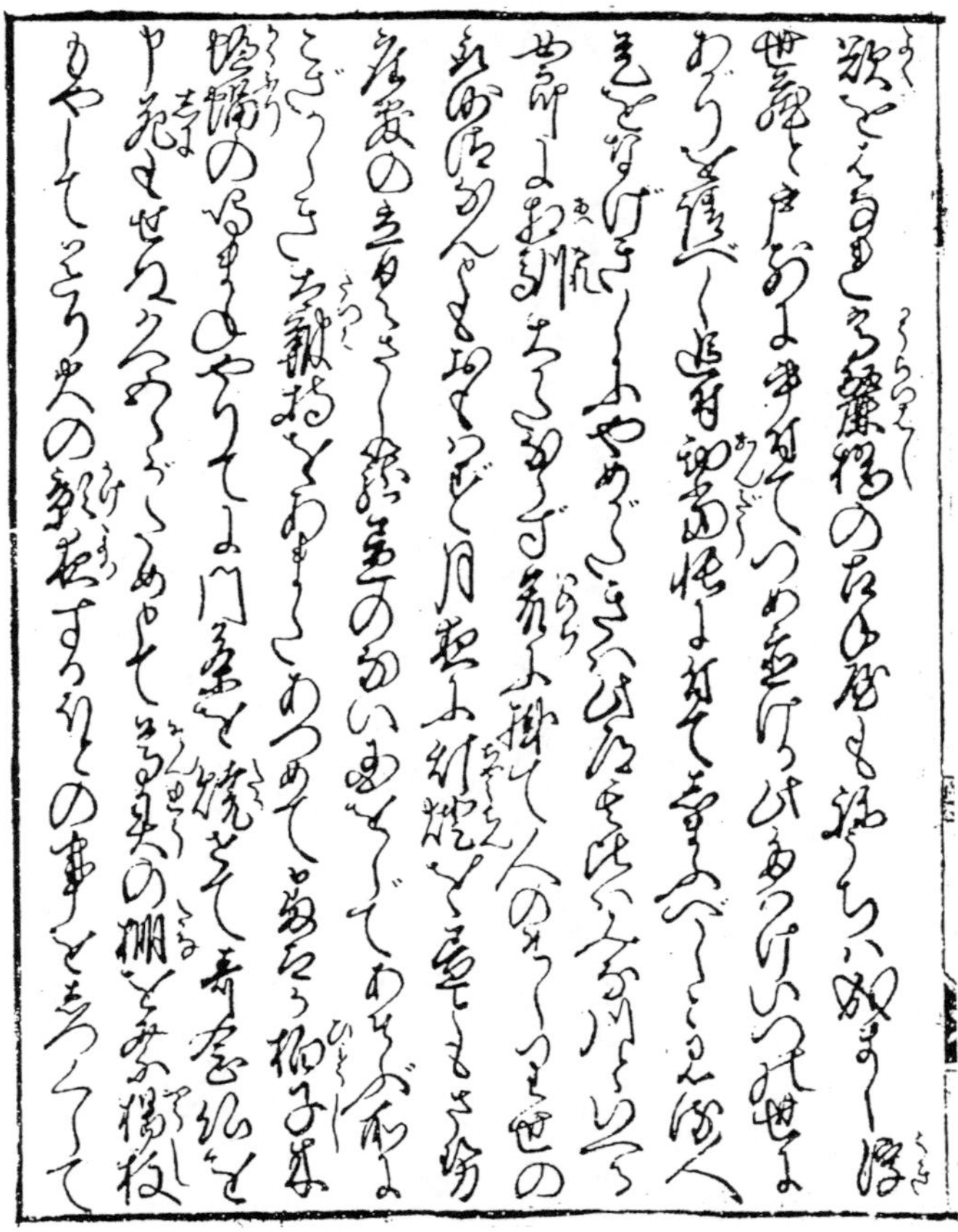

○**裸嶋**裸の人々の住む島。「万国総図」と一対として刊行された「万国人物図」（『江戸時代「古地図」総覧』）には、裸の格好で描かれた人物が載っている。また、中国明代に出版され、日本でも普及した『三才図会』には、珍奇な人物が多数記載される。「裸嶋」は、これらからの着想か。○**帷子**夏用のひとえの着物。主に麻で仕立てる。○**十五女郎**鹿恋・囲いとも。太夫・天神の下に位する遊女で、もと揚代が十五匁だったことからこう表記する。○**白なまず**皮膚病の一種。白い斑点ができる。○**生ながらの弁才天様**「弁才天」は七福神の一つの女神。鯰が竹生島《ちくぶしま》弁才天の使いとされることから、皮膚病の白なまずを鯰に見立て、十五女郎を弁才天と洒落た。鯰と弁才天は俳諧の付合（『類船集』巻一）。○**俄風**親父の突然の登場を突風に例える。以下、突風から火事を連想、「荷をのける（避難する）」、「焼けとまる（遊びをやめる）」と続けた。○**莵角はすぐに…**「とにかくお前は、すぐにどこへでも失せろ」というのに、「どちら様も、ご無礼いたしました。さらばでござる」という挨拶をかける。「莵角」または「兎角」は副詞「とかく」の当て字で近世の慣用。○**闇の夜の治介**あとさきを知らぬ、向こう見ずな男につけたあだ名。実の全体が同じ太さの瓢箪を、「あとさき知らず」の洒落で、「闇の夜」と呼んだことによる。『和漢三才図会』巻百に「苦瓠《ひょうたん》…細腰本末相ヒ均シキ者ヲ、俗呼ンデ闇ノ夜ト曰ヒ珍ト為ス」。

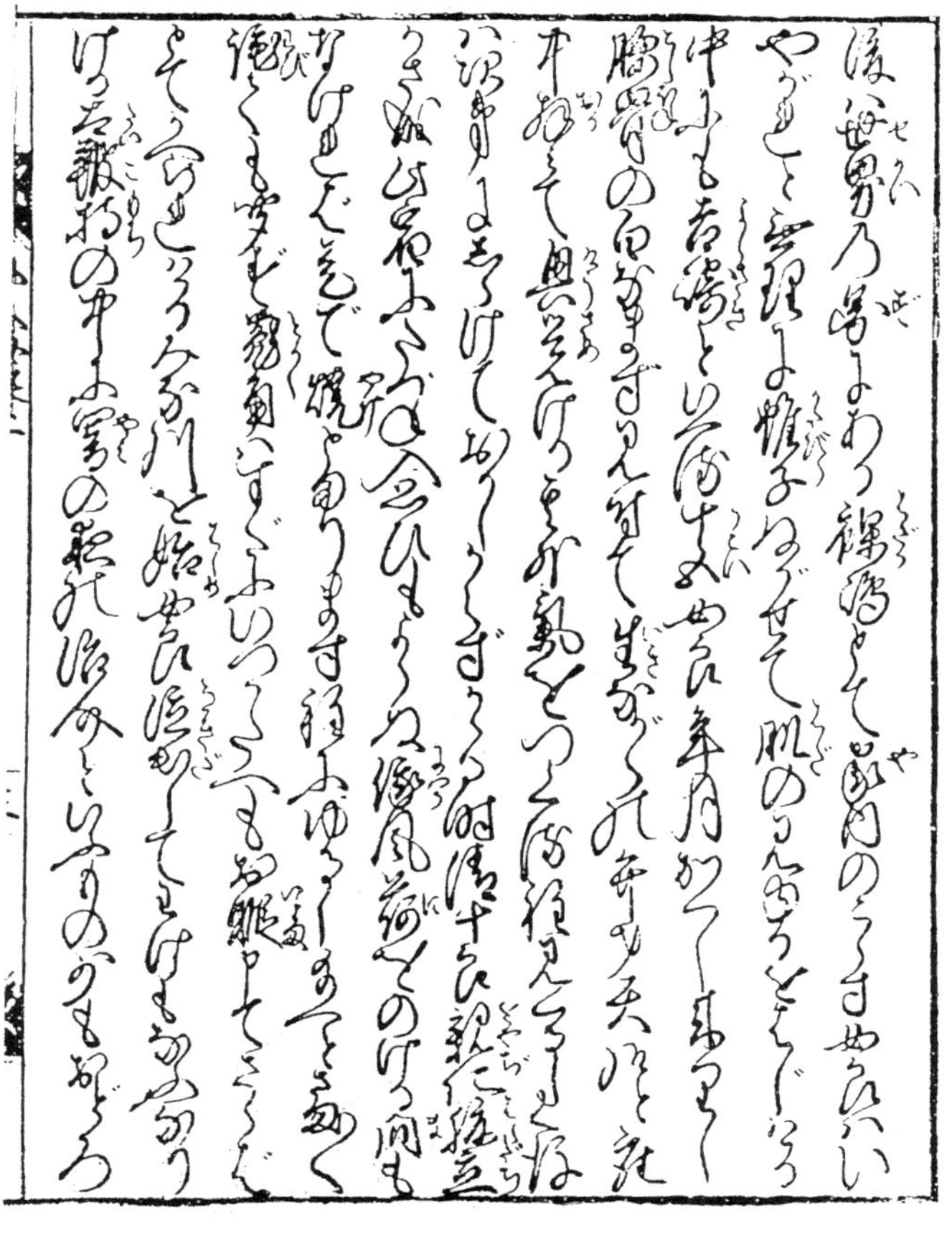

○男は裸か百貫諺。男は裸でも百貫の値打ちがある。**○てらしても**「ててら」(褌《ふんどし》)の誤り。たとえ褌一本でも、の意。「てら」を「てら宿」と見、「博奕宿をしても」とする説もある。**○揚屋**客が鹿恋以上の遊女を呼んで遊ぶ宿。**○げんを見せて**すぐに反応をみせて。「げん」は「験」。「ゲン 何か或ることのしるし、あるいは、効果」(『日葡辞書』)。**○天目**天目茶碗。二つ一度に運ぶのは無作法。**○灯心をへして行く**灯芯(油にひたして火をともす芯)を減らし、灯火を暗くする。勘当を受けた清十郎からは、もう遊興費がとれない。よって、明かりをともしておくのは、油の無駄というもの。**○一歩小判あるうちなり**「一歩小判」は一歩金。一両の四分の一。ここは、人の情けは金のあるうち、というほどの意。**○清十郎も口惜きとばかり…**清十郎も「無念」と言ったばかり、その一言に命を捨てる覚悟が表れてはいるものの。**○かた様**『俚言集覧』に「女郎、客を方様といふ」。「様」、版本は「さ」と「ま」の合字。

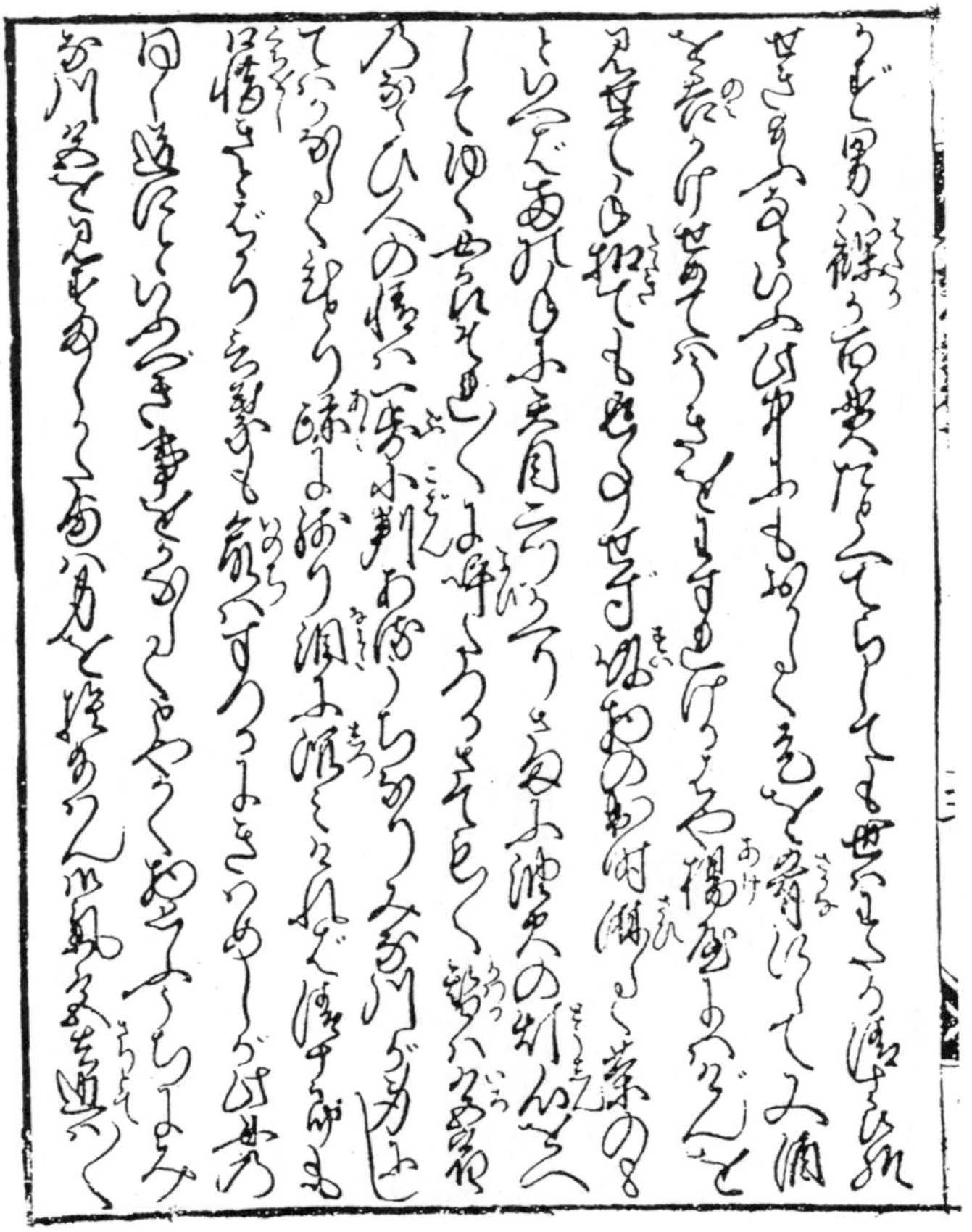

〇勤 遊女の勤め。**〇我を折て** あきれて。**〇傾城** 遊女。「傾城」の名は、『漢書』外戚伝光武李夫人に記す、美女の色香に迷い国を傾ける故事に由来。元来、美人のことをいう。**〇白將裵** 白一色の死装束。死を覚悟しての用意。版本「將裵」は「装束」の誤記。**〇親かた** 皆川を抱える遊女屋の主人。**〇内** 清十郎の親元。**〇旦那寺** 菩提寺。「永興院」は未詳。**〇其年は十九** 釈迦が十九歳で出家したことのもじり。

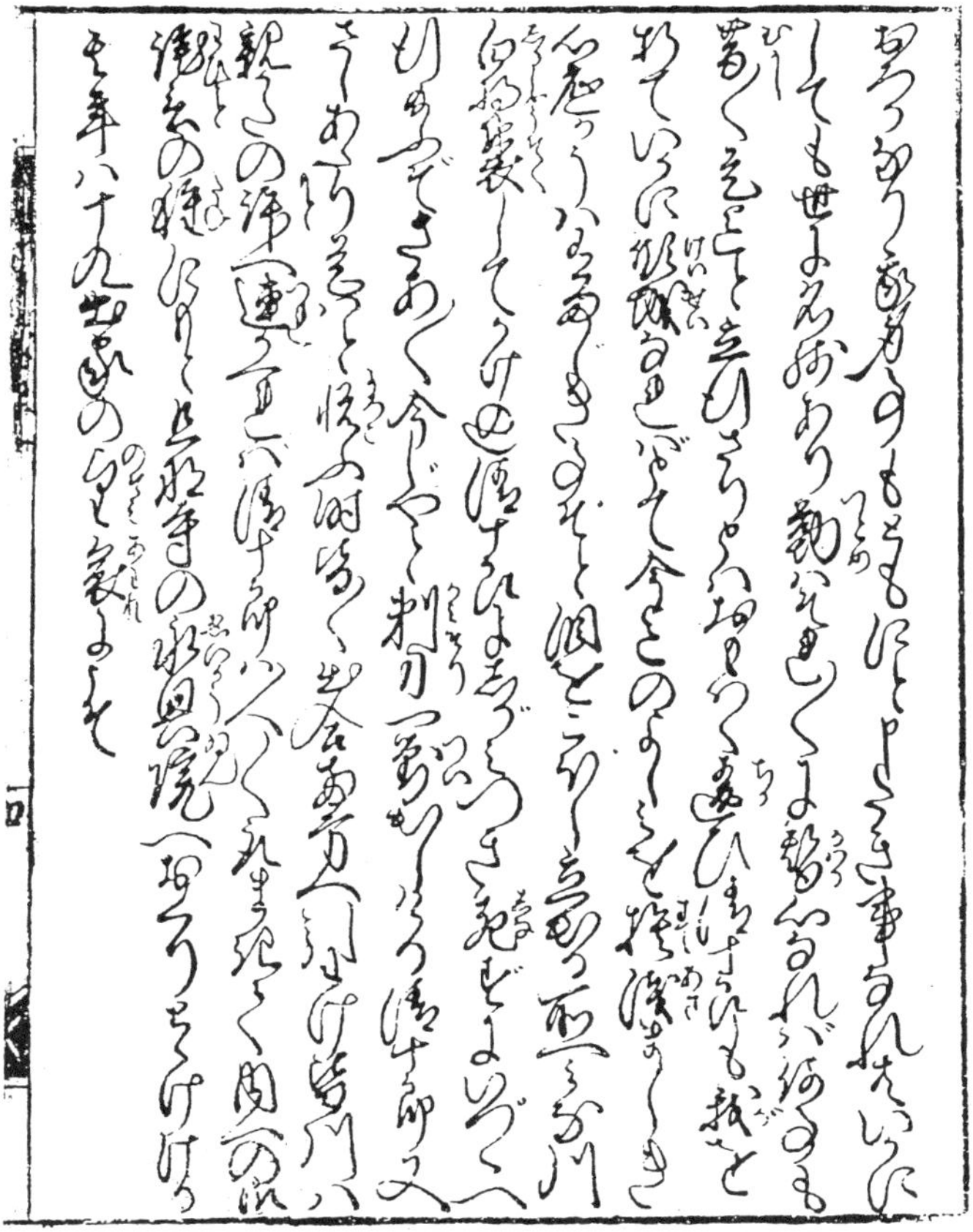

〈挿絵解説〉

室津遊廓の揚屋、清十郎と皆川の心中騒ぎの様子を描く。左図、木瓜《もっこう》の紋をつけた着物の男が清十郎。手に剃刀を握り、その手を男に押さえられている。清十郎は次章・次々章でも、木瓜の紋をつけている。一方、皆川は下髪で稲妻模様の着物。剃刀を持った腕を、女に握られている。本文によれば皆川は白装束のはずであり、挿絵の服装はくいちがう。右図の四人の女のうち、前掛けをした女は揚屋の中居らしい。後を振り返る女は禿《かむろ》。髪は奴島田。あとの二人は遊女。髪は島田髷。なお、信多純一「中世小説と西鶴」(「文学」四四、昭和五一・九)に、本章挿絵は明暦二年十一月刊『角田川物かたり』上巻の挿絵の模倣という。

※参考資料① 歌祭文「おなつ清十郎 上」

はらひきよンめ奉るノホ、恋に引所もやさし名の引姫路よりかも名を流す。但馬屋お夏が恋草の。元は手代の清十郎と。いつしか契をこめ問屋《どひや》。ほんそ娘でありけるが。親はそれともしら糸のカ、リ結びとめたる縁組のオクリ結納《たのみ》取つゝさる方へ引最早近々嫁入と。云へどお夏は清十郎と。深き仲なりや嫁入は。心に染まずくよくくと。案じ煩ふ折りからに。勘七と云ふ重手代《おもてだい》。よめり道具のその金を。先へ渡さず横取し。巧む悪事ぞ不敵なる。旦那手前は清十郎が。お夏と深き

仲故に。何とぞよめりを妨げん。為に金をば盗み取り。それで道具も調はず。皆清十郎がなすわざと。誠しやかにわんざんすカヽリ親方かくと聞くよりもオクリやがて。清十郎引きつけて引怒れる眼に涙ぐみ。あゝさて憎き仕業《しわざ》やな。然し恋路は世の習ひ。それは許しもなるべきが。此処をとつくとよく聞けよ。娘お夏が母親は。室津の女郎でありけるが。君傾城の娘とて。よしある人は縁組まぬ。そこをとやかく世話にして。やうやう縁組定めしに。かゝる妨なす事の。憎くや腹立ちゥ恩知らず引。鉢叩まくし出だすぞ出てうしよと殊の外なる立腹に引無実を受けし言ひ訳も。地主人の娘と不義をせし誤あれば聞分けは。よもやあるまじこれは皆。あの勘七がなす業よ。思ひ知らせんおのれめを。生けて置かうか刺殺し。生きて甲斐なき某も。無念を晴らし死すべきと。カヽリ既に其の夜も。八つの頃引。マヒセメかの勘七が寝所《ねどころ》へ。そろそろと差寄つて襖を開くれば火は消えて。闇路《やみじ》に迷ふ清十郎が。心の内こそあやしけれ引。下その相手代ゥ源七がフシ臥したる姿を勘七と引。下心得やがて乗りかゝり。清十郎なるぞコハリ今こそは。思ひしれよと喉笛《のどぶえ》を柄も折れよと突き通す。刺し通されてゥ勘七（源七の誤り）はフシ遂に引あへなくなりはつる引しすましたりと清十郎は。すぐにその場を立退きし。この騒動のその中に。お夏は清十郎行き方のカヽリ後をば慕うて行く水の。トメ哀ぞつきせぬ事なりとうやまつて申す。（『日本歌謡集成』八）

巻一ノ二

○くけ帯縫い目を表に出さないように縫った帯。**○今の事じやは**「今おこったことだよ」の意。**○外科**主として外傷を治療する専門医。『人倫訓蒙図彙』巻二に、「外科　外相に出る腫物を療するゆへに、外科と号す」。**○気付**気付け薬。**○まだどうぞ**「まだ何とかして、命を救うことができるのではないか」の意。**○脉があがる**脈が絶える。死ぬことをいう。版本「脉」は「脈」の異体字。**○清十郎死おくれてつれなき人の命母人の申こされし一言に…**「つれなき人の命」（ままにならぬが人の命）は、清十郎の述懐とも母親の伝言とも解せる。清十郎は死におくれて、「人の命は思うようにならないものだ」と悔やんでいたが、「ままにならないのが人の寿命。はやまるな」といってよこした母親の一言に…。**○同国姫路**播磨国姫路。現在の兵庫県姫路市。**○但馬屋九右衛門**未詳。近松門左衛門作『五十年忌歌念仏』（宝永四年初演）は、但馬屋九左衛門とする。**○見せをまかする手代**家事をつかさどる内証手代に対し、営業方面を担当する手代。「見せ」は店。「手代」は丁稚《でっち》と番頭の間に位する奉公人。ただし、当時の商家の慣習からして、新参の奉公人に店の切り回しを任せるとは考えにくく、いささか不自然。**○後くはよろしき事にも**「そんな家に奉公していたら、将来都合のよいこともあろう」の意。**○頼にせし宿**前出「よしみ」の人をさす。**○きもいられて**仲介してくれて。

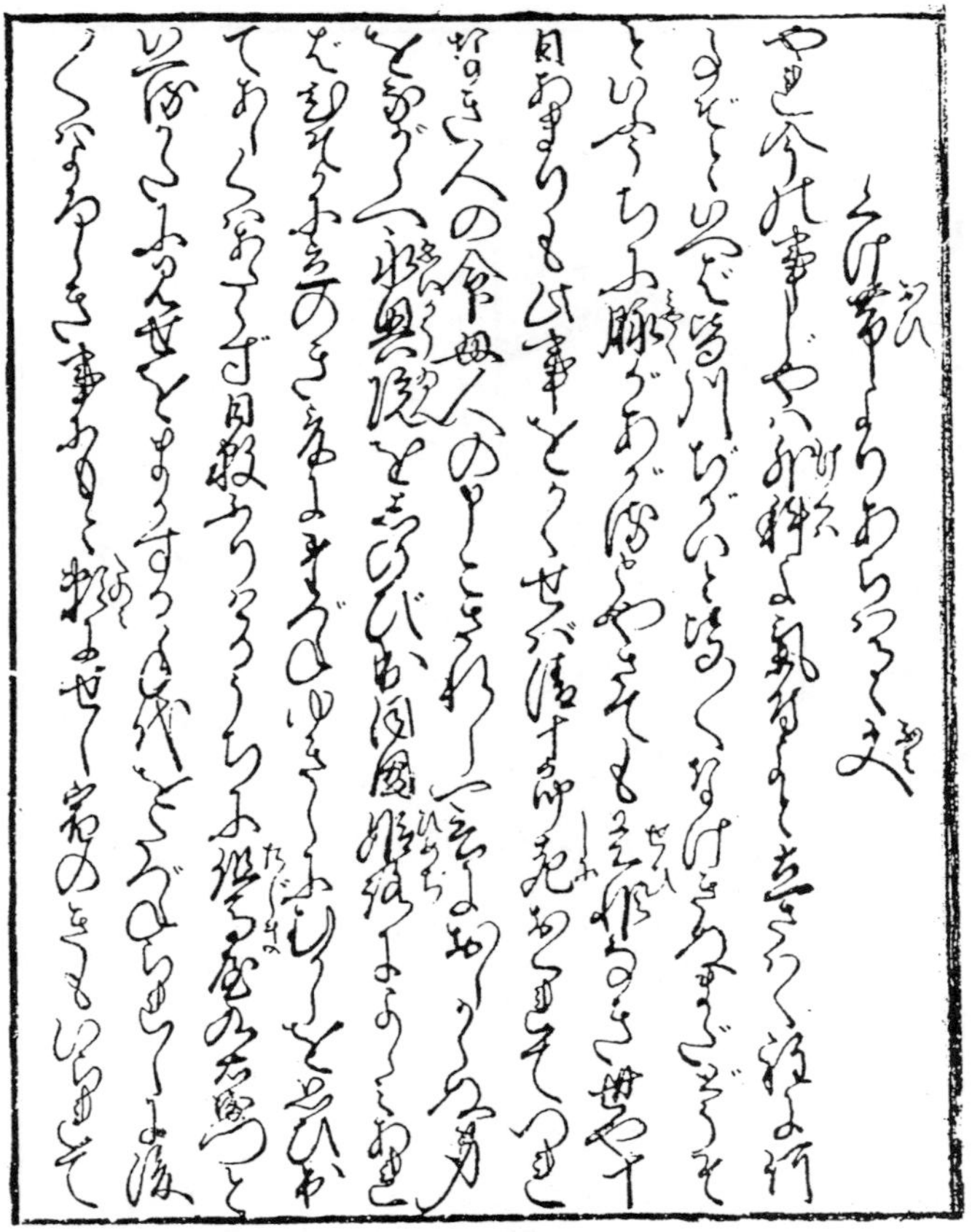

○人たるものゝそだちいやしからず「清十郎は人柄が立派で、育ちもよく」の意。**○身を捨**身だしなみもせず。**○律義かまへ**律儀にかまえ、と同じ。実直に身構えて。**○男の色好て**男の容姿をえり好みして。**○されは**ところで。さて。西鶴が軽い発語に多用する。**○いかにして**どうしていようか、いやいない。反語にとる。**○素人女**遊女ではない、一般の女性。太夫など高級な遊女が、内面・外面にわたり、女性の模範とされていた。西鶴は『椀久一世の物語』上ノ七でも、主人公椀久の妻の美しさを述べた後、「されども町の女の風俗は外なり（問題外である）。色里のよき事見馴れて、それには何かつゞくべし（とても及ぶものではない）」と記している。**○嶋原**島原遊廓。京都市下京区島原西新屋敷にあった。寛永十七年に、室町六条三筋町から、この地に移転。当時、最も品格のある遊廓とされた。**○上羽の蝶**「上羽」は「揚羽」に同じ。次章挿絵の花見幕に、揚羽蝶の紋所が描かれている。**○太夫**最上位の遊女。『色道大鏡』巻一に、「太夫職《たゆうしよく》　傾国において、最もおもんずべき職なり。…近代の傾城は、芸堪能なりとても、容貌抜群にすぐれざれば、大夫とは定めず。百人が中を十人すぐり、十人が中より一人えらみ出す程ならでは、大夫とはいひがたし」と説く。また、その名の由来についても、同書巻一に、「元和年中より、女歌舞伎はじまり、其後傾城の能をも催せり。…其中の傾城に、芸に堪能なる者を撰み出して大夫と称せり。しかしてよりこのかた、傾城に大夫の号今にたえず」と記す。なお、「上羽の蝶を紋所に付し太夫」は未詳ながら、次の二説がある。京の遊廓が六条三筋町にあった時代の太夫二代目葛城とする説（堤精二「日本古典文学大系」）。姫路最盛期の城主であった池田氏の定紋が揚羽の蝶であることから、この紋所を用いて、姫路という場所を強調したとする説（東明雅「岩波文庫」）。**○美形**美人。

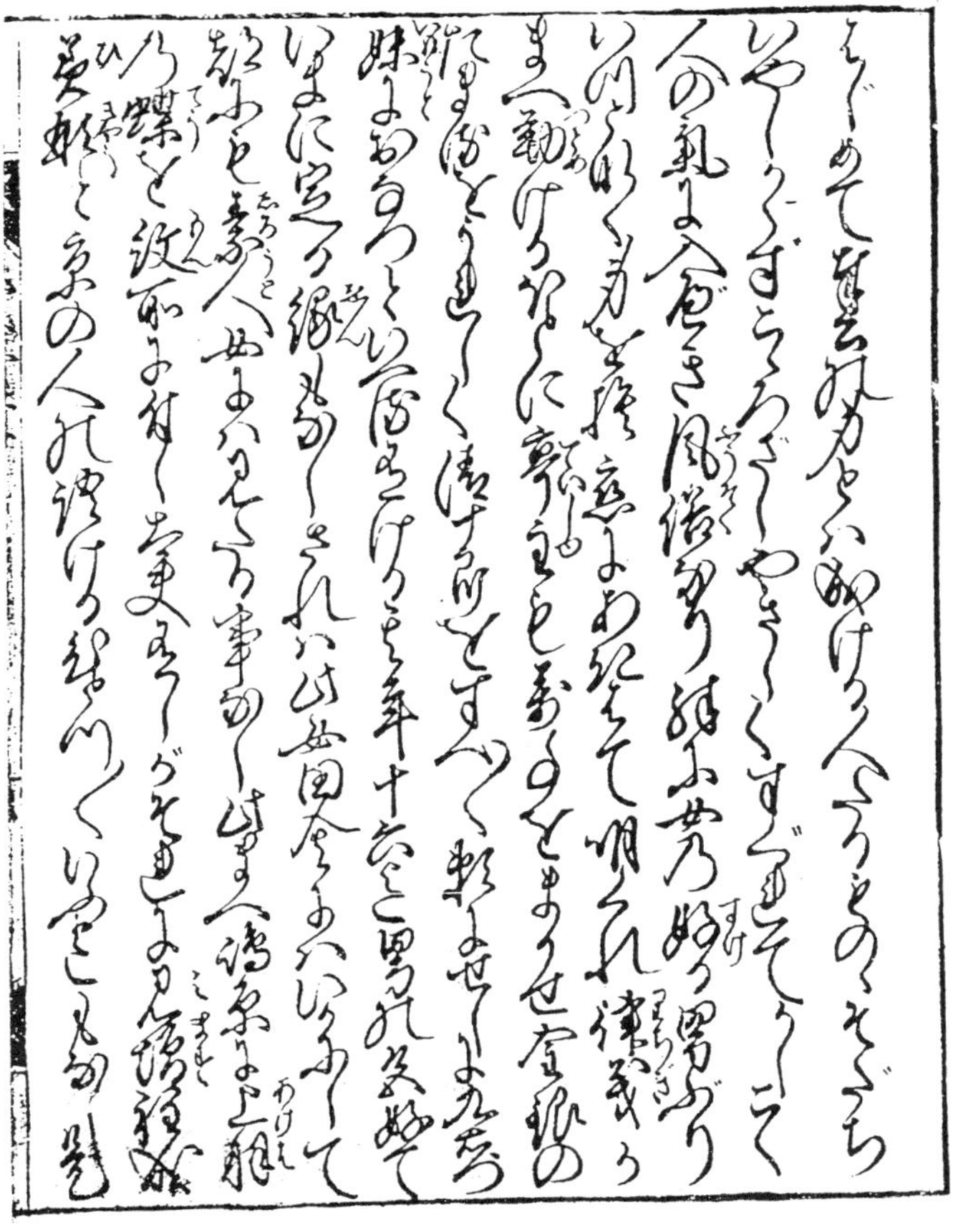

○情の程もさぞ有へし男女の情愛も、さぞかし深いであろう。おなつは、容姿・情愛とも、島原の太夫に劣らぬ女性として設定されている。**○有時**「或時」に同じ。当時の版本では、「或」に「有」を当てる用例が多い。**○竜門**竜紋とも書く。太い糸で織った絹。もとは中国・朝鮮より渡来した。**○中ゐ**中居。腰元と下女の間に位する女奉公人。その役目は、『西鶴織留』巻六ノ二に、「中居の役は、第一に奥様のお駕籠に小袖きてお供申と、御祝義事の御使勤めければ、長口上よく申て、女中のお客の折ふしは、すこしのりやうりもして、不断とお膳の取さばき、広敷より内のはきそうぢ、屋敷がたにてお茶の間といふに同じ。壱人は何やかやにつかふためになふてはならぬ女なり」とあるのに明らか。**○此幅の広をうたてし**この帯の幅の広いのが気にいらない、の意。『色道大鏡』巻二に「帯のくけはゞは広めなるを要とす。狭き《せばき》は道に乗らず」とあるように、当時は帯の幅の広いのが伊達な風俗。**○くけなをして**縫い目を表面に出さないように縫いなおして、の意。堅気の奉公人には派手過ぎるので、幅の広い帯を狭くしてほしいと頼んだのである。**○昔の文名残ありて**帯の芯に恋文をくけ込んでおく風習があった。「難波堀江の歌舞伎語らん　如泉／くけ込で文猶残す古衣　湖春」(『新三百韻』)。**○牧**版本「牧」は「枚」と通用。**○清さま**名前の上の一字をとった遊廓での替名。清十郎の「清」を、「きよ」に読み替えた。**○うら書**手紙の裏に記した差し出し人の名。**○花鳥うきふね…みよし**「花鳥」以下「みよし」まで遊女の名前。みな『色道大鏡』巻十一「傾国名」に見えるもの。**○室君**室津の遊女。**○なづみて**惚れ込んで。『色道大鏡』巻一に、「なづむ　おもひ入て、執着する心なり。心外にもあらずして、一すぢにかたぶく貌也」。**○気をはこび**夢中になり。**○命をとられ**命をとられるほど、清十郎に参ってしまい。**○勤のつやらしき事はなくて**遊女の商売柄の

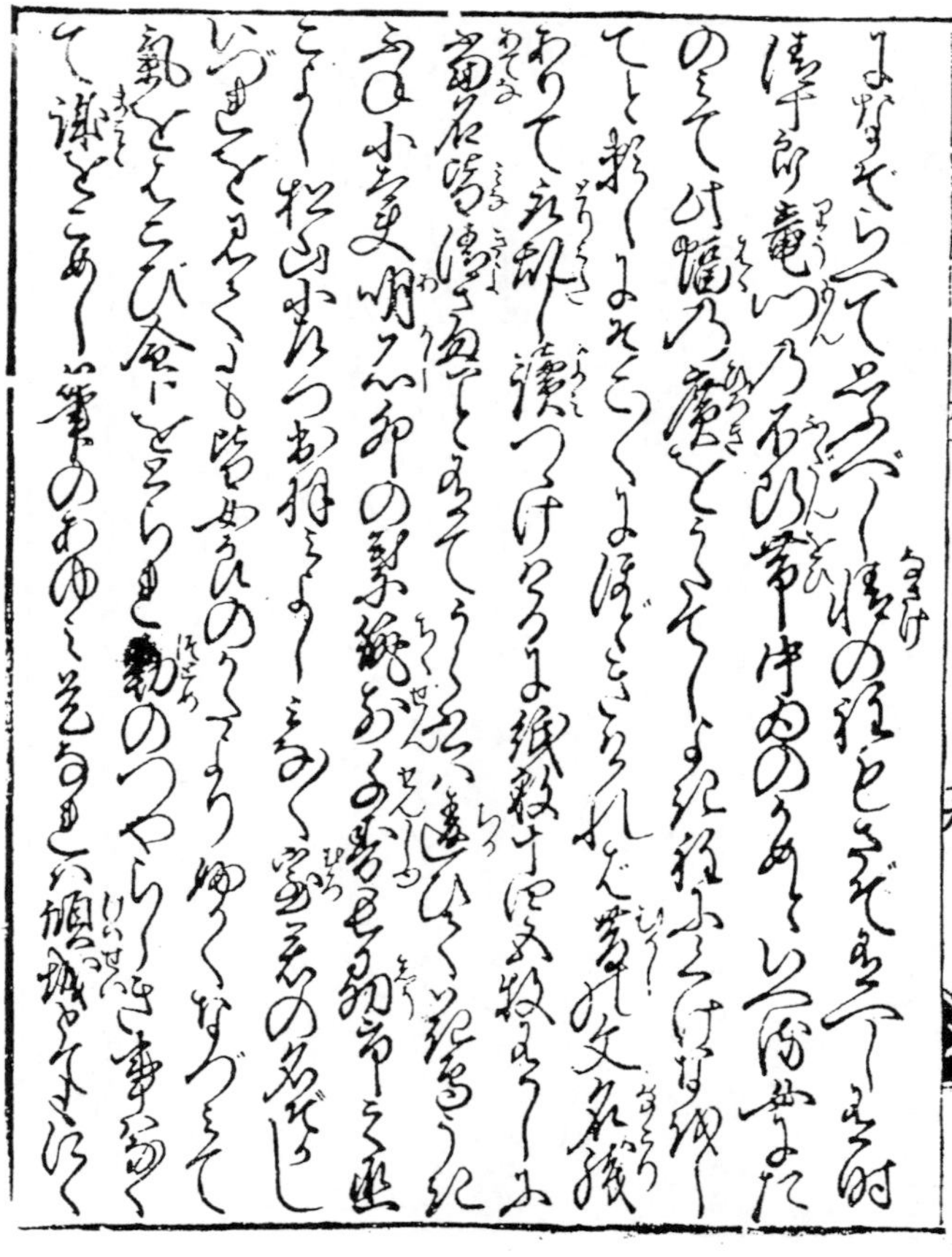

お世辞はなくて、の意。『俚言集覧』に「つや　言を飾るをツヤと云」。「勤」は原本不鮮明。

○浮世ぐるひ遊女ぐるい。**○さて内証にしこなしのよき事もありや**「内証」は、外からは見えない所。「しこなし」は、扱い、とりさばき。「内証」の意味するところは、「清十郎の内奥にある、女をひきつけるなにか」（江本裕「講談社学術文庫」）とも、「情交の際の技巧」（前田金五郎『好色五人女全注釈』）ともいう。**○魂身のうちをはなれ清十郎が懐に入て**おなつの魂は、身から抜け出して、清十郎の懐の中に飛び込んで。『古今集』巻十八「陸奥」所収の「あかざりし袖の中にや入りにけむ我が魂のなき心地する」による表現。**○我は現が物いふごとく**自身は夢うつつで、まるで魂の抜け殻が物をいうようで。本来、「現《うつつ》」は、夢心地に対して気の確かな状態をいったが、「夢うつつ」と続けて使われることから、誤解を生じ、呆然とした状態をいうようになった。なお、本文この前後は、おなつがいかに清十郎に夢中になっているかを表現するところ。**○春の花も闇となし秋の月を昼となし**清十郎を恋い慕うあまり、春の花・秋の月の美しさも、おなつの目には入らないことをいう。謡曲「邯鄲《かんたん》」の「夜かと思へば昼になり、昼かと思へば月またさやけし、春の花さけば紅葉も色こく、夏かと思へば雪もふりて」による表現。また、『西鶴独吟百韻自註絵巻』に、「花夜となる月昼となる／名を呼れ春行夢のよみがへり」という、表現の類似した付合があり、その自注に「爰はまた人の正気うせて夢のごとく、しれぬ山辺に心も闇く、昼の花夜と成、夜る見る月の昼と成」と記す。**○夕されの時鳥も耳に入ず**「夕され」は夕方。『日葡辞書』は「ユゥザレ」と濁音に読む。昔の歌人がめでたという夕方の時鳥の鳴き声も、おなつの耳には入らない。**○恥は目よりあらはれいたづらは言葉にしれ**清十郎への恋心は羞恥となって目元にあら

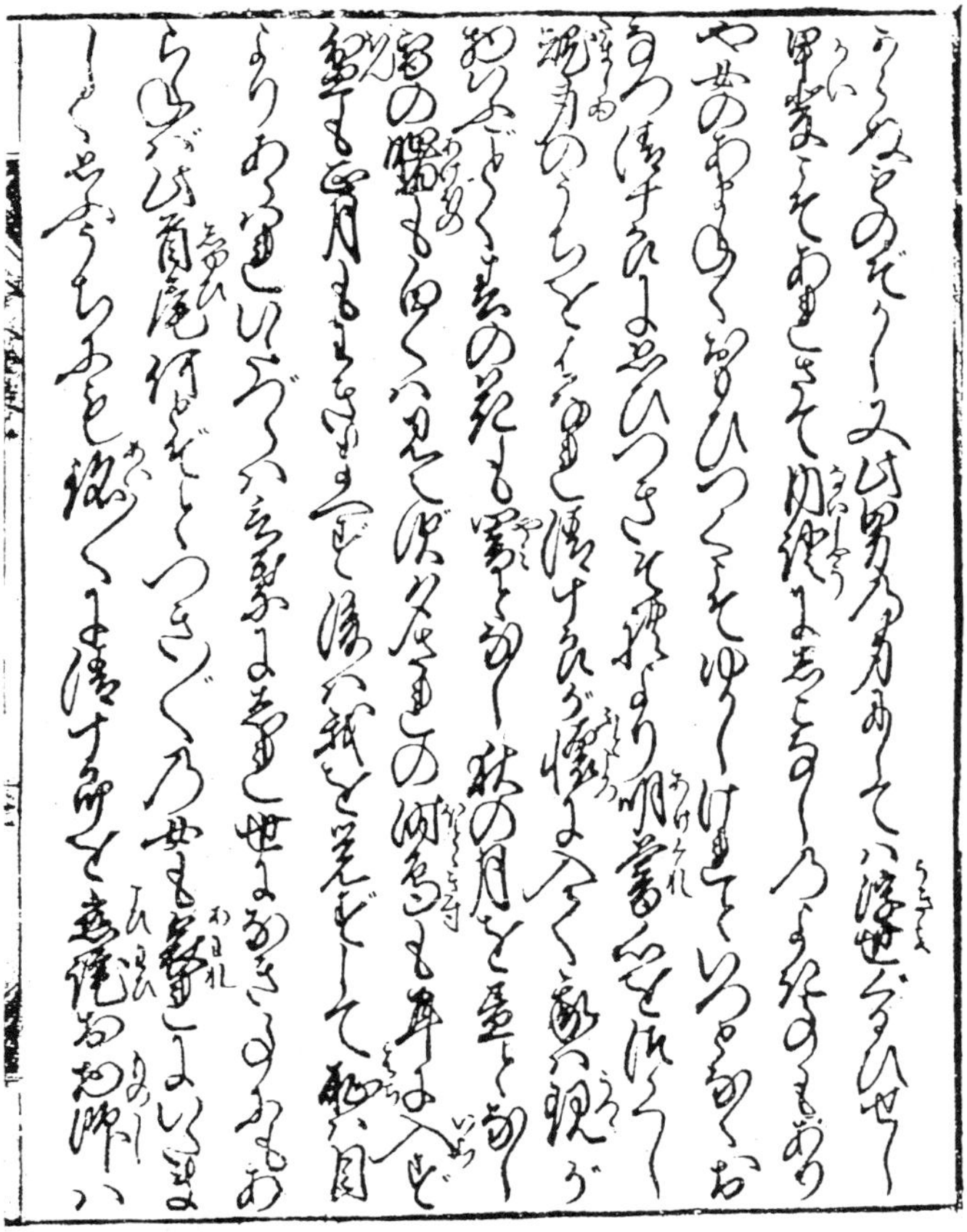

〈七五ページ〉

われ、恋慕の情は言葉のはしばしで知られ。恋情を「恥」「いたづら」と表現するのは、恋愛を罪悪視した時代だったから。**○此首尾何とぞ**この恋をなんとかかなえてさしあげたい。**○つき〴〵の女**おなつに仕えている女奉公人たちをさす。**○哀れ**振り仮名「れ」は衍字。**○お物師**縫い物を役目とする女奉公人。『色道大鏡』巻十四に、「物師とは、縫物師の上略也。縫物を司る女をいふ」。

○針にて血をしほり遊女の心中立ての一種である血文の真似。縫い物を専門とするお物師が、商売道具の針を使って、血文を書くところに面白みがある。「誓紙の外に、血文《ちぶみ》といふ事有り。前廉《まえかど》起請もかき、其外の心中もしたる中に、おとこかれ〳〵になるか、女よりふかく恨むる事ある時、自然に血書《けっしょ》する事あり。是必ず折紙なり。血の不足なる時、墨にて書たす事あり。又こと〳〵く血にて書《かく》あり。時の品によるべし」(『色道大鏡』巻六)。**○男の手にて**男の筆跡で。**○腰元ははこばても苦しからざりき茶を見世にはこび**「腰元」は、主人の身のまわりの世話や、外出の供を役目とする女奉公人。『好色伊勢物語』巻二に、「うとくなる人の内ぎなどの、そばちかくめしつかはるゝゆへ、こしもとの名あり」。よって、茶を店に運ぶのは、本来その役目ではないが、清十郎を慕うがために、茶を運ぶのである。**○抱姥**幼児を抱いて守をする役目の乳母。授乳を役目とする本乳母に対していう。**○若子さま**良家の男児。おなつの兄但馬屋九左衛門の子にあたる。**○小便**「シシ　子どもの小便。婦人語」(『日葡辞書』)。**○こなた**あなた。清十郎のこと。**○其男**この抱姥の夫のこと。**○役に立ず**何のはたらきもない者。「役」は「役」の異体字。**○肥後の熊本**現在の熊本市。**○世帯やぶる時分**離縁したとき。**○暇の状**離縁状。ほぼ三行半の形式で書かれたので、

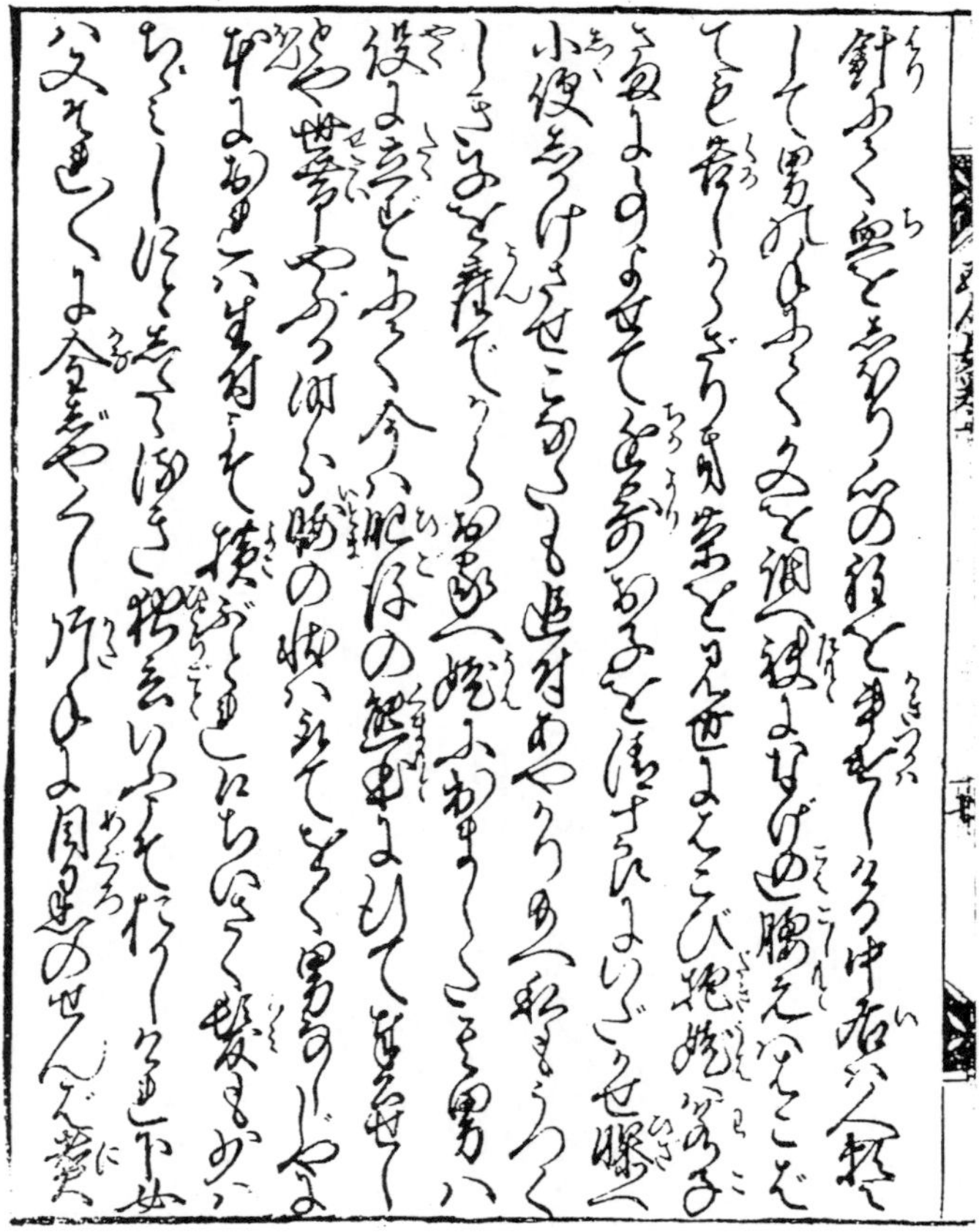

俗に「三くだり半」ともいう。離婚の際、夫は妻に離縁状を渡す定めになっており、離縁状がなければ妻は再婚できなかった。これに反した場合には、罰せられた。「従前の例、離別状を不取他へ嫁候もの　髪を剃り親元え帰す」（『御定書百箇条』）。抱姥は離縁状をちらつかせ、清十郎と再婚可能であることをほのめかしている。**○おれ**一人称代名詞。当時は、男女ともに用いた。**○口ちいさく髪も少はちゞみしに**このような人相の女性は、閨情がこまやかだという。『好色一代女』巻二ノ四にも、「殊には此女髪のちゞみて足の親指反て、口元のちいさきに思ひつき」とある。清十郎の気を引こうとして、このようにいった。**○したゝるき**甘ったるい。べたべたした。**○下女**勝手元の仕事を役目とする女奉公人。**○金じやくし**銅製の杓子で、小穴が開いており、汁を落とすようになっている。**○目黒**上方で、二～三尺位の鮪のこと。**○せんば煮**船場煮。塩魚に大根等ありあわせの野菜を煮付けた物菜。安上がりな奉公人のおかず。

○骨かしらをゑりて魚の骨や頭を選り分けて、身のところを清十郎に盛る。清十郎に対する、下女なりの愛情表現。**○嬉しかなしく**「うれしがなし」で一語。『毛吹草』巻二「古語」にとられる。うれしくもあり、悲しくもあり、当惑した気持ち。**○諸分の返事**色事の返事。「諸分」は、本来、遊里での作法・しきたりをいうが、ここでは「恋のやりくり」というほどの意味で用いる。**○夢に目を明風情**夢の中で目を覚ましているような、呆然とした様子。**○うまひ事**好都合なこと。ここは密会を指す。**○しんい**瞋恚。仏教語。貪欲《とんよく》・愚癡《ぐち》とともに、三毒（人の善心を害する三つの煩悩）の一つ。怒りうらむこと。ここでは、煩悩の情・恋の炎というほどの意。**○命は物種**諺。何事も命があってのこと、の意。「命あっての物種」ともいう。『たとへづくし』巻一などに見える。**○此恋**

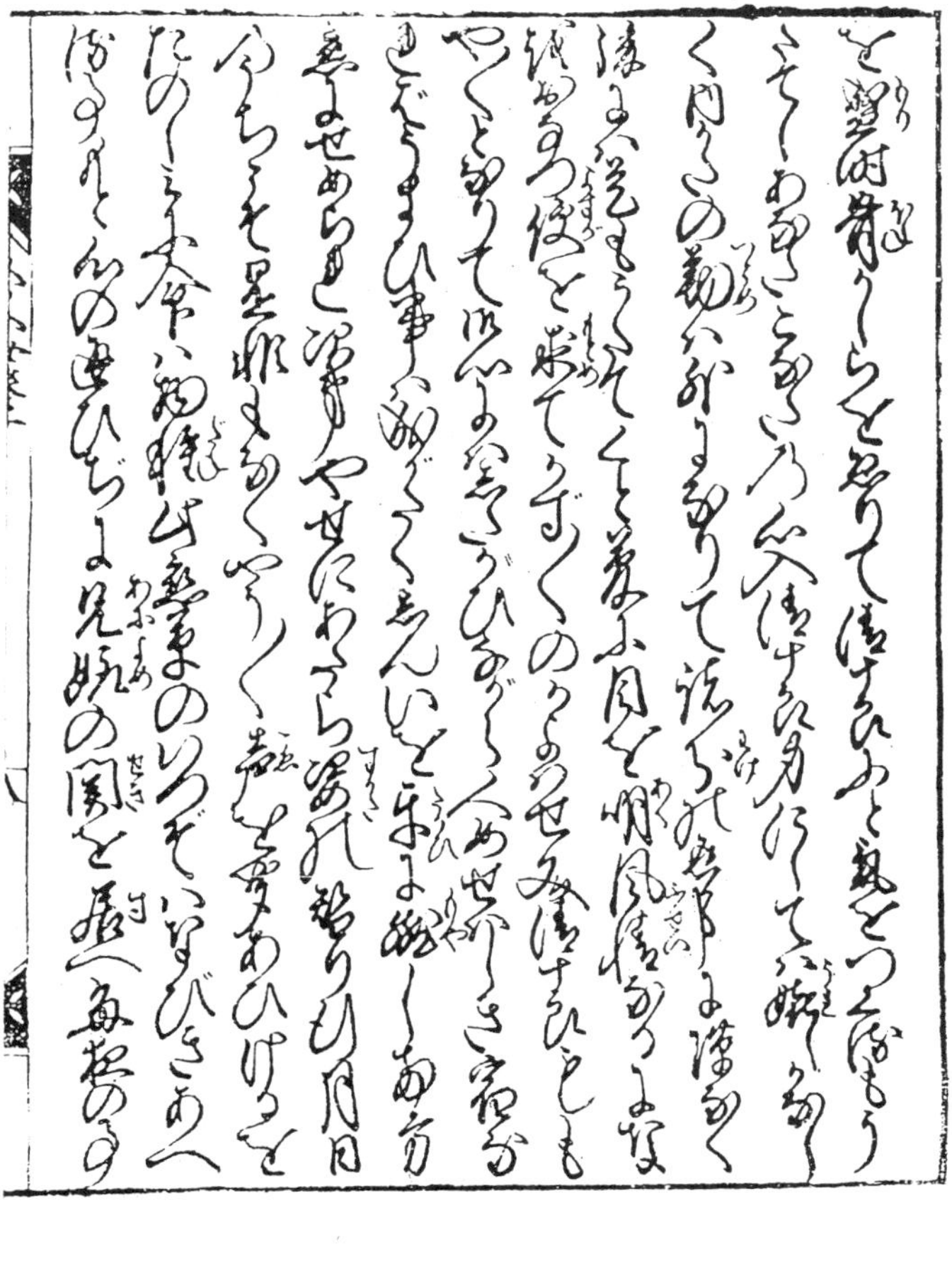

〈七七ページ〉

草のいつぞはなびきあへる事もと「この恋も、いつかはかなえられるだろう」と、の意。「恋草」は、激しい恋を草が盛んに繁るのにたとえる。前出「物種」「恋草」「なびく」は縁語。**〇心の通ひぢ**心を通わすことと、二人が実際に通いあう道をかける。**〇娵**本来、「娵」は美女の意だが、「嫁」と通用。**〇関を居へ**邪魔をして、の意。「関」と「通路」は俳諧で付合（『類船集』）。なお、ここは「人知れぬ我が通ひ路の関守は宵々ごとにうちも寝ななむ」（『伊勢物語』第五段）による表現。

〈挿絵解説〉

但馬屋の見世と奥の間の様子。左図は奥の間。恋文を読んでいるのが、清十郎が帯のくけ直しを頼んだ中居のかめ。前にほどいた清十郎の帯があり、脇に裁刀《ものたち》と針箱が見える。立って懐に顔をうずめているのがお夏。髪は島田髷。もう一人の女も中居か。右図は但馬屋の店先。座っている男が清十郎。抱乳母（腰掛けている）から渡された赤ん坊を抱いている。土間に立っているのは腰元。「はこばでも苦しからざりき茶」を、店に運んできたところ。清十郎の背後には、「水上帳」・「大福帳」・算盤・天秤入（ひょうたん型のもの）が置かれ、その奥に箪笥《たんす》が見えている。店先の脚のある長方形の台は、揚見世といい、夜は上げておき、昼は下ろして客の座席や商品の置き台とする。なお、見開きで一枚の挿絵に描かれるが、物語の進行からいえば、お夏が恋文を見る左図が先、女の奉公人たちが清十郎に言い寄る右図が後になる。

※参考資料②　歌祭文「おなつ・清十郎　浮名の笠　下」

歌中むかひ通るは引アンア、清十郎ぢやないか引。笠がよく似た。菅笠え引。地清十郎恋しや夫《まつ》恋し。懐かしゆかしとかのお夏尋ねさまよひ出でけるが。心狂気となれ衣。袖は涙にかはく間も。泣きあかしがた須磨の浦。うらめしつらしその人のカヽリ行方《ゆくへ》何処《いづく》と狂はるゝオクリ既に。播磨の国はづれ引とある松原打行けば。さも厳しく竹垣を。結《ゆ》ひ囲《かこ》ひつゝ大群集《くんじゆ》。是は清十郎とらはれて。人を害せし科故に。今日ぞ極まる最期場と。云ふにお夏は気も消えて。そのまゝそこにひれふして。わつと叫ぶぞ道理なる。時もうつさず向ふより引。鉢叩先に高札《たかふだ》立てさせて。刃《やいば》の光きらめかし引つらい責苦《せめく》に大身槍。地中に無慙や清十郎は。荒きいましめ掛けまくも。萎《しぼ》める花の風情にて。最期所に引すゆる。お夏見るより走りより。垣の外面《そとも》に身をもだえ。互に顔を見合せて。しばし絶え入るばかりなり。やう〳〵清十郎顔もたげ。お夏様かやなつかしや。身よりだしたる科故に。この身はかゝる浅ましき。死を遂げ空しくなり果つる。最期にせめて今一度。逢ひたや見たやとこがれしに。その一念のとゞきつゝ。又逢ふ事のうれしやな。此の世はとてもこの通り。必ず未来は夫婦ぞや。これがこの世の別れなり。名残惜しやと泣き沈む。お夏は此の世の心地なく。取り乱しつゝ。ウ

くどき泣き引。歌清十郎殺さば引。アンア、お夏も殺せ引生けて思ひを。さぞよりも引。地共に死なんと狂はるゝ。清十郎涙にくれながら。是なう死のとは何事ぞ。我を不便《ふびん》とおぼすなら。尼と様変へ亡き跡を。弔《と》うてたべやと歎きける。今はの時の哀さを。カヽリ貴賤群集《くんじゆ》も諸共にオクリ袖を。しぼらぬ者ぞなき引時に最期の時刻ぞと。警固の武士は取まいて。既にかうよと見えければ。お夏は垣に縋り付き。これ皆様《みんなさま》その人を。助けて吾が命をば。取らせ給へと竹垣のカヽリ揺《ゆら》ぐばかりに身をもだ

〈七九ページ〉

えオクリ泣けど。その甲斐あらばこそ引はや清十郎は行はれ。血汐となれば是迄と。側にありつる大身槍。喉《のど》に突き立てむなしくぞ。なるは誠の恋草と。世に聞えにし好色のカ、リ五人女の四の筆は引トメ清十郎お夏が身の上と。うやまつて申す。（『日本歌謡集成』八）

＊お夏清十郎事件の巷説を伝える歌祭文。ただし、成立は『好色五人女』以後と考えられる。

○中戸商家で、店から奥に通じる土間（中庭）の入り口の仕切戸。手代や丁稚など男奉公人は店に寝、家族や女奉公人は奥に寝るので、中戸を閉められると行き来できなくなる。**○めしあはせの車の音**「めしあはせ」は、左右から引き合わせて閉めるようになっている戸。その戸を閉めるとき、戸に付いている戸車が、ガラガラと音を立てる。**○神鳴よりはおそろし**『古今集』巻十四の「天の原踏みとどろかし鳴神も思ふ中をばさくるものかは」をふまえた表現。雷でさえ二人の仲を裂くことはできないのに、中戸は二人の通い路を無情に断ち切る。よって、中戸が閉まる戸車の音が、二人には雷鳴よりも恐ろしく響くのである。

巻一ノ三

○尾上の桜兵庫県加古川市尾上神社にあった桜。俳諧で「桜」と「尾上」は付合。**○やうす自慢**姿自慢。**○色ある娘**美人の娘。**○姫路の於佐賀部狐**姫路城の天守閣に住んでいたという狐。西鶴は『西鶴諸国ばなし』巻一ノ七でも、「〔於佐賀部狐は〕大和の源九郎ぎつねがためには姉也。としひさしく、播磨の姫路にすみなれて、其身は人間のごとく、八百八足のけんぞくをつかひ、世間の眉毛おもふまゝに読て、人をなぶる事自由なり」と記す。**○眉毛よまるべし**化かされてしまうだろう、の意。「よむ」は数えること。眉毛の本数を数えられる程、妖怪に顔を見られると、心を見すかされ、化かされると

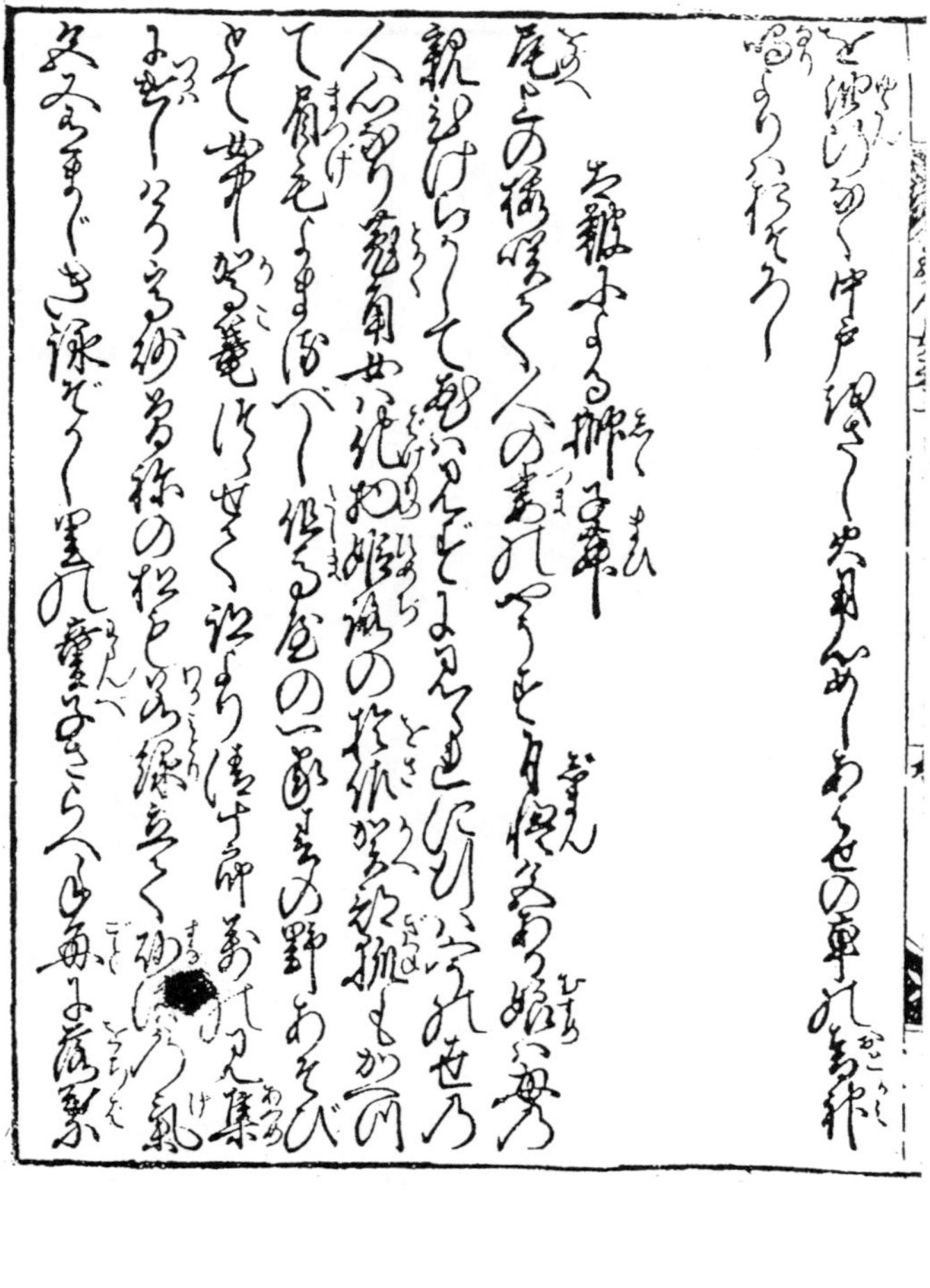

いう。版本振り仮名「まつげ」は、「まゆげ」の誤り。ただし、『類船集』巻三に「狐は人のまつげをよむとぞ」とある等、「まつげを読む」とした例も見えることから、表記の上でまつげとまゆげを混同したか。**○春の野あそび**三月三日頃、山野に出かけて、一日飲食して遊ぶ、主に婦女子の行事。柳田國男『歳時習俗語彙』に、各地の例が報告されている。**○女中駕篭**女性用の駕篭で、引き戸が付いた漆塗りの上等なもの。○**見集**監督役。**○高砂曽祢の松**兵庫県高砂市にある高砂明神と曽祢天神の松。前者には謡曲「高砂」で名高い「相生の松」があり、後者には菅原道真お手植えの「曽祢の松」がある。**○砂濱**「濱」は原本不鮮明。**○里の童子…**幸若舞曲「富樫」の「まつのあたりを見てあれば、わらんべ四五人まつのはよせてぞゐたりける」による表現。**○さらへ**落ち葉などをかき集める熊手形の道具。

○松露砂地の松の根元に生えるきのこ。柄の部分が無く球状。外側は褐色で、内側は白色。柔らかくて、淡い甘味と香りがあり、傘を開く前の松茸の風味に似る（『和漢三才図会』巻百一）。**○春子**春に生じたもの。**○つはな**茅花。チガヤの花。早春の若いつぼみは食用になる。**○我もとりぐの若草すこしうすかりき所に**自分たちも銘々に若草を摘み、その若草の少しまばらに生えている所に。「我もとる（採る）」と「とりどり（銘々）」の掛詞。なお、「うすかりき」は、本来、連体形「うすかりし」となるべきところを、終止形にしたもの。**○花延**赤や黒に染めた藺草《いぐさ》で、模様を織り出した莚《むしろ》。版本「延」は「莚」の誤り。**○毛氊**獣毛で製した敷物。版本「氊」は「氈」の異体字。**○夕日紅人くの袖をあらそひ**夕日の紅と女性たちの小袖の紅裏《もみうら》とが、鮮やかさを競い合う意。紅裏は元禄期の伊達な風俗。**○藤山吹はなんともおもはず**他の美女たちは何とも思わず。実景の藤・山吹に美女の意を含ませた。**○小袖幕**衣装幕ともいう。小袖を綱にかけて幕としたものをい

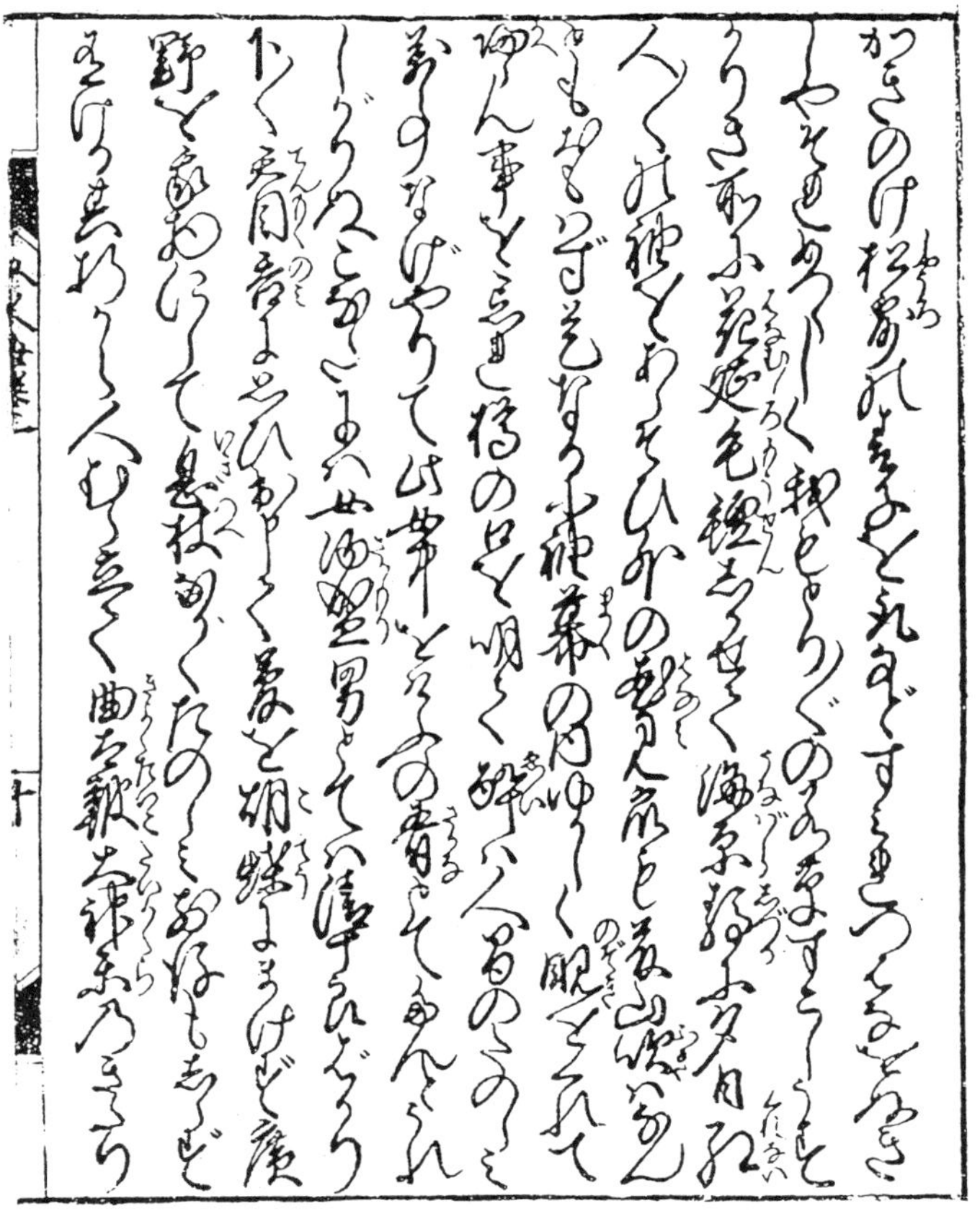

〈八一ページ〉

うが、花見幕もこう呼ぶ。本章挿絵によれば、ここは後者。**○覗をくれて**のぞきこんで。「覗」は「覗」と通用（前田金五郎『好色五人女全注釈』）。**○帰らん事を忘れ**「花ノ下ニ帰ランコトヲ忘ルルハ美景ニ因ツテナリ　樽ノ前ニ酔ヲ勧ムルハ是レ春ノ風」（『和漢朗詠集』上巻・白楽天）による表現。**○此女中**「女中」は一般に女性の称。**○下〱**奉公人。ここは駕篭かきを指している。**○天目呑**天目茶碗で酒をがぶ飲みすること。「天目」は前出。**○思ひ出申して**後の思い出になるほど、存分に楽しむことをいう。**○夢を胡蝶にまけず**夢の中で胡蝶になった故事に劣らず。『荘子』「斉物論」に、荘子が夢の中で蝶になった故事があり、それに基づく表現。すっかり酔いつぶれた様をいったもの。**○息杖ながく**「息杖」は、駕篭かきが肩を休めるとき、駕篭を支えておく杖。ここでは、「ながく」の序詞的に用いた。**○曲太鞁**曲打ちの太鼓。面白く曲芸的に太鼓を打つ。**○大神楽**もと伊勢神宮で奉納する神楽をいったが、後に大道芸化。ここも後者の方。『人倫訓蒙図彙』巻七に、「代神楽伊勢より出るといへども、伊勢にもかぎらず、此類は所々に有とみへたり。…今勧進の代神楽は、舞手の乙女もなく、只鞁太鞁ことやうにたゝきたてゝ、太鞁打のつらつき狂人のやうなるをみて、うれしがる。しかのみならず、獅子が立て扇の手をつかひ、一谷《いちのや》節で舞。最珍敷《いとめずらしき》事共なり」とある。**○物見だけくて**物見猛くて。何でも見たがって。**○ひたもの**ひたすらに。**○所望〱**芸人に芸を催促するときのかけ声。『好色一代男』巻七ノ二に、「興に乗じて、まだ所望〱といふ程に、後は大道に出て、もんさく」という用例あり。**○袖枕**袖を枕にして寝ること。手枕に同じ。**○しやらほどけ**を自

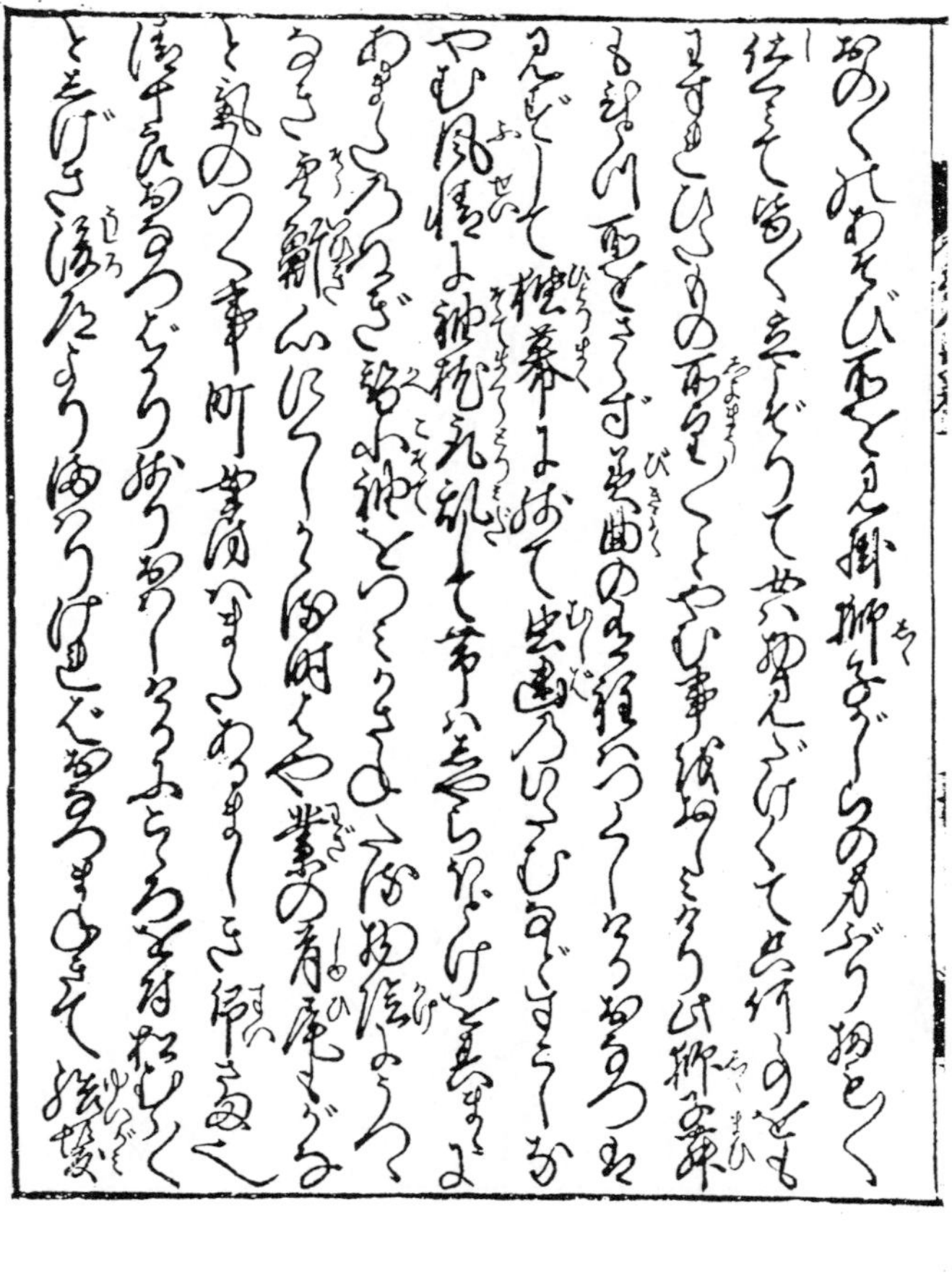

然とほどけたのを。**○町女房**遊女に対して、素人女をいう。**○帥さま**粋様。粋なお方。ここでは、色事に通じた人（すなわち、お夏）を、洒落ていった。「帥」の字を当てることについて、『運言便蒙抄』中之末に、「帥は将帥とて軍《イクサ》の大将をして、軍陣のかけ引をするもの也。然らば数年其道の大将分をして、昼夜かけひきをしたるといふ心もあらんか。去ながら此説もかなひがたし」と、否定的な解釈を載せる。なお、小野晋「「すい」用字用語考」（「安田女子大学紀要」四、昭和五〇・三）参照。

○幕の人見幕を一部縫い合わせずに作った穴。幕の中から外を見るためのもの。**○柴人**柴（雑木）を刈る男。**○壱荷**天秤棒の前後に掛ける二箇の荷物を合わせて「一荷」という。**○皃**「皃」は「貌」の略体。「顔」と通用する。**○かしらかくしてや尻とかや**諺「頭隠して尻隠さず」による表現。『俚言集覧』に、その意味を解説して、「愚人の己が不善を掩は、雉の叢に首を入れて尾を顕はすに喩ふ」という。**○残り多き事山くに霞ふかく**「残り多き事山々なり」に「山々に霞ふかく」を掛ける。**○腰つきひらたくなりぬ**俗説に、処女が初めて男を知ると、腰つきが平たくなるという。『類船集』巻六下にも、「世ごゝろのできる姫ごぜの、尻のひらめになるこそはぢかはしけれ」とある。**○役人**「何か役目にたずさわる人一般を言う」（『日葡辞書』）。ここは、獅子舞の芸人をさす。「役」は「役」の異体字。

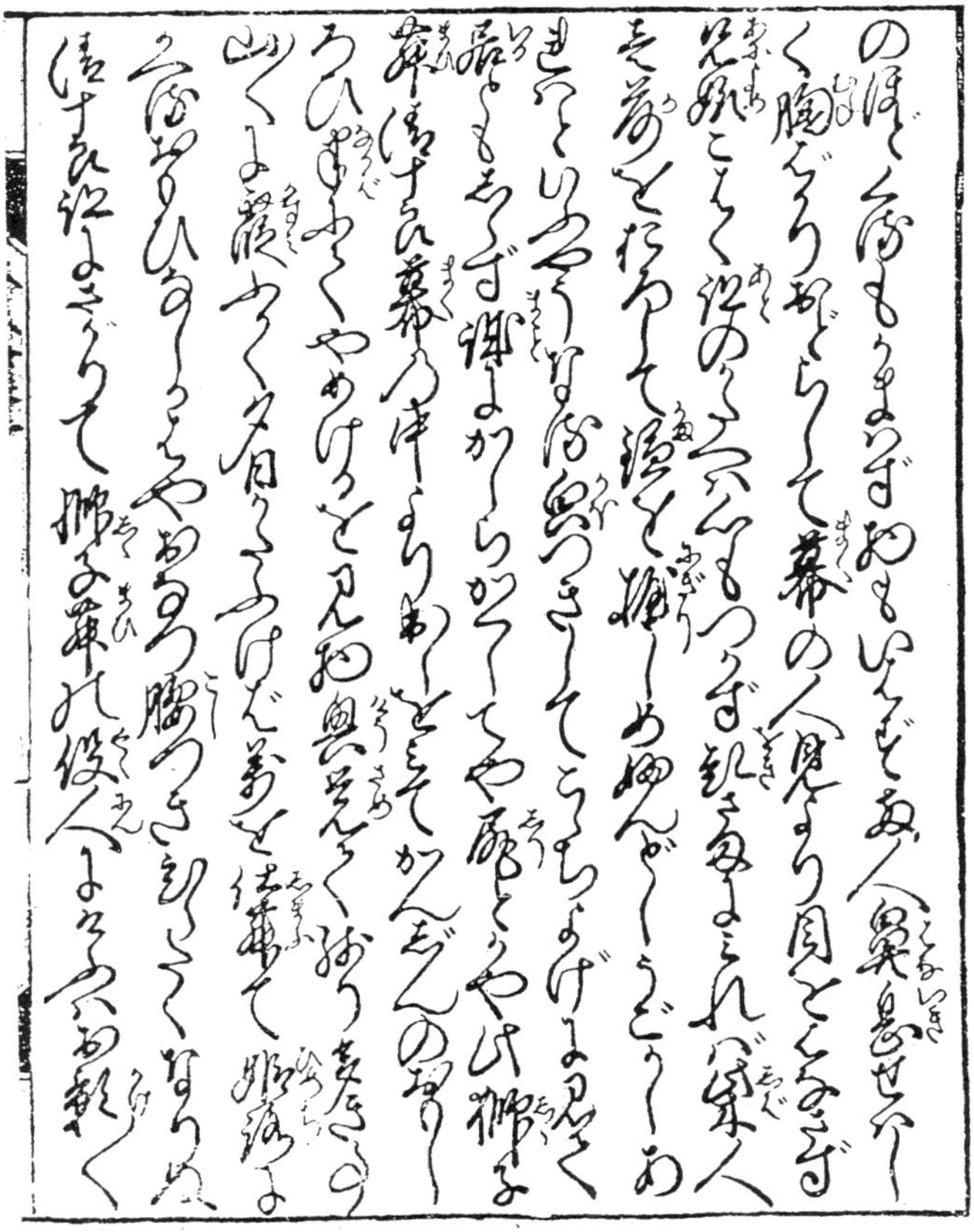

〈挿絵解説〉

花見の場面。左図、花見幕の内側に、お夏と清十郎が背中合わせに座る。四人の女は但馬屋の奉公人。そのうち、右端の人物は頭に綿帽子を載せている。右図中央に獅子舞。二人で獅子をつかっている。その左、左図の右端の人物は烏兜をかぶり、面をつけ、簓《ささら》をすって伴奏する。笛を吹く芸人がかぶるのは桔梗笠《ききょうがさ》。獅子の後方、同じく桔梗笠の芸人が太鼓を打つ。菅笠をかぶった二人のうち、一人は手にもった鉦《かね》をたたき、一人は撥で締太鼓《しめだいこ》をならす。右図右端には、御幣《ごへい》を立てた大長持が置かれる。右図の花見幕の紋は梅鉢、左図の幕は揚羽蝶。

※参考資料③　西沢一風作『乱脛三本鑓』（享保三年刊）

巻四の五「片上の辻堂」

（前略）不器量でも片上のおなつを見よ、あれこそ日本に名を流せし、播州姫路但馬屋おなつがなれのはて、手代清十郎とせゝくり合ひ、あげくの果におなつを盗出し大坂へ立のきしが、主人の娘をかどわかせし咎逃れず、終に顕れ二人共姫路へ引戻され、清十郎は首を刎られ、お夏はいたづら者と浮名立嫁入の口なく、二人の親はころり山椒味噌、兄弟なければ誰取揚る人もなきの涙、身すがら此片上へ引越し、生れながらの後家となり、茶見世を出して旅人の足を

休め、茶の銭取て渡世とす、当座はお夏が茶と持囃せしが、次第につむりの雪山をなし、下地の悪女に寄年の、額に皺も寄来るや、行くも来るも脇目して立寄る者なし、（中略）今語りし但馬屋おなつ事は、国元までも風聞の女、道筋なれば立よらんと互に語る内片上に着たり、爰よそこよと見る中に但馬屋と云へる書付、まづ休まんと床几に腰を懸れば、七十許りの老女あるほど腰をかゞめ、旅人茶を参れと指出す手鷲熊鷹のごとし、湯行水もいつ仕たやら知れず、頭に油付けず、櫛の歯入ねば鼠の巣にひとし、そなたは姫路のお夏とやらか、老女興さめたる顔ふり上、旅人は何を云わします、それは昔々の名今更聞も恨めしと、少しは恥る顔そうづ川の姥より釣取る俤、人間世に有る時ぞかし、さしも名高きおなつも、寄年のつれなく斯まで衰ふ者か。（『近世文芸叢書』四）

＊『乱脛三本鑓』は男女の密通事件に取材した浮世草子。その文中、お夏に関する後日談が、噂話として書き込まれている。

○手くだ手段。**○かしこき神もしらせ給ふまじ**諺に「神は見通し」（神は何でもご存知だ）というが、その神様でさえご存知ではあるまいという意。だれも知らないことを強調し、「ましてや…」と以下に続ける。**○はしり智恵**浅知恵。諺に「女の智恵は鼻の先」（『たとへづくし』巻二）などという。

巻一ノ四

○乗かゝつたる舟物事を始めたからには、もう後へはひけない意の諺。二人の恋が、もはや抜き差しならぬところまで来たことをいう。**○しかまづ**飾磨津。現在の姫路市飾磨区にあった港。姫路の外港であったが、室津よりもさびれていた。よって、人目を避ける二人には好都合。**○暮をいそぎ**日暮れに間もないので急いで。**○盗出し**「結婚するために人の娘をこっそり連れ出す」（『日葡辞書』）。主人の娘と密通した場合、『元禄御法式』によれば「主人の娘と密通の者の類并貰掛る者　死罪　主人願にて遠島赦免有之」とあり、極刑に処せられた。おなつは主人の妹に当たるが、これに準じて考えてよいか。**○年浪の日数を立**月日を暮らす意。「舟」「浪」「立」は縁語。**○おもひ立取あへずもかり衣**心をかため、大急ぎで旅支度をし。「かり衣」は旅衣。謡曲「小袖曽我」の「名を藤の嶺にあげばやと、思ひ立ちぬる狩衣」をふまえた表現。**○浜びさし**浜辺の小家。**○幽なる所**小さなみすぼらしいところ。二人は賑やかな所は、はばかられるから。**○伊勢参宮**伊勢神宮に参詣すること。**○小道具うり**刀の付属品である目貫・鍔（これらを「小道具」という）を売り歩く商人。**○具足**近世期に用いられた鎧の一種。大鎧を簡略にしたもの。『毛吹草』巻四「諸国より出る物」に、「奈良…具足・鎧」とあるように、奈良の名産だった。**○醍醐の法印**「醍醐」は、京都市伏見区にある真言宗醍醐派総本山醍醐寺。「法印」は山伏。醍醐寺座主の三宝院門跡が、真言修験道当山派の本寺を兼ねていたので、

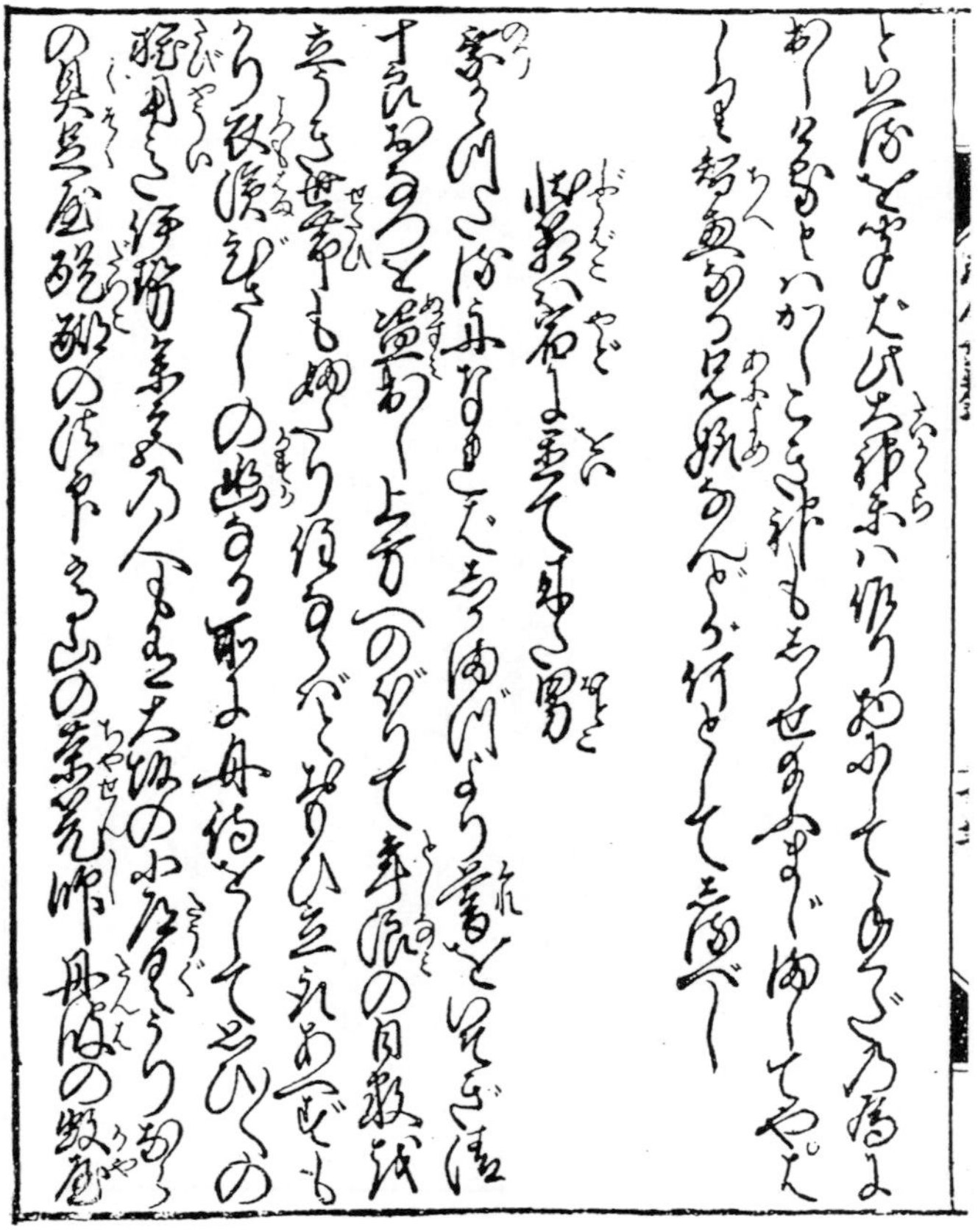

当山派の山伏を「醍醐の法印」と呼んだ。**○高山の茶筅師**大和国高山（現、奈良県生駒市）名産の茶筅作りの職人。「茶筅」は、抹茶を立てるとき、茶を練ったり、泡立てたりする竹製の道具。『毛吹草』巻四に「高山茶筅」の称が見える。**○丹波の蚊屋うり**丹波産の蚊帳を売る行商人。『毛吹草』巻四に、「丹波…蚊帳《かちやう》　亀相物也」とあり、丹波蚊帳は品質が劣るとされた。

○ごふく屋織物類を売る商人。京には呉服屋が多かった。**○鹿嶋の言ふれ**鹿島明神（茨城県鹿嶋市）のお告げと称して、その年の吉凶を触れ歩いた下級神職。近世には、その姿を借りた物もらいが横行した。「事触　毎年鹿島の神前にして行の事あり。神必人に託し給ひて、天下の吉凶をしめし給ふと、それを日本にあまねく告しらせける事、此神官の役也。然ば末世には是をもつて、宮雀のすぎはひとなして、よいかげんにあらぬ事までたくみなして、愚夫愚婦をたぶらかすとかや。了間して聞べし」（『人倫訓蒙図彙』巻七）。**○十人よれば十国の者**諺。人が十人集まれば、それぞれ郷里も違い、生活習慣も異なっている、という意。『毛吹草』巻二に「十人よれば十国のもの／三人よれば人中」。**○心祝**気持ちだけの簡素な祝い事。**○住吉さま**住吉大社（現、大阪市住吉区）にまつられる住吉大明神。海上交通の守護神として古来より信仰される。

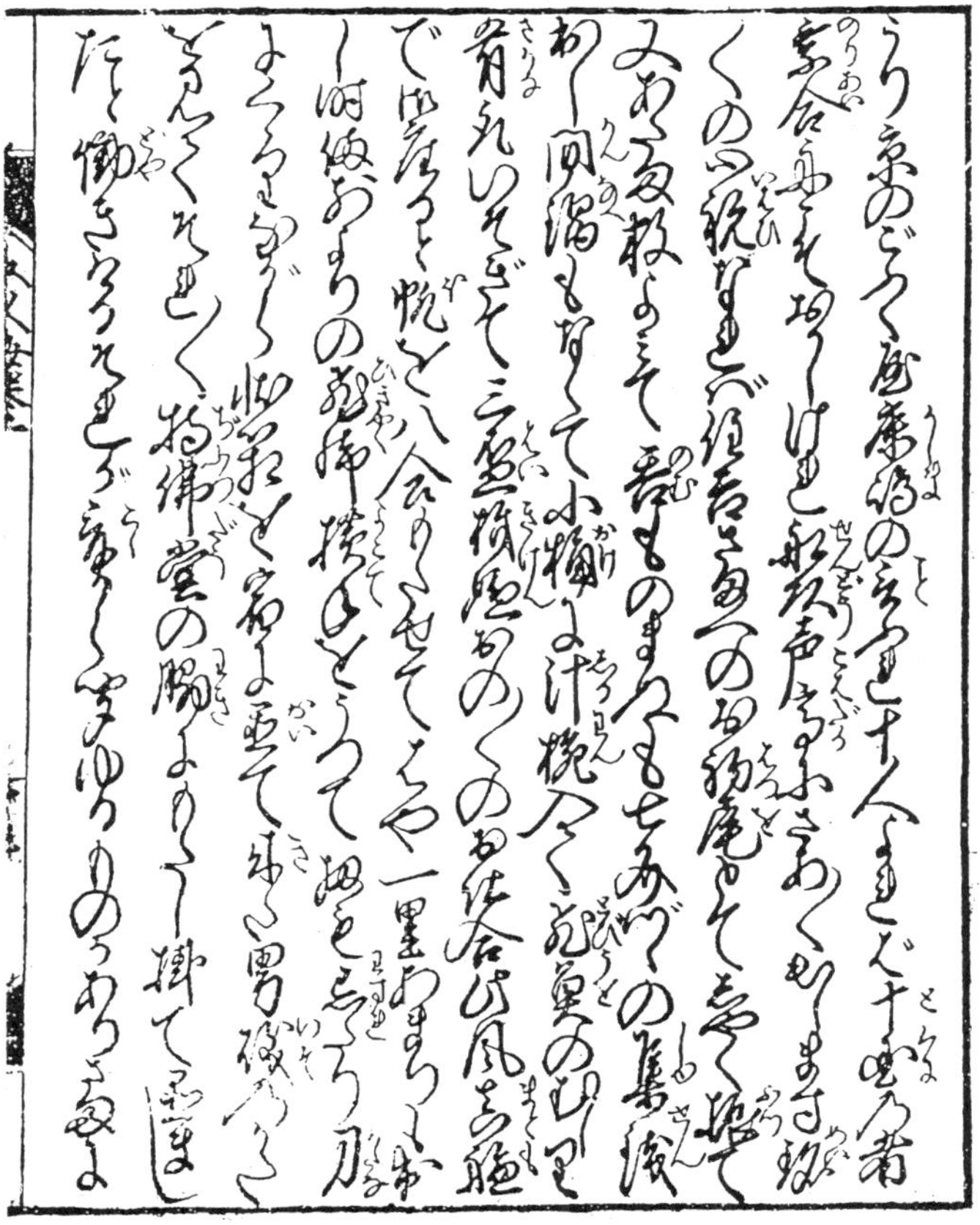

また、和歌三神のひとつとしても著名。**○お初尾**お賽銭。「お初穂」の慣用表記。その年に最初に実った穀物を神や朝廷に納めたことから転じて、お賽銭もいう。『黒本本節用集』に「初尾　同《ハツヲ》　世俗常ニ此字ヲ用ユ」。**○しやく**柄杓。舟底のあかを汲む柄杓を、寄付の金銭を集める「勧進柄杓」の代用とした。**○集銭出し**頭割りで銭を出し合って、飲み食いすること。**○間鍋**燗鍋。酒の燗をする小型の鍋。鉄または銅製で、注ぎ口と鉉《つる》がついている。ここは、船中ゆえ、燗鍋の用意もなく、小桶

〈八七ページ〉

(小さな桶)に汁椀(飯椀よりやや小ぶり)を入れて代用した。なお、「間鍋」という表記は、『文明本節用集』等に見える慣用表記。**○飛魚のむしり肴**飛魚の干物。**○三盃機嫌**ほろ酔い機嫌。**○真艫**船の正船尾。ここは、船尾正面から吹く風。順風。**○帆を八合もたせて**帆を八分目に張って。「帆」は「帆」の異体字。「八合」の訓みは「はちがふ」。**○備前**現在の岡山県東南部。**○飛脚**近世、手紙・金銭・小荷物などを輸送した業者。「飛脚　江戸大坂をはじめ所々の飛脚有て、所をさだめて通ふもあり。又何所成とも、やとひ次第に行もあり」(『人倫訓蒙図彙』巻三)。**○横手をうつて**はっとした時の動作。ここは「しまった」という気持ちを表す。**○状箱**書状を中に入れる小箱。飛脚にとって、最も大事なものであるはず。**○置て来た男**「置て来た」までが、飛脚のせりふ。同時に、「置て来た」には、生まれるとき胎内に知恵を置いて来たという意味が含まれ、「置て来た男」は「間抜けな男」の意となる。**○持佛堂**仏壇。**○働きける**わめいた。**○ありさま**二人称代名詞。おまえさん。

○きん玉があるか一人前の男か、の意。乗客は、飛脚に向かい、「お前はそれでも一人前の男か」とからかったにもかかわらず、飛脚はその意味が解らず、「いかにも〳〵二つござります」と答えた。しかも、「念を入てさぐ」ったところが、飛脚の間抜けぶりを強調し、さらに滑稽。**○取直し**版本振り仮名に「とりなをし」とあり、「し」が重複する。西鶴に限らず、版本によく見られる誤刻。**○計**「ばかり」(副助詞)に当てる。「斗」を当てる例もある。**○哀れしらずども**情けしらずの者ども。**○きびしき乗物**「乗物」(女性用の駕籠)に、厳重に見張りをつけた。**○座敷篭**座敷の一部を格子で厳重に仕切って造った牢。なお、「篭」「籠」は「牢」と通用した。**○浮**

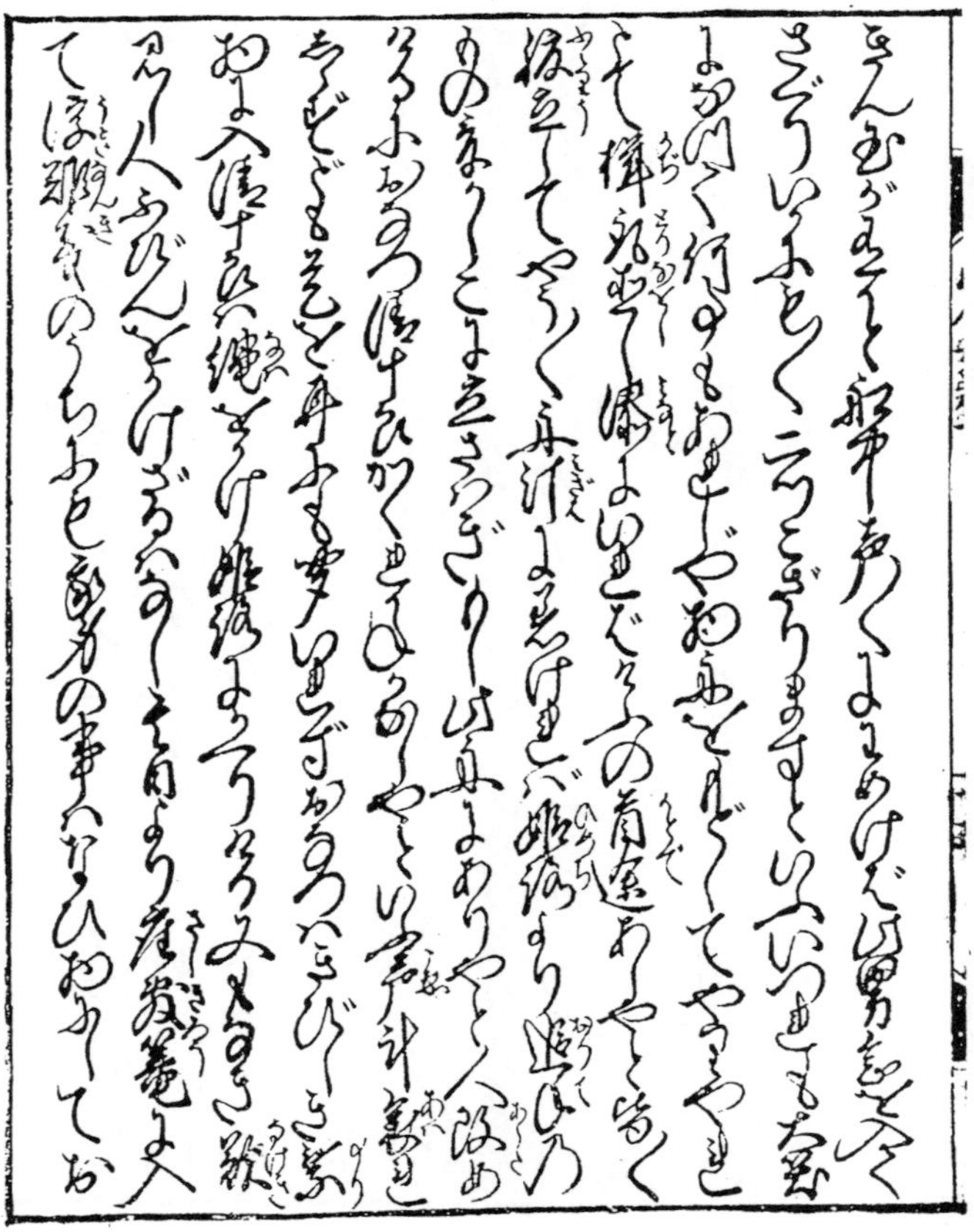

難義つらい困難。「浮き」は「憂き」の意。**○なひ物にして**さしおいて。

○高津現在の大阪市中央区高津。当時、この辺一帯は、寺町で閑静だった。**○うら座敷**家の裏側にある座敷。人目につかないため、二人が隠れ住むには都合がよい。**○かゝ**「卑賤の者の妻」(『俚言集覧』)の意もあるが、ここは女中のこと。**○肩もかへずに寐はず**一度寝たら、寝返りもうたずに、抱き合って寝よう。版本は「肩」を「屓」とする。また「寐」は「寝」の異体字。**○むかしになる**実現できずに終わった。**○世にあきつる身や**この世に生きているのが、ほとほといやになった身だよ。**○美形**美人。すなわち、お夏のこと。**○いさめて**元気づけて。**○だんじき**断食。神仏に願をかけるためにおこなう。**○願状**神仏へ祈願をしたためた状。

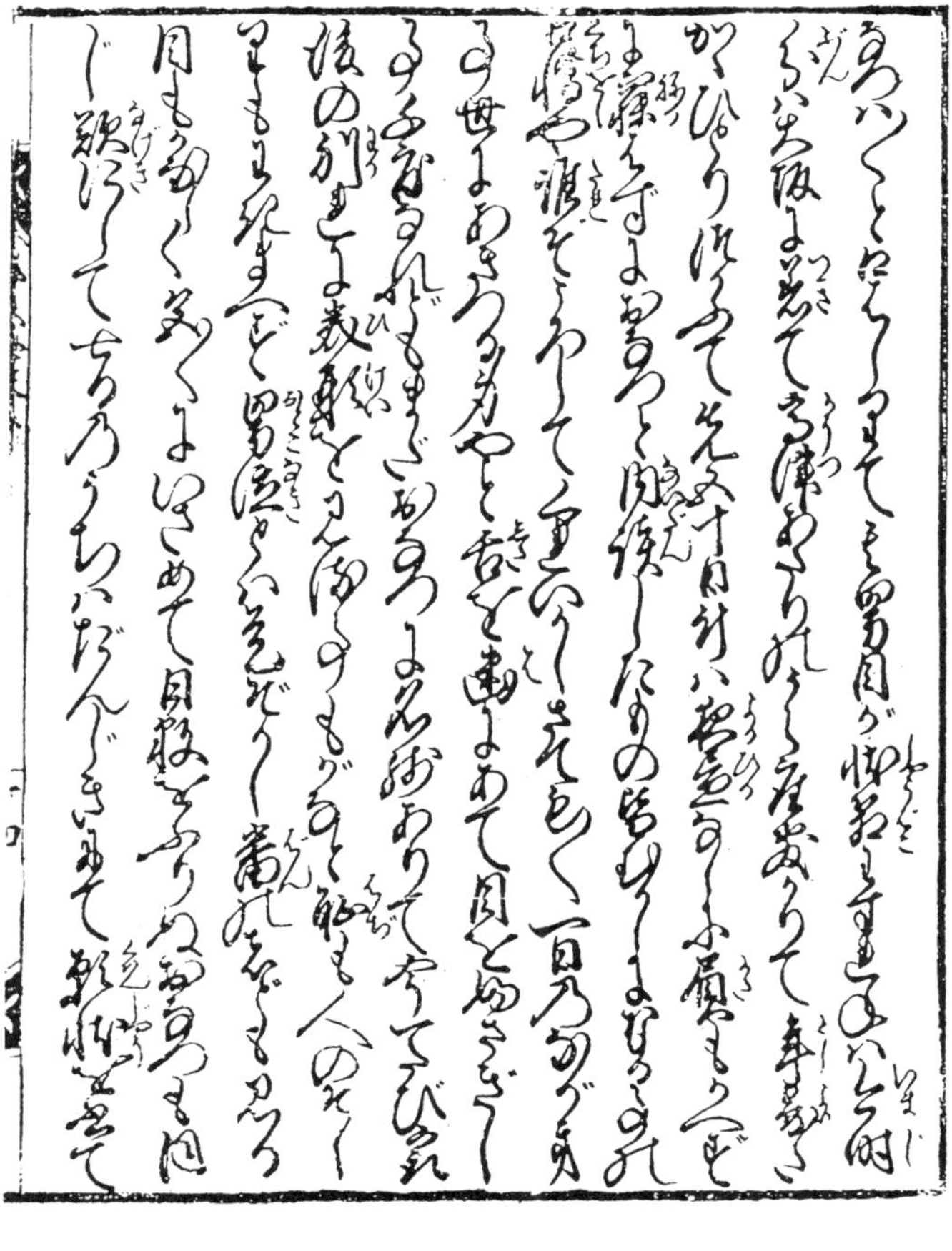

○室の明神賀茂神社。室津の明神山に鎮座する。祭神は加茂別雷神《かものわけいかずちのかみ》。**○老翁**老人。後の内容からして、室の明神が姿を現したもの。**○枕神**「枕神」は枕元に現れる神の意だが、西鶴は「枕神に立つ」で「枕上（枕元）に立つ」の意とすることが多い。ここもその例。他の例に、「天女あらたに枕神に立たせ給ひ」（『椀久一世の物語』上ノ二）、「枕神に立て此事をしらすぞ」（『世間胸算用』一ノ二）などがある。**○あらたなる**あらたかな。**○人の女をしのび**他人の妻を恋い慕い。「シノブ　人を恋い慕う」（『日葡辞書』）。**○過にし祭**加茂神社の例祭は五月であった。『色道大鏡』巻十三には、「毎年の五月五日、遊女数十人花やかに出たち、舟にうかみ棹の歌を発し、祭礼をとりおこなふ事、今に断ず」とあり、五月五日。また、『案内者』巻三には、「五月十三日　室明神祭」とある。いずれにせよ例祭が五月であることは動かず、後文で清十郎が四月十八日に処刑されることと整合性をとるには、ここは前年五月の例祭と考えねばならない（前田金五郎『好色五人女全注釈』）。なおまた、当年五月の例祭を指すと考え、西鶴が時間的な齟齬を敢えて犯してまで、当時の世態人情を神に語らせたとする説もある（江本裕「講談社学術文庫」）。**○壱万八千十六人**このように、数字を端数まで記し、もっともらしく見せるのは、西鶴の特徴の一つ。**○散銭**賽銭。**○神の役に聞なり**これも神の役目だ、しかたないと我慢して聞いてやっているのだ。神様が賽銭欲しさに、人々の願いを聞いてやっているというおかしさ。

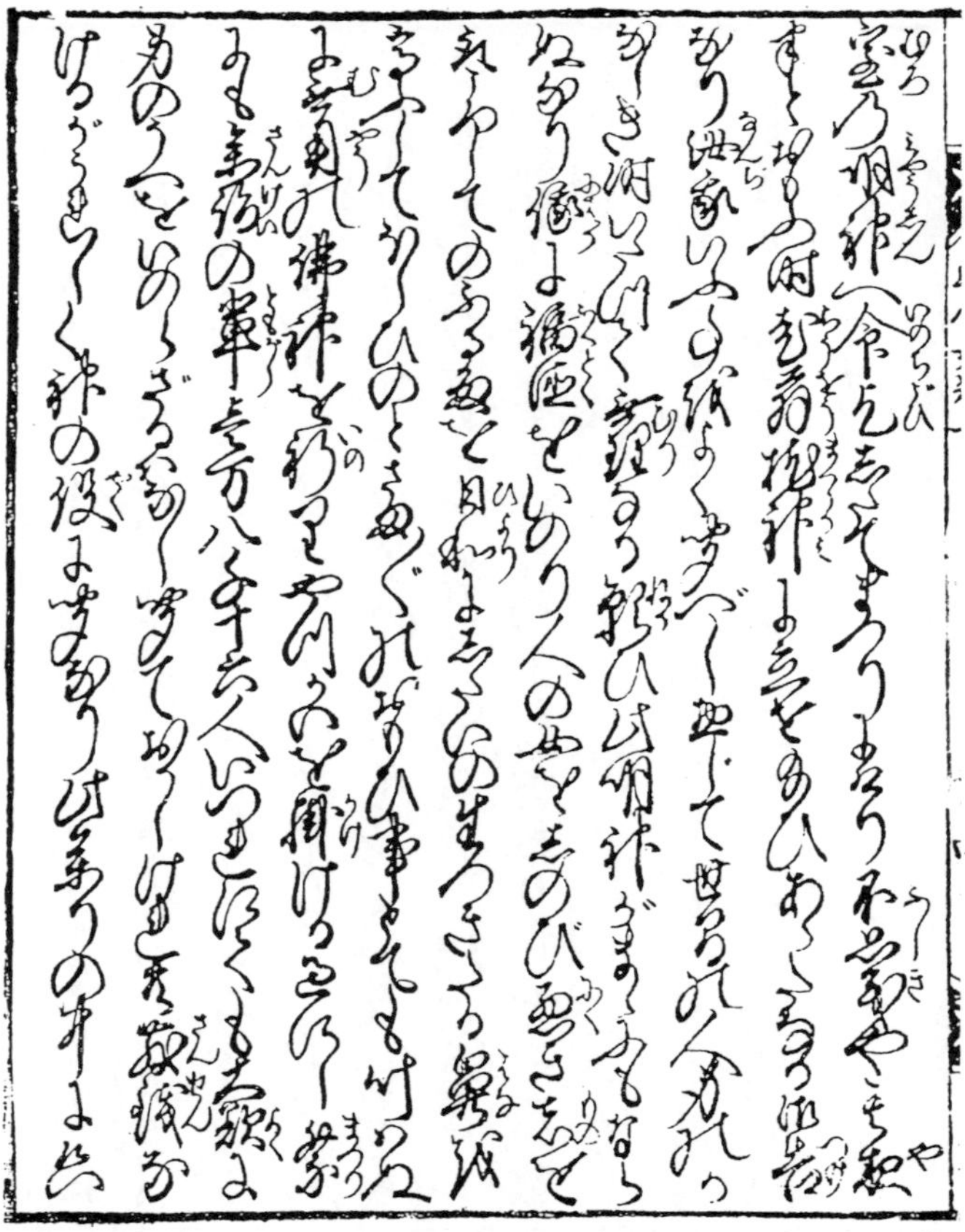

○高砂の炭屋「炭」は播磨の名産（『毛吹草』巻四）。また、謡曲「高砂」の「高砂住の江の松の…」をもじったか。**○足手そくさいにて**身体健康で。**○出雲の大社**出雲大社。現在の島根県簸川郡大社町にある神社。祭神は大国主神。俗に男女縁結びの神といわれる。西鶴も、『好色盛衰記』巻四ノ一に、「出雲の大社にして、諸国男女の縁を結び給へり」と記す。「よい夫を持たせてください」と祈った炭屋の下女に、室の明神が「縁結びは、わしの役目じゃないぞ。出雲大社を拝め」と言って追い返す、その無責任さが滑稽。**○下向**社寺に参詣して帰ること。**○親兄次第に**親や兄のいう通りに。**○汝おしまぬ命はながく命をおしむ清十郎は頓最期ぞ**お前が惜しいとも思わぬ自分の命はながらえ、助けたいと思っている清十郎は、間もなく最期を迎えるぞ。**○めし出されて**お上に呼び出されて。「差紙《さしがみ》」（召喚状）が届けられ、奉行所への出頭を命ぜられる。**○詮義**取り調べ。**○内蔵**座敷から直接出入りできるように、母屋続きに建てた蔵。金銀など貴重品を収める。裏庭に建て、雑物を収める庭蔵と区別する。**○金戸棚**当座の出納に必要な金銀を入れておく戸棚。**○小判七百両見えさりし**当時、小判十両盗めば死罪。「金子は拾両より以上、雑物は代金に積り拾両位より以上　死罪」（『律令要略』）。よって、七百両盗めば間違いなく死罪。なお、小判七百両は約七千万円（一両＝一〇万円）。

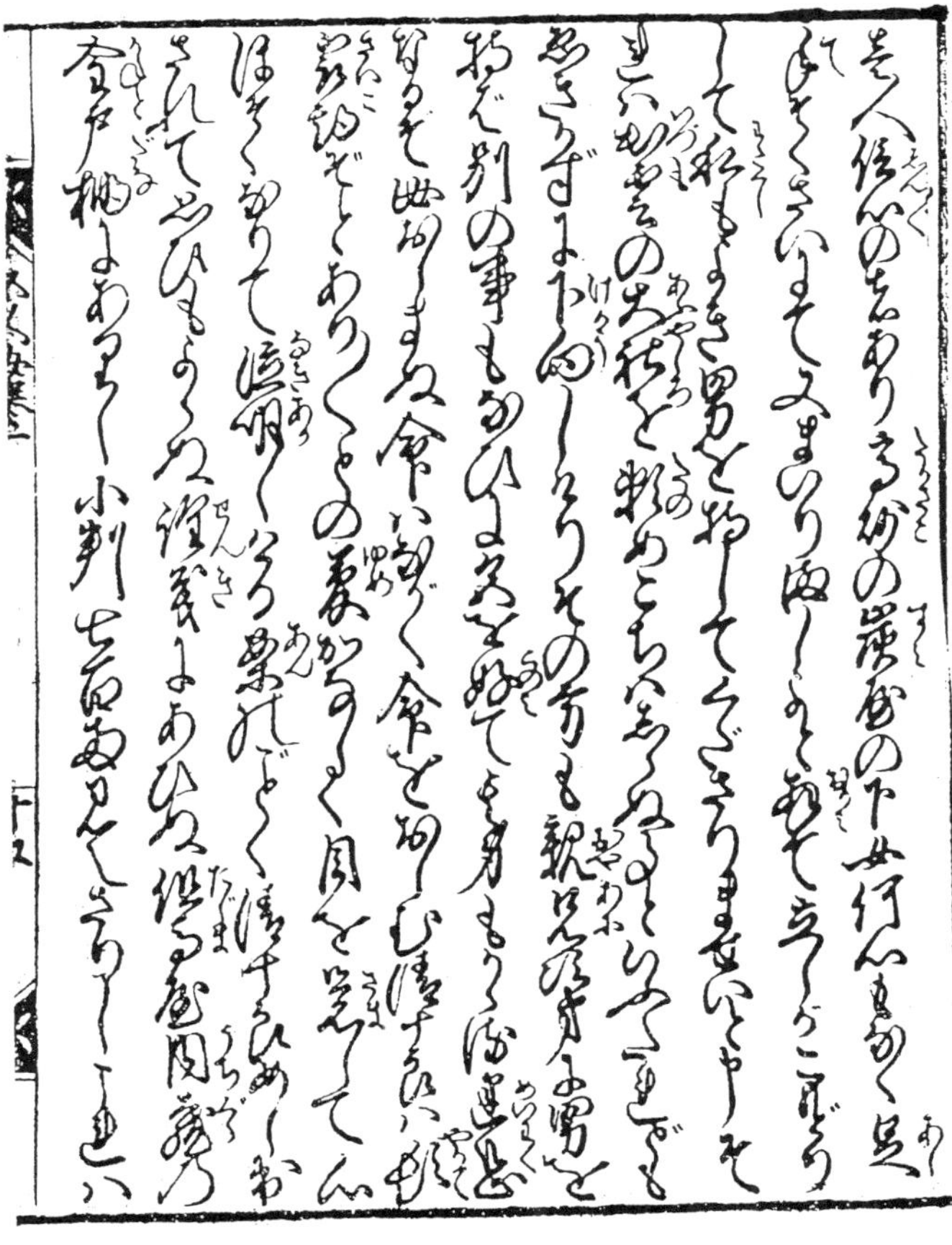

〈挿絵解説〉

飾磨津から大坂へ向かう乗合船の状景。船首で両手をあげ叫んでいるのが、状箱を置き忘れてきた飛脚。その右、立烏帽子をかぶるのが鹿島の事触で、幣串をもつ。右図の僧形の男が醍醐の法印。本文に従えば、ほかの乗客に伊勢参り・大坂の小道具売り・奈良の具足屋・高山の茶筅師・丹波の蚊帳売り・京の呉服屋がいるはずだが、判別しがたい。菅笠をかぶった客が二人見えるが、これがお夏と清十郎か。船は帆柱が省略され、船頭が艪で漕いでいる。信多純一「中世小説と西鶴」（前出）は、本章挿絵が『角田川物かたり』下巻の狂女が乗る舟の模倣であるとし、また貞享二年八月刊『首書伊勢物語』第九段の挿絵との関連も指摘する。

○折ふし悪敷清十郎の置かれた立場が悪く。『五人女』巻三で、おさんは、駆け落ちの際に、茂右衛門との生活費として、店から五百両を持ち出していた。よって、おなつとの生活費として、清十郎が金子を盗みだす可能性も想定できた。なお、形容詞の活用語尾に「敷」を当てる表記例は多い。**○ことはり立かね**弁明ができかねて。**○袖は村雨の夕暮をあらそひ**人々が清十郎を哀れんで袖を濡らす涙は、夕暮れに激しく降る村雨に劣らぬほどで。**○虫干**六月土用に、衣類や書画などを日に曝す行事。かびや虫を払うために行う。「六月土用ノ中、晴天ヲ俟テ、衣服并ニ書画・薬物ノ類、コレヲ曝ス」（『日次紀事』）。**○車長持**移動しやすいように、下面四すみに車をつけた長持。長持は衣類などを入れる、蓋のある長方形の箱。**○子細らしき親仁**分別臭い親仁。

巻一ノ五

○命のうちの七百両のかね命があってこその七百両の意。「今日の日も命の内に暮れにけり明日もや聞かん入会《いりあひ》の鐘」（『法華経直談鈔』巻八末）による表現。**○しらぬが佛**何事も知らなければ、仏のように平静でいられるという意味の諺。『毛吹草』などに見える。**○袖引連て**袖を引き引き、連れだって。

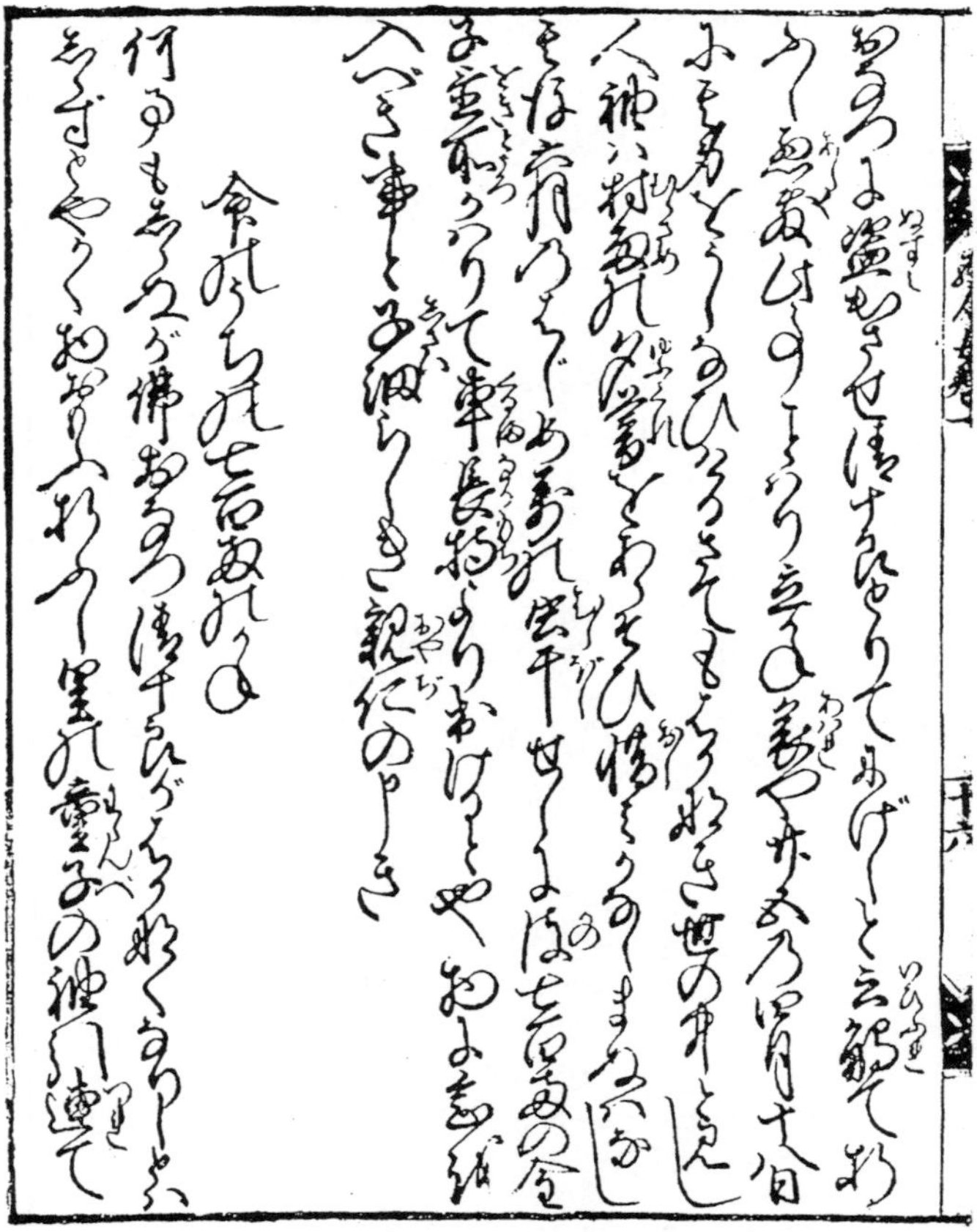

○清十郎ころさはおなつもころせはやり歌の歌詞。歌祭文『おなつ清十郎浮名の笠　下』に、「清十郎殺さば、アンア、お夏も殺せ、生けて思ひを、さそよりも」と歌われる。近松門左衛門も『五十年忌歌念仏』下に引用する。○姥乳母の意。○生ておもひをさしやうよりもはやり歌の歌詞。前々注参照。○音頭とつて先頭に立って、調子をとりながら。「ヲンドヲトル　調子を取って歌を歌い始める」(『日葡辞書』)。なお「をんとう」は、『合類節用集』等に見え、当時の慣用の仮名遣い。○間もなく泪雨ふりて止めどなく、涙が雨のように流れて。○むかひ通るは清十郎でないか…はやり歌の歌詞。歌祭文『おなつ清十郎浮名の笠　下』に、「むかひ通るは、アンア丶清十郎ぢやないか、笠がよく似た、菅笠え」と見える。近松『五十年忌歌念仏』下も引用。○やはんは丶はやし言葉の「やはんは」に笑い声の「はは」を掛けた。○けらく笑ひ狂人の笑い。○友みたれて一緒に乱れて。○乱人狂人。○年ごろ数年来。○語し人ども親しくしていた人たち。○其跡処刑された跡。○草芥草や塵。○尸「屍」に同じ。『合類節用集』に「尸　カバネ」。

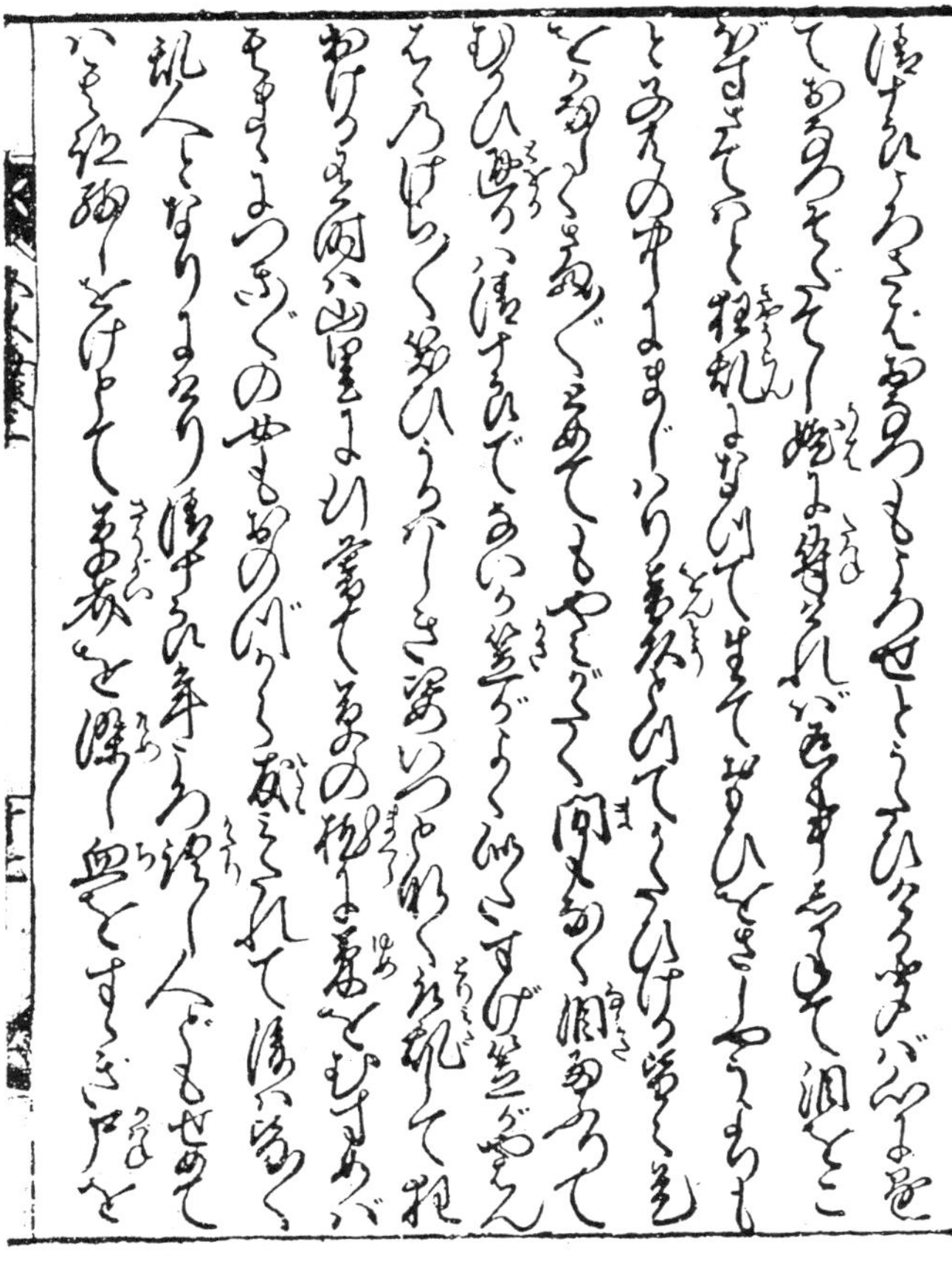

○しるしに松柏をうへて刑死した清十郎のために墓石を建てるのは、許されなかった（刑死者は死骸取捨とされる）ので、松柏を植え墓石の代わりとした。**○清十郎塚**姫路市の慶雲寺に、お夏清十郎比翼塚があるが、これは後世のもの。**○吊**「吊」は「弔」の異体字として通用。**○むかしの姿**清十郎の生前の姿。**○百ヶ日**普通、死後百日目に追善法要を営む。それを機に、おなつは自害しようとした。**○守り脇指**護身用の鍔のない短刀。**○まことならば**清十郎への思いが本当ならば。**○とひ給ふ**菩提を、お弔いになる。**○ぼたいの道**菩提の道。清十郎が極楽往生を得る手段。**○正覚寺**未詳。西鶴自身、『独吟百韻自註絵巻』に「里の名に正覚寺薬師寺などいへる寺号は何国にもある事也」と記すように、ありふれた寺名として出したものか。一説に、姫路市保城にある真宗大谷派正覚寺のことともいう（前田金五郎『好色五人女全注釈』）。**○十六の夏衣けふより墨染にして**十六歳の夏に、夏衣（夏用の麻織りのひとえ）を墨染の僧衣に改め。おなつが十六歳で出家したことは後述。

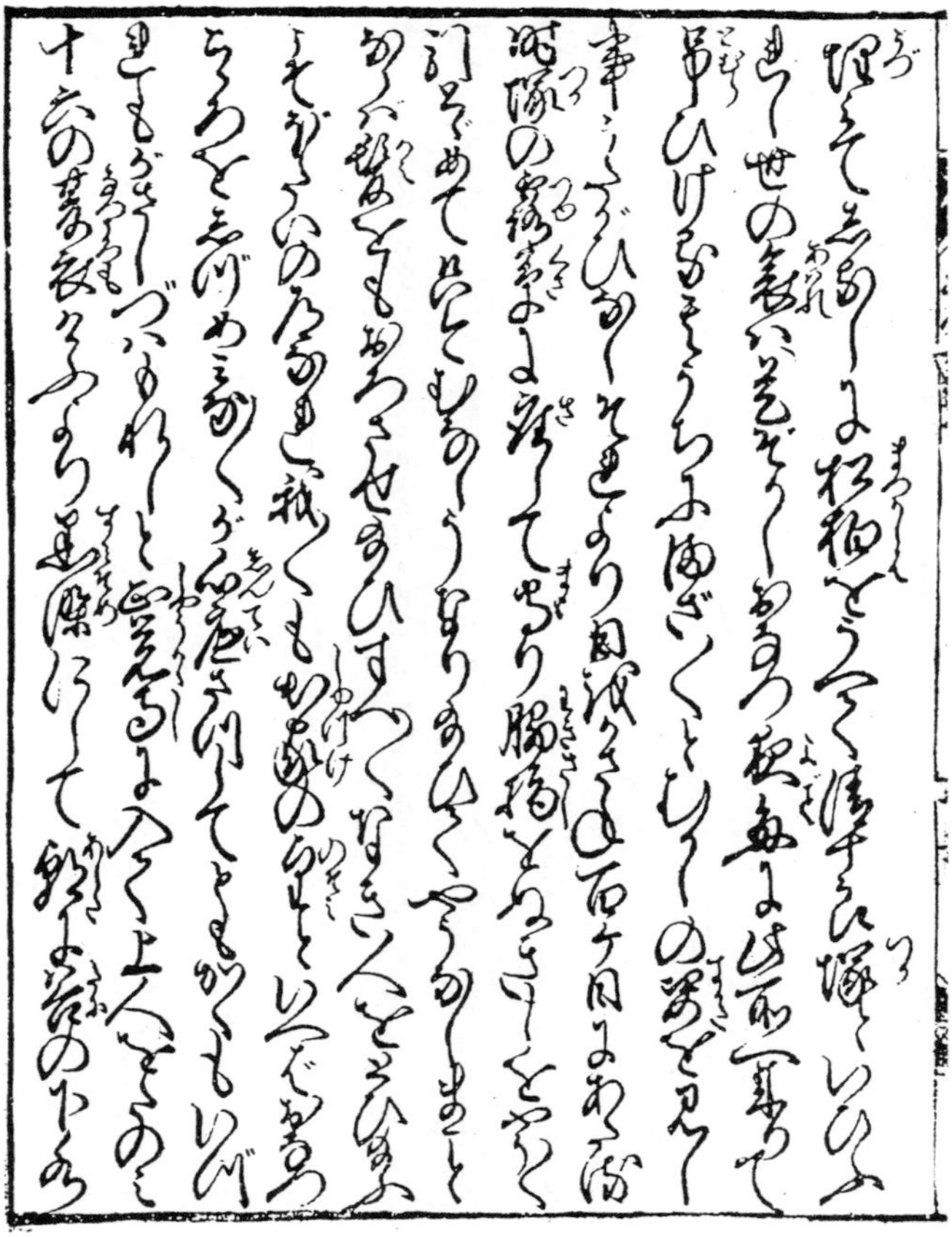

○夏中仏教で、四月十五日から七月十五日まで、夏の三ヶ月間、僧が寺院や洞窟に閉じ籠もって修行すること。**○手灯**掌に油を入れて灯をともす苦行。**○大経**最も中心となる経典。各宗派により異なる。**○びくに**比丘尼。尼のこと。**○中将姫**横佩《よこはぎ》右大臣豊成の娘。十六歳で大和の当麻寺《たいまでら》に入り出家した。蓮糸で曼陀羅を織ったなど、多くの伝説により広く知られる。天平十九年に生まれ、宝亀六年三月十四日、二十九歳で寂したという。中将姫が十六歳で出家した(『本朝列女伝』巻九、奈良絵本『中将姫』)ことから、西鶴はおなつが十六歳で出家したと設定。**○発心おこりて**仏の悟りを得ようとする心が起こり。**○右の金子**清十郎が盗んだと疑われた七百両。**○上方の狂言**この「狂言」は歌舞伎狂言、すなわち歌舞伎のこと。この事件が直後に歌舞伎に仕組まれて広まったのは事実。事件を寛文二年とする『玉滴隠見』巻十五には、「京都ニテハ四条河原、大坂ニテハ道頓堀、江戸ハ堺町木挽町ノ仕組ニシテ、巷歌ニ作テ諷之ケリ。依之播州姫路ノ但馬屋ガ娘、同手代ノ清十郎トテ、六十余州ニ其好色ノ名ヲヒロメシ事ハ、難波ノ浦ニハアラネドモ、アシカリケル」と記す。また、江戸のことになるが、『松平大和守日記』寛文四年四月十一日条に、「此比江戸にはやりうたは清十郎ぶし也。…勘三郎所にて、狂言に仕出してからはやると也」と記す。**○恋の新川**「新川」は、貞享元年から二年にかけて、河村瑞賢により開かれた大坂の川。元禄十一年以後、安治川と称するようになった。ここは、「新しい恋物語」というのに大坂の新川をいい掛けた。**○舟をつくりておもひをのせて**はやり歌の歌詞による表現。近松『五十年忌歌念仏』下に、「小舟つくりてお夏を乗せて、花の清十郎に櫓を押さしよ」と引かれる。なお、「流す」「川」「舟」「泡」は縁語。**○泡のあはれなる世や**『玉葉集』巻十七所収の西行の歌「流れ行く水に玉なすうたかたのあはれあだなる此世なりけり」をふまえた表現。

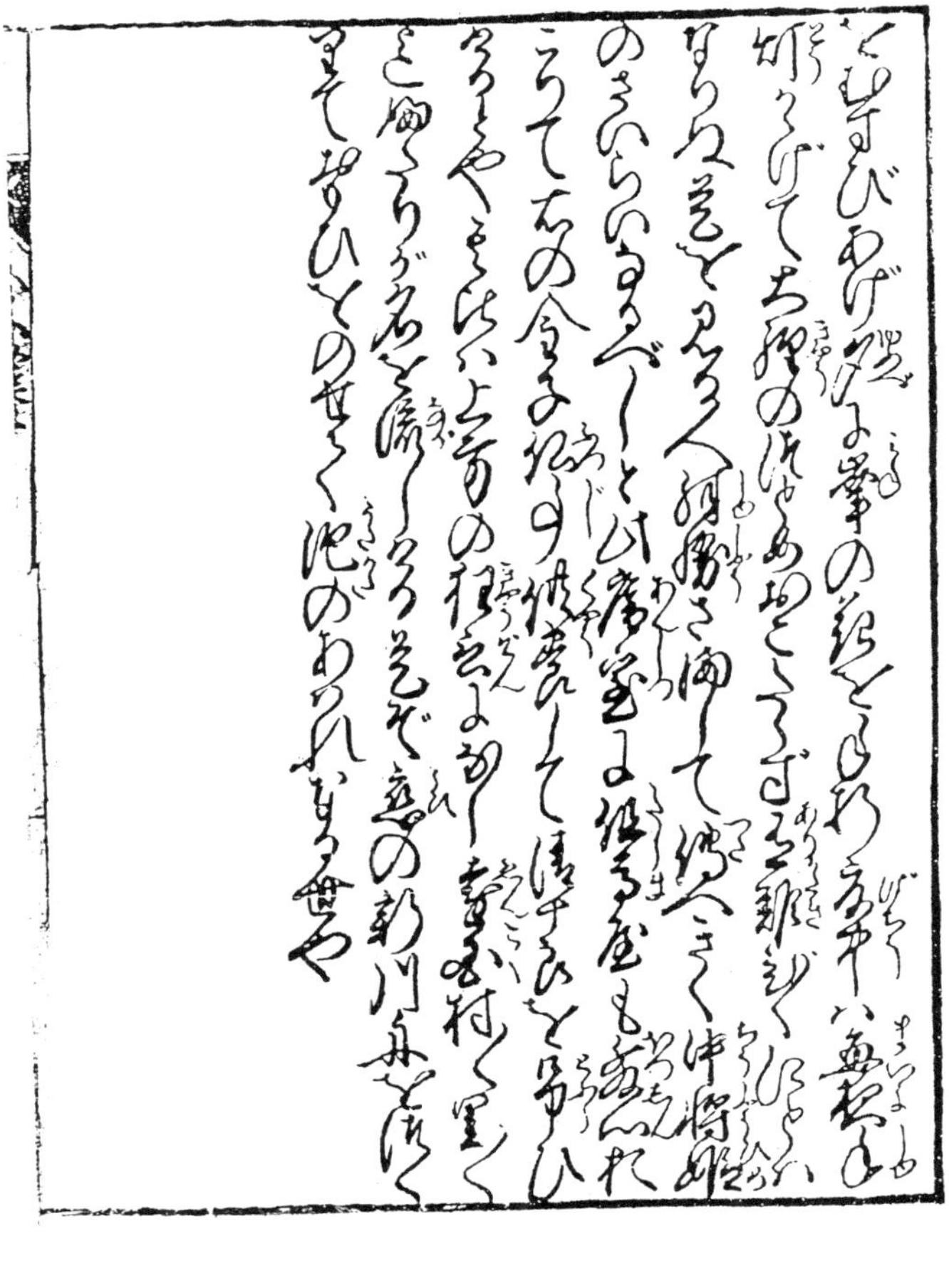

■参考文献

影印　吉田幸一・藤村作『好色五人女　全』（古典文庫　昭和21年4月）
近世文学史研究の会『好色五人女』（文化書房博文社　昭和44年4月）
青山忠一『好色五人女』（「近世文学資料類従　西鶴編4」勉誠社　昭和50年3月）
青山忠一『好色五人女』（「勉誠社文庫6」勉誠社　昭和55年7月）
堀章男『演習好色五人女』（「和泉書院影印叢刊44」和泉書院　昭和60年3月）
石川了『好色五人女』（「西鶴選集」おうふう　平成7年5月）
翻刻『西鶴名作集　上』（「日本名著全集」日本名著全集刊行会　昭和4年8月）
藤井乙男『西鶴名作集』（「評釈江戸文学叢書2」大日本雄弁会講談社　昭和10年7月　昭和45年9月復刻）
潁原退蔵・暉峻康隆・野間光辰『定本西鶴全集　2』（中央公論社　昭和24年12月）
暉峻康隆『好色五人女』（角川文庫　昭和27年12月）
暉峻康隆『好色五人女詳釈』（明治書院　昭和28年5月）
麻生磯次・板坂元・堤精二『西鶴集　上』（「日本古典文学大系47」岩波書店　昭和32年11月）
東明雅『好色五人女』（岩波文庫　昭和34年3月）
暉峻康隆『好色五人女詳解』（明治書院　昭和34年10月）
暉峻康隆・東明雅『井原西鶴集　1』（「日本古典文学全集38」小学館　昭和46年3月）
水田潤『好色五人女』（桜楓社　昭和51年7月）
大野茂男『好色五人女全釈』（「笠間注釈叢刊7」笠間書院　昭和54年2月）
江本裕『好色五人女全訳注』（講談社学術文庫　昭和59年9月）
東明雅『好色五人女・好色一代女』（「完訳日本の古典51」小学館　昭和60年3月）
神保五彌『好色五人女』（明治書院　昭和62年3月）
前田金五郎『好色五人女全注釈』（勉誠社　平成4年5月）
麻生磯次・冨士昭雄『好色五人女・好色一代女』（「決定版対訳西鶴全集3」明治書院　平成4年6月）
水田潤『好色五人女』（「西鶴選集」おうふう　平成7年5月）
暉峻康隆・東明雅『井原西鶴集　1』（「新編日本古典文学全集66」小学館　平成8年4月）
新編西鶴全集編集委員会『新編西鶴全集　1』（勉誠出版　平成12年2月）

好色一代女

巻一ノ三　国主の艶妾
巻四ノ二　墨絵浮気袖

■解題『好色一代女』

大本六巻六冊。各巻四章、全二十四章。題簽「絵入／好色一代女　一（〜六）」。表紙に方形の副題簽をもつ特装本と、これを欠く普通本とがあり、底本とした旧赤木文庫本は後者。副題簽には各話の内容を示唆する文言があり、その版下は西鶴自筆。目録題・柱刻ともに「好色一代女」。刊記「貞享三丙寅歳／林鐘中浣日／大坂真斎橋筋呉服町角／書林岡田三郎右衛門板」。挿絵は吉田半兵衛風とされる。洛西嵯峨野の好色庵を訪ねた二人の若者に、庵主が一代の懺悔物語を語るという体裁をとる。その一代記は、由緒正しき家に生まれながら、宮仕えの最中に青侍との恋愛により追放されたのを皮切りに、舞子から大名の愛妾、さらに島原の遊女となり、年季が明けてからは、腰元・髪結女などの職業に就くものの、好色ゆえに長く続かず、歌比丘尼・茶屋女から夜発《やほっ》へと売色生活を続けて老残の身となり、五百羅漢に昔の男たちの面影を見て恥多き生涯を悟り、広沢の池に入水せんとして助けられ、菩提を願う身になった、というもの。お伽草子・仮名草子の懺悔物の型を襲い、一代記の体裁は保持しつつも、各話には独立性が強く、当時の女性としてのさまざまな職業・生き方を紹介する形にもなっている。一代女は、数奇な生涯を送った一人の女であると同時に、女性一般に共通する運命を集約的になった存在なのであり、主人公に名が与えられないことも、そのことよく符合している。

▼巻一目録

○国主艶妾「国主」は大名。「艶妾」は性的魅力に富んだ妾。大名のもとに美しく好色な一代女が妾として招かれたことを意味する章題。「妾」は正妻のほかに養って愛する女のことで、ここは側室に同じ。江戸時代の妾は、内縁の妻や妻以外の愛人をさす以外に、契約関係で結ばれる奉公職の一つでもあった。表紙の副題簽には「千人の中にも／なひといふは捨金／弐百両」とあり、千人の中でも二人といないほどの美女が、二百両の支度金で召し抱えられることを示す。「捨金」は雇用契約の際に契約金以外に支払われる金。また、目録の副題は「三十日切の手掛者にはあらず／よしある人の息女も／すゑをたのみにやる事／さては／かりそめに／なるまい／なるとも〲／望次第」で、一ヶ月限りの妾ではなく大名の妾なら、家柄のよい娘御も、将来を頼みに奉公に出すという、そんなすばらしい女は簡単には手に入らないだろう、いやいや、望み次第で手に入る、の意。「三十日切」は三十日と期限を限った契約。「手掛者」は妾。「よしある」は「由ある」で、ここは家柄のよいこと。本章は、十六歳で遊女勤めの身となる以前の、好色ゆえに方々をしくじる逸話の一つ。

▼巻四目録

○墨絵浮気袖若殿様の下着として縫うことになった小袖の裏に男女の秘戯を描いた墨絵があり、

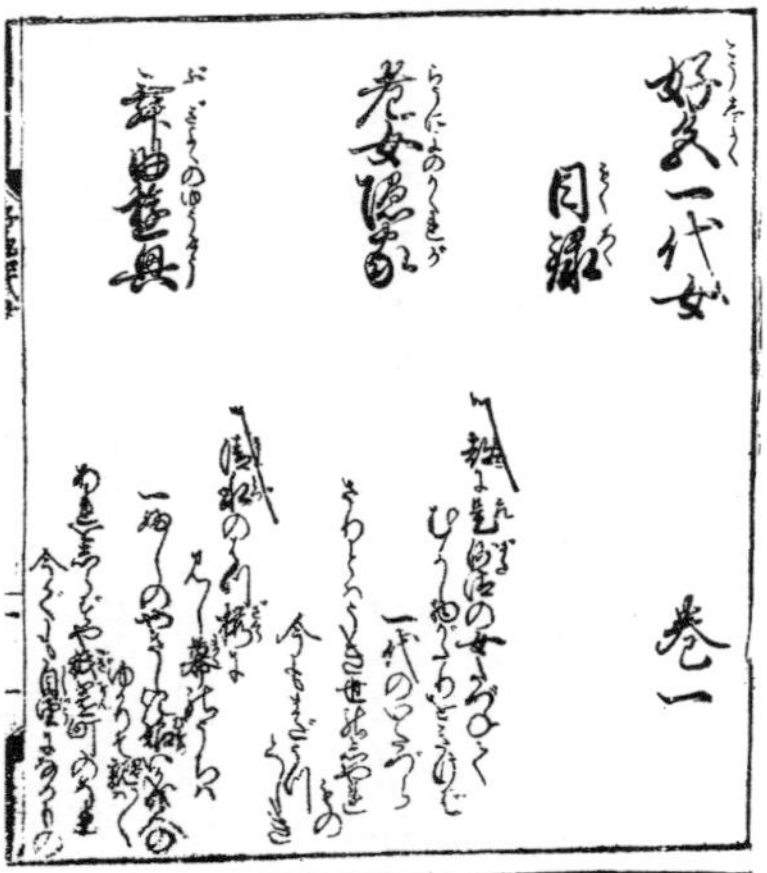

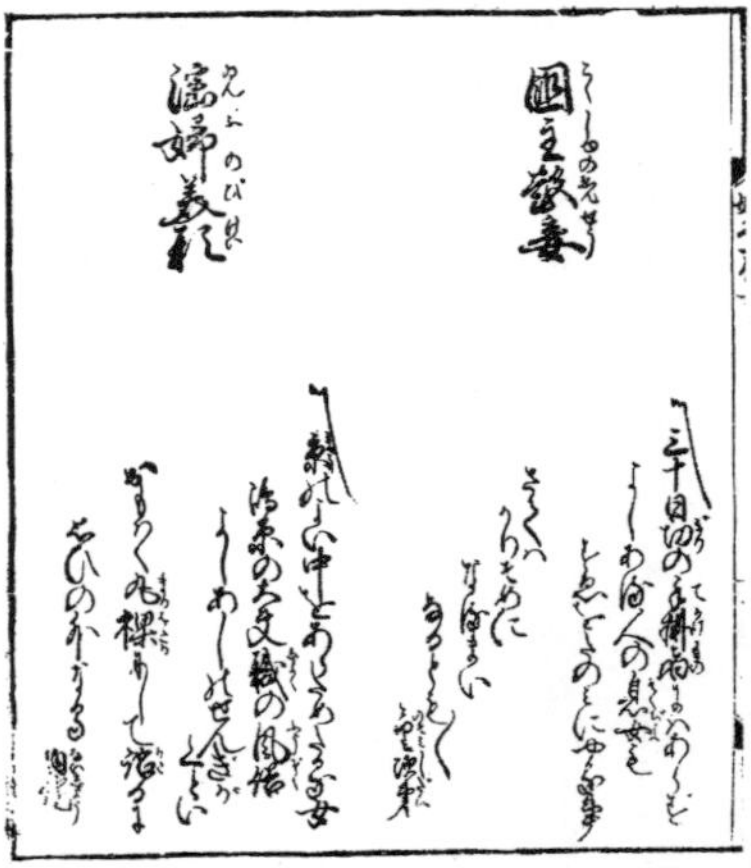

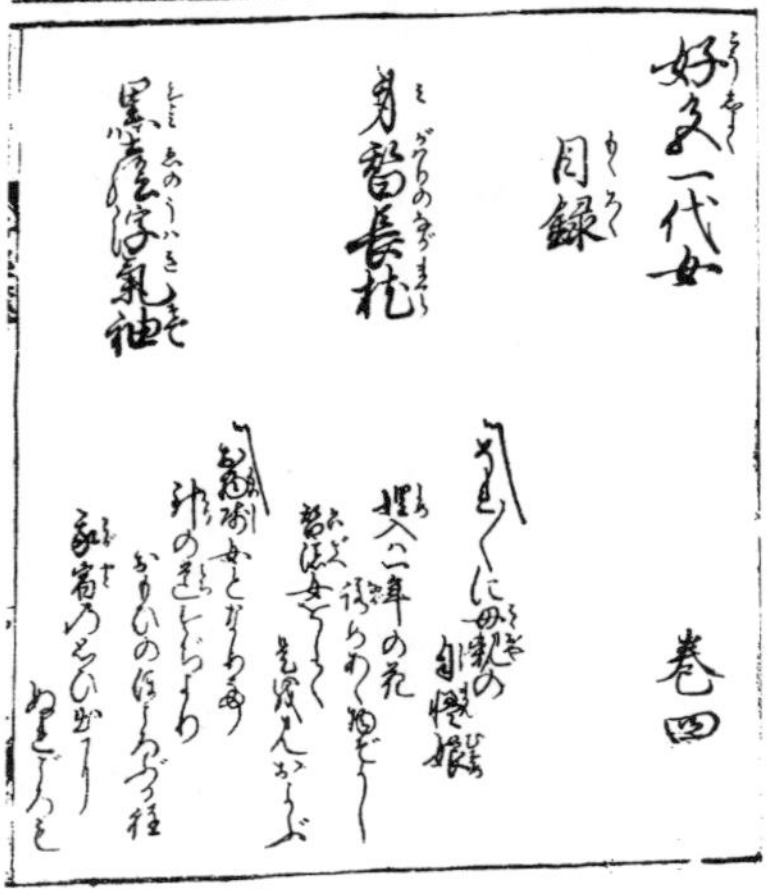

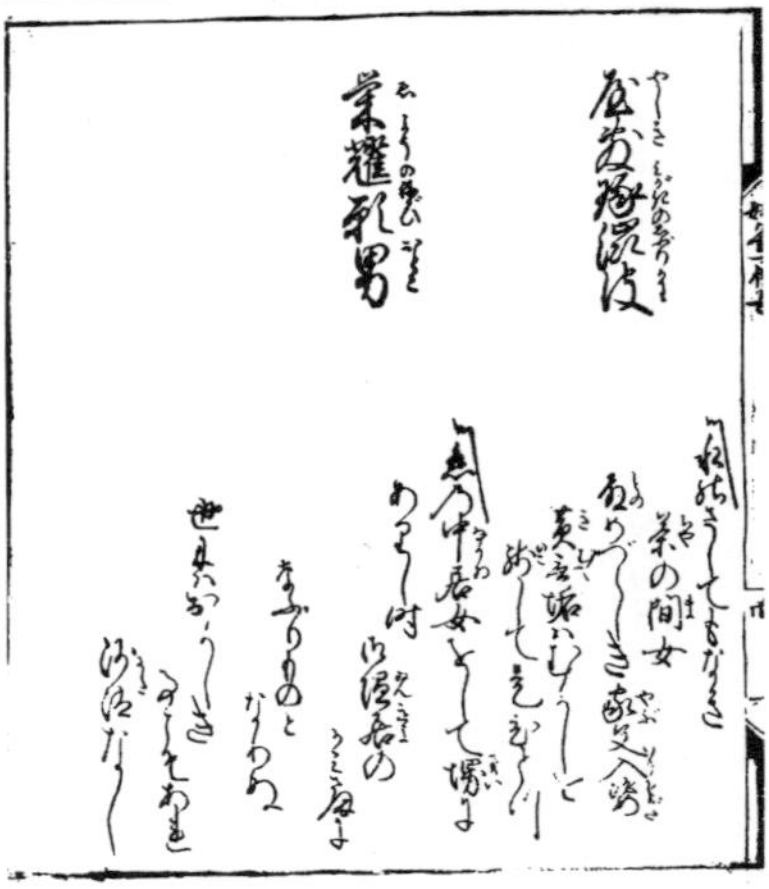

これによって浮わついた気持になったことを表わす章題。表紙の副題簽には「糸による恋／物ぬい女も／自慢の袖口」とあり、糸を扱う裁縫女であることを利用して、色恋を求め歩き、袖口の仕立ても自慢であれば、男の袖を引くのもうまいことを示す。「よる」は「縒る」で、『古今和歌集』羈旅の貫之歌に「いとによる物ならなくに別れ路の心ぼそくも思ほゆるかな」などとある。「糸による」「物ぬい女」「袖口」と縁語仕立てにした表現。また、目録の副題は「お物師女となりて／針の道すぢより／おもひのほころぶる程／我宿の思ひ出に／ぬれごろも」で、一代女が裁縫女となって武家奉公し、裁縫している内に、堅く生きようとの決意も破れ、自分の家で色事にふけることになった、の意。「ぬれごろも」は「濡れ衣」で事実無根の罪や浮名、ここは色事の意に用いる。「お物師」「針」「ほころぶ」と縁語仕立ての表現。本章は、遊女としての年季が明け、さまざまな職につきながらも、好色ゆえに長続きしない逸話群の一つ。

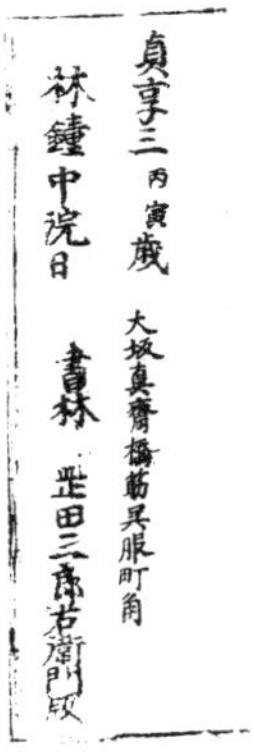
貞享三丙寅歳　大坂眞齋橋筋呉服町角
林鐘中浣日　書林　岡田三郎右衛門板

刊記

■参考文献

影印　西鶴学会『好色一代女　絵入』（古典文庫　昭和23年6月）

田中伸『好色一代女』（「近世文学資料類従　西鶴編5」勉誠社　昭和51年6月）

注解　『西鶴集　上』（「日本名著全集」日本名著全集刊行会　昭和4年8月）

藤井乙男『西鶴名作集』（「評釈江戸文学叢書」大日本雄弁会講談社　昭和10年7月　昭和45年9月復刻）

潁原退蔵・暉峻康隆・野間光辰『定本西鶴全集　2』（中央公論社　昭和24年12月）

吉井勇『好色一代女』（角川文庫　昭和27年2月）

麻生磯次・板坂元・堤精二『西鶴集　上』（「日本古典文学大系47」岩波書店　昭和32年11月）

横山重『好色一代女』（岩波文庫　昭和35年8月）

暉峻康隆・東明雅『井原西鶴集　1』（「日本古典文学全集38」小学館　昭和46年3月）

麻生磯次・冨士昭雄『好色五人女・好色一代女』（「決定版対訳西鶴全集3」明治書院　平成4年6月）

村田穆『好色一代女』（「新潮日本古典集成」新潮社　昭和51年8月）

東明雅『好色五人女・好色一代女』（「完訳日本の古典」小学館　昭和60年3月）

暉峻康隆・東明雅『井原西鶴集　1』（「新編日本古典文学全集66」小学館　平成8年4月）

新編西鶴全集編集委員会『新編西鶴全集　1』（勉誠出版　平成12年2月）

巻一ノ三

○松の風江戸をならさず謡曲「高砂」の「四海波しづかにて国も治まる時津風、枝を鳴らさぬ御代なれや」をもじり、太平の御代であることをいう。**○東国づめ**参勤交代による隔年ごとの江戸出府。**○御前**身分や官位が高い人の夫人。ここは大名の奥方。**○家中**藩の家臣の総称。**○若殿**主君の嗣子の敬称。ここは大名の跡継ぎの男子。**○色よき女の筋目たゞしき**美麗で家柄のよい女。**○おつぼね**お局。奥女中の長である老女。**○才覚**取りはからい。**○御機嫌程見合**殿のご機嫌のよい折をうかがって。**○御寝間ちかく恋を仕掛奉りし**殿の寝室の近くに美女を差し向けて恋心を起こさせるように仕向けたが、の意。**○初桜の花のまへかた**「初桜」はその年の最初に開花する桜。「花のまへかた」は蕾の状態。美女たちを初桜の蕾にたとえた表現。**○一雨のぬれにひらきて盛を見する面影**「ぬれ」は雨に濡れることと情事の両意を掛けた表現。桜の蕾が雨にほころんで花盛りを迎えるように、この初々しい美女達も殿のお手がつけばすぐに女盛りを見せることになりそうな風情で、の意。**○いづれか詠めあくべきにあらず**誰を見ても見飽きることはない、の意。**○なげきぬ**殿が美女に関心を示さないため、家臣たちが嘆いたということ。家督を相続する男子のないまま大名が死去した場合、お家は取りつぶし、家臣は浪人となる。**○東そだちのすゑぐの女**東国に育った下々の女。または、東国育ちの者の子孫の女。「是をおもふに」から「今に残れり」までは、東国と京の女性を比較した一般論であり、必ずしも四十余人の美女たちをさすわけではない。**○あまねくふつゝかに**万事に物足りず。または、だれもが不格好で。**○足ひらたくくびすぢかならずふとく**扁平足や太い首は下品《げぼん》とされていた。**○肌へかたく**肌に柔ら

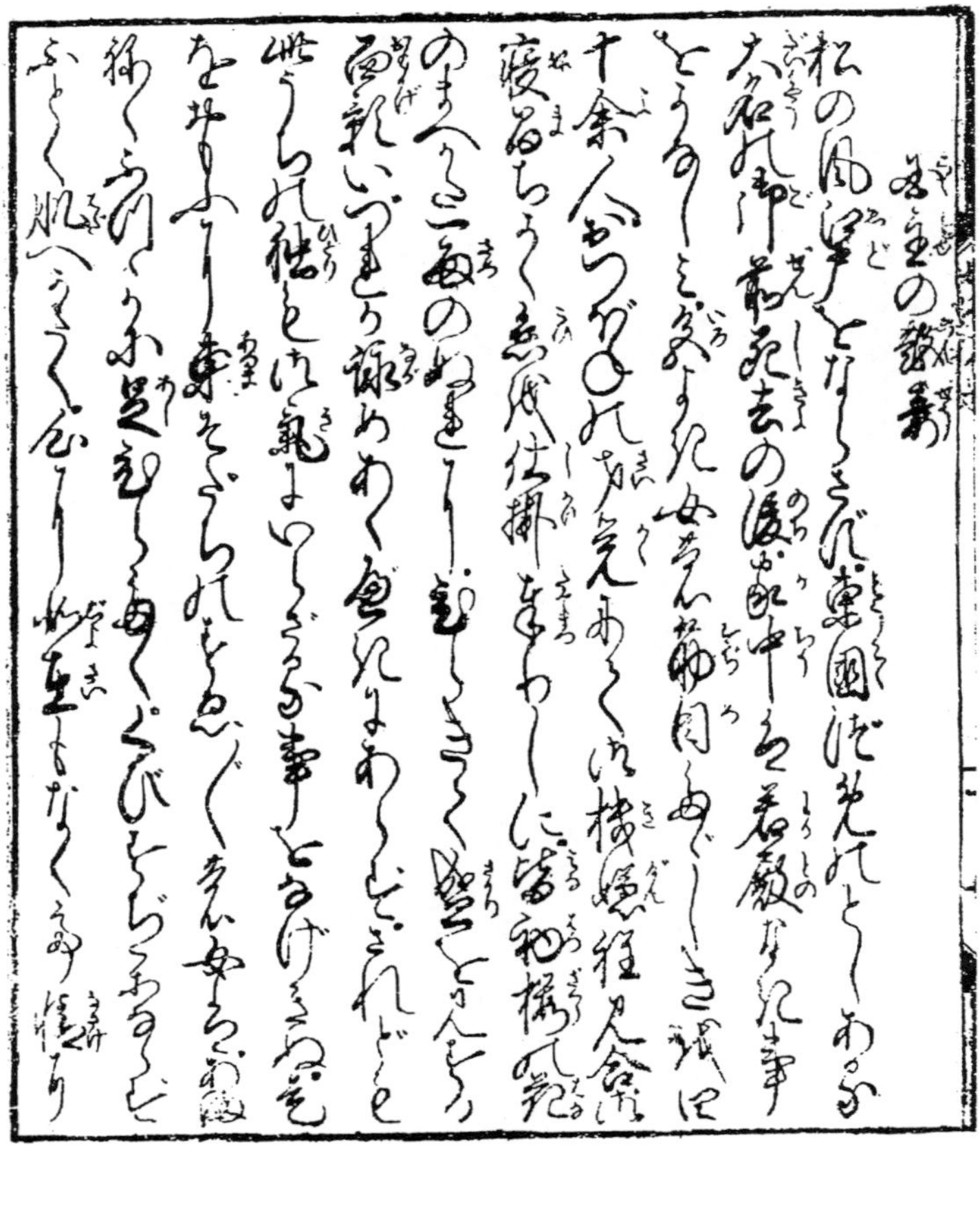

かみがなく。○心に如在もなくて情にうとく心は実直でも色気にとぼしく、の意。「如在」は如才・手ぬかり。

○かつて少しも。○色道の慰み色恋ごとの相手。○女は都にまして何国を沙汰すべし女は京の者が一番で、これに勝る女はほかの国に求められない、の意。「まして」は増して。「沙汰」はここでは詮索・探索。○物越ものの言いよう。言葉つき。○わざとならずわざわざ学んでしていることではなく。○王城に伝へていひならへり京の伝統として自然に言いならわしている、の意。「王城」は天皇のいる都のこと。○其ためしその例証。○八雲立国中の男女出雲の国の男女。出雲は今の島根県東部。『古事記』上巻に「八雲立つ出雲八重垣妻ごみに八重垣つくるその八重垣を」の歌があり、「八雲立つ」は出雲の枕詞として用いられる。○あやぎれせぬ歯切れが悪い。○是よりはなれ嶋「これより離れ」と「離れ島」の言い掛け。○隠岐の国今は島根県に属する隠岐の島。後鳥羽法皇や後醍醐天皇が流された地として有名。○貌はひなびたれども顔かたちは田舎じみているが。○やさしくも風流なことに。○琴碁香歌の道にも心ざしのありしは琴・囲碁・香道・歌道などのたしなみがあるのは、の意。元禄五年刊の『女重宝記』の「女中たしなみてよき芸」に「哥よむ事」「琴をだんずる事」「盤上の事」「香をきく事」があり、また、中国では「琴碁書画」が士君子のたしなみとされていた。○二の宮親王流れましく後醍醐天皇がお流されになり、の意。後醍醐天皇は後宇多天皇の第二の皇子。○風義風習。○よき事は京にあるべしここは、京でなら殿の気に入るよい女が見つかるであろう、の意。○家ひさしき奥横目この家に長く仕えている奥女中の監督役の老人。「奥」は大名の奥向きで、

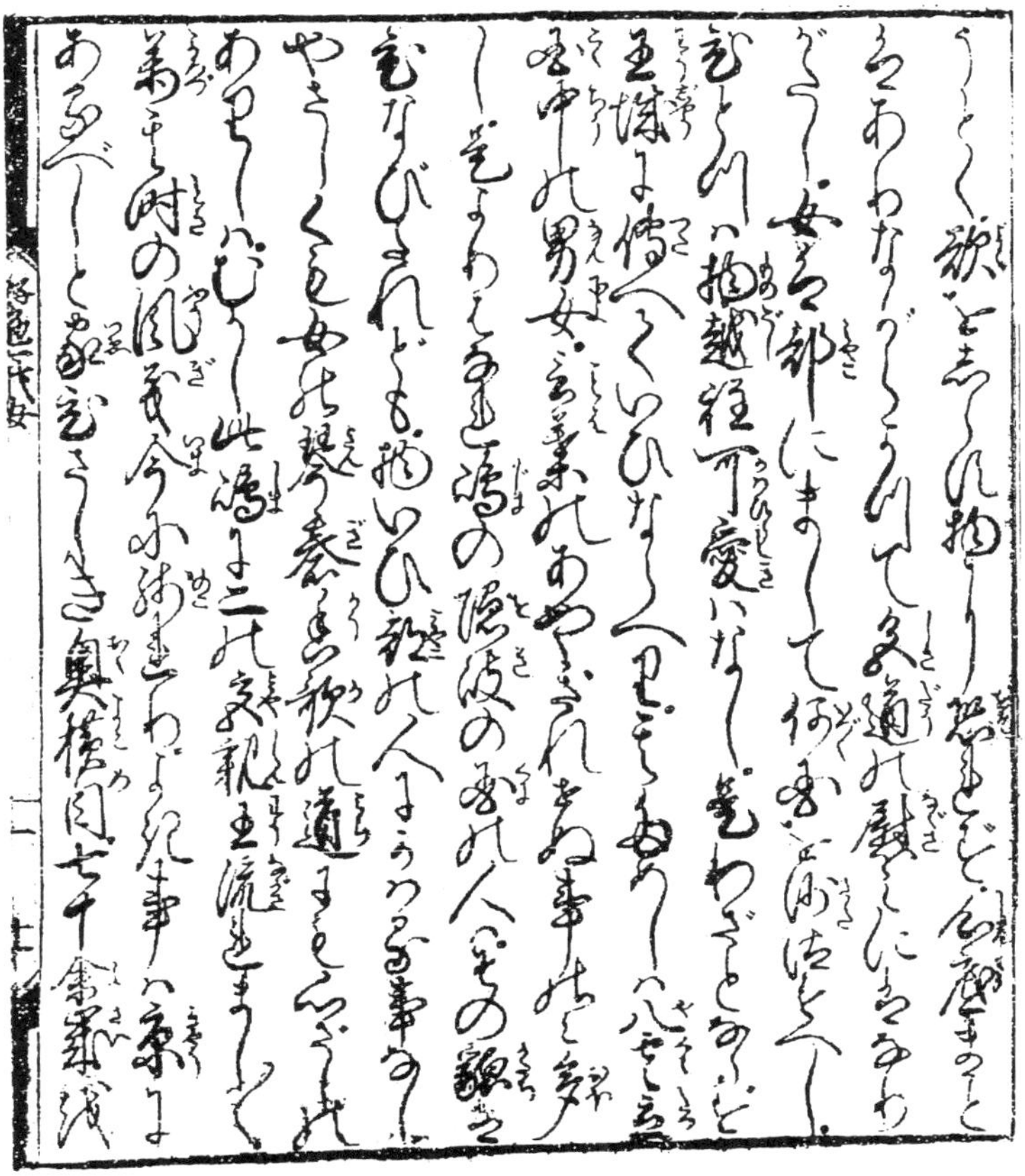

〈一〇三ページ〉

妻妾らが起居する場所。「横目」は横目付で監視・取締の役。

○向歯上の前歯。**○かうの物**香の物。漬物。**○ふんどしかきながら**褌はしめていながら。**○女中同前の男**女と情交することもないので、見た目は男でも女と同じということ。**○心のうき立程大口いふ**心が浮かれるような猥談をいう、の意。**○武士の勤め迚袴かた絹刀わきざしはゆるさず**武士の習いで袴・肩衣は着ていても、奥向きゆえに刀や脇指をさすことは許されず、の意。「肩衣」は小袖の上に着る袖のない衣類で、袴と合わせて裃《かみしも》という。「わきざし」は脇差・脇指で、長刀に添えてさす小刀。**○腰ぬけ役**武士の本務からはずれた、老人でも勤まる役。**○銀錠**銀製の錠前。表向きと奥との戸口を開閉する際の錠のこと。**○目利品定め。○猫に石佛**諺「猫に小判」をもじった表現。「仏」は後の「釈迦」「寂光の都」と縁語。**○そばに置てから何の気遣もなし**猫に石仏の価値がわからないように、この男を女のそばにおいても何の心配もない、の意。**○釈迦にも預られぬ道具ぞかし**釈迦にだって預けてはならないのが女である、の意。**○寂光の都**仏の住む寂光浄土のことで、ここは京都をさす。**○室町**京都の烏丸通り西側の南北に走る通りを中心とする地区。その二条・三条には呉服所が多くあった。**○呉服所**大名・高家に出入りして呉服類の納入や金銀の調達をした御用商人。**○笹屋**貞享二年刊の地誌『京羽二重』には室町二条上ル町に笹屋半四郎、同三条上ル町に笹屋半次郎などの名が呉服所として見える。**○若代の手代衆**年の若い手代たち。「手代」は番頭と丁稚の中間の奉公人。**○御隠居**家督を子に譲って商売から退いた笹屋の元の当主。隠居すると母屋とは別に隠居所

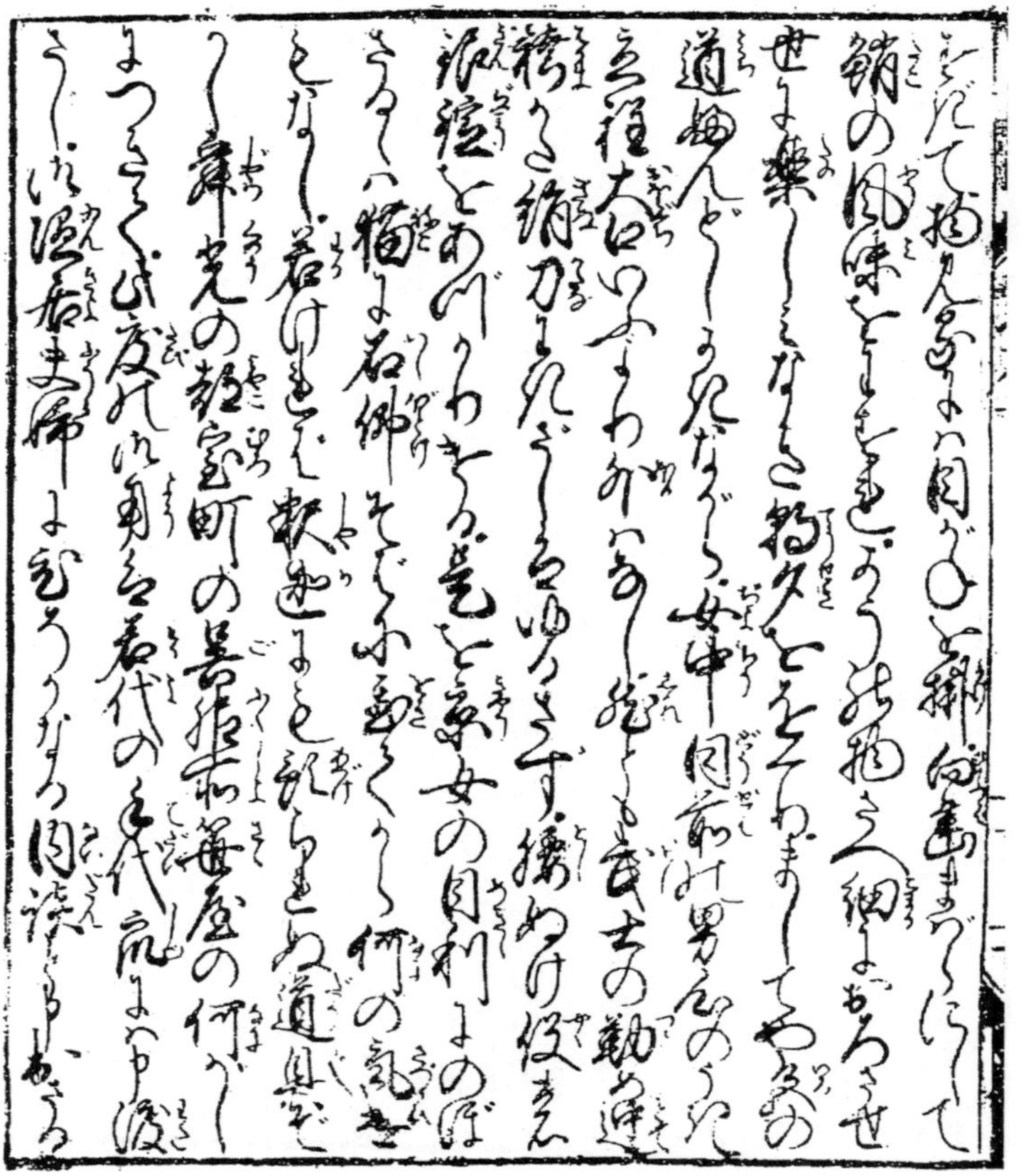

を建てて住むのが普通。〇**内談**内密の相談。〇**心元なし**気がかりである。〇**律儀千萬なる只つき**まじめでかしこまった顔つき。〇**お目掛**お妾。目を掛ける者の意で、ここは側室をさす。〇**風俗**容姿。容貌。〇**親仁**親爺。老人。〇**しま梧**縞桐。柾目《まさめ》の通った桐。〇**掛物筥**掛軸を入れる箱。〇**女繪**美人を描いた絵。〇**是にあはせて抱へたき**この絵の美女に相当する女を側室に抱えたい、の意。〇**品好み**注文。〇**年は十五より十八迄**江戸時代、一般に十五から十八歳ころまでが女性の結婚適齢期とされ、二十歳前後を年増といった。また、前田金五郎『西鶴語彙新考』は諸例を挙げ「当時は男女とも、十四歳頃から性能力は備えていると、見なされていた」とする。〇**當世只はすこし丸く**当世風の顔は少し丸顔で、の意。『好色一代女』三ノ一に「当世女は丸顔桜色」とあるように、当時は丸顔がもてはやされており、以下の記述も元禄頃の遊女評判記の記載とほぼ一致する。ただし、元禄三年刊の『好色訓蒙図彙』に「第一顔うりざねにして、おもながに、はなすぢとをり」とあるように、美女の標準は瓜実顔でもあった。〇**色は薄花桜**顔の色は薄い桜色。白くてほんのりと赤みのあるさま。〇**面道具の四つふそくなく揃へて**目・鼻・口・耳の四つがよい具合に揃っていて。〇**目は細きを好まず**目の細いのは王朝風。〇**眉あつく**眉は濃く。〇**鼻の間せはしからず次第高に**眉と眉の間がゆったりとして鼻はだんだん高く。〇**歯並あらくとして白く**歯並びがよく歯は粒ぞろいで白く。「あらく」は大きく目立つこと。『好色訓蒙図彙』に「歯並よく歯あらあらとしてはあひすき間なし」とある。〇**耳長みあつて縁あさく**耳は長めで肉が薄く。〇**身をはなれて根迄見へすき**耳たぶが顔から離れ気味で付け根がはっきり見え。〇**額は**

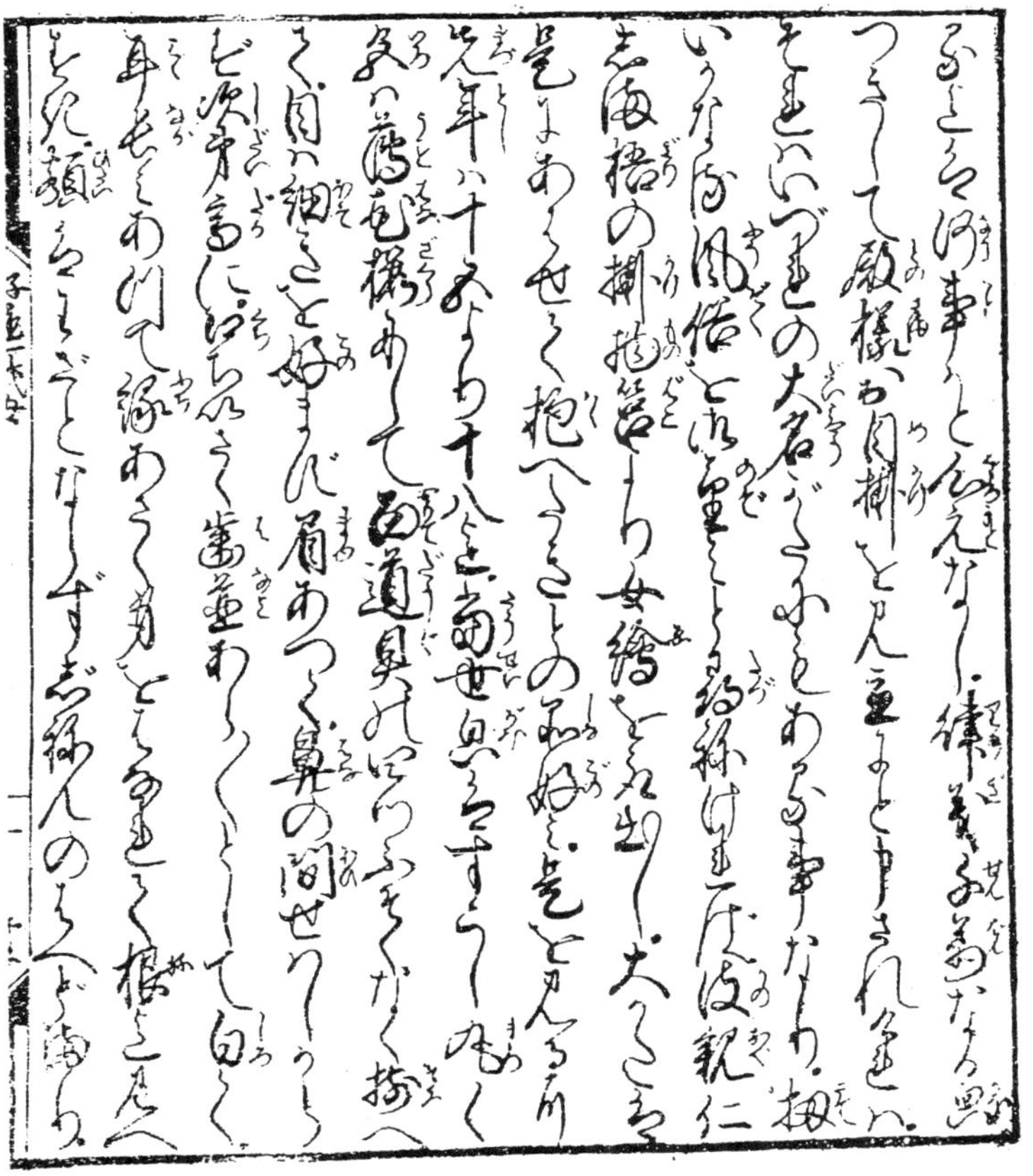

〈一〇五ページ〉

わざとならずじねんのはへどまり額は毛を抜き揃えるなどのこしらえをせず、自然のままの生え際で。

〇をくれなしおくれ毛がない。**〇たよはく**細くしなやかなさま。**〇八もん三分**「文」は足袋の底の長さの単位で、寛永通宝銭を並べて数えたことからいう。一文は約二・四センチ。一分はその十分の一。『諸艶大鑑』七ノ二には「美人両足は八文七分に定まれり」とある。**〇親指反て**足の親指がそっているのは美人の相であり、性的にも情がこまやかであるとされた。**〇うらすきて**足の裏が扁平でないこと。**〇胴間**胴の長さ。**〇腰しまりて肉置たくましからず**腰はしまっていてがっしりした肉付きではなく。**〇ゆたやかに**豊かに。**〇物腰**言葉つきや身のこなし。**〇衣装つき**衣装の着こなし。**〇位**品位。**〇心立**気だて。**〇女に定まりし藝**女として身につけるべき芸事。和歌・物語・花・茶・香・琴など教養的なものと、裁縫・機織・髪結など実用的なものがある。**〇萬にくらからず**あらゆることに精通している。**〇瘊子**黒子《ほくろ》。**〇是程の御物好み稀なるべし**これほどの要望に合う女はめったにいないであろう、の意。「物好み」は注文・えりごのみ。なお「これぼと」は「これほど」の誤刻。**〇国の守**大名。**〇千金に替させ給へば**金はいくらでも出して求めるというのだから。**〇其道を鍛錬したる人置**女性の鑑定に精通している周旋屋。「人置」は遊女・妾・奉公人などの紹介・斡旋を仕事とする人。「花屋」が実在かどうかは未詳。**〇竹屋町**現京都市中京区竹屋町通。**〇内證**内々の事情。

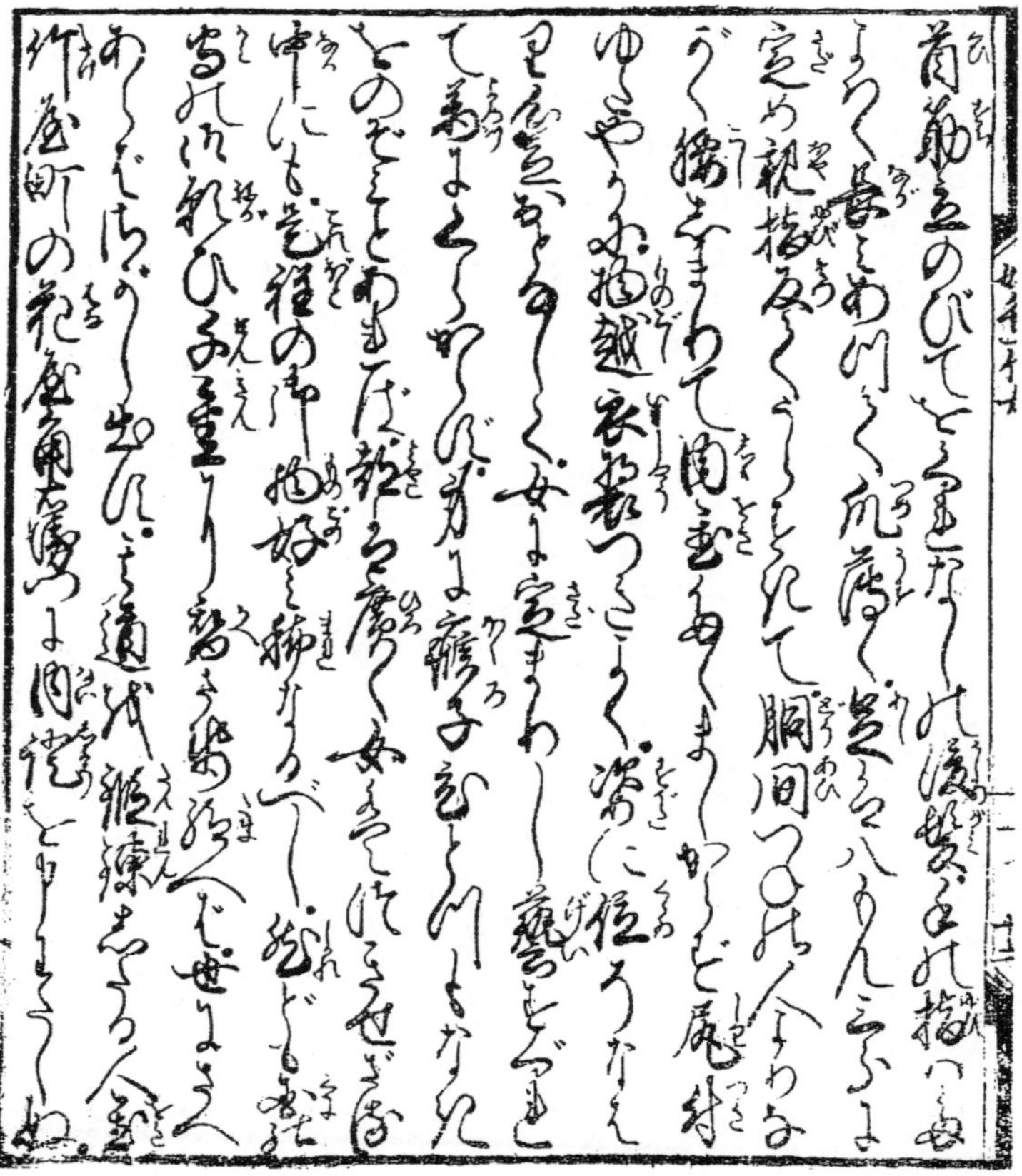

○奉公人の肝煎渡世とする奉公人の周旋を職業とする、の意。「肝煎」は世話をして仲をとりもつこと。以下、「まずしからぬ息女はさもなし」まで、本筋を離れ、奉公に関する一般論や逸話を紹介する。**○捨金**雇用の契約が成立した時、支度金として契約金以外に前渡しする金。**○百両の内拾両とる**江戸時代、婚姻・就職・金融などの仲介料は一割が相場。金一両は現在の約十万円。**○銀にして拾匁**銀貨で十匁。金十両は銀約六百匁に相当するので、十匁はその六十分の一になる。**○使する口鼻**走り使いをして実際に奉公人との間に立つ下請けの女性。「口鼻」は「嚊」で、自分の妻や他家の主婦などに対する呼称。**○目見へ**本契約まで試験的に使われること。**○白子袖**白無地の小袖。「小袖」は袖口を小さくした衣類。**○黒りんず**黒綸子。黒のなめらかで地紋のある絹織物。**○惣鹿子**全体が鹿の子模様になるよう絞り染めにしたもの。**○唐織**金襴・緞子などの中国渡来の絹織物。また、これにならい五色の糸や金糸を交ぜた西陣織の一種。**○大幅**一尺五寸の幅。一尺は約三〇・三センチで、一寸はその十分の一。**○ひぢりめんのふたの物**緋縮緬の二布物。「緋縮緬」は赤い絹織物の一種。「二布物」は腰巻。**○御所被**御所風の被衣物。「被衣」は女性が外出する際に頭にかぶる小袖。**○乗物ぶとん**駕籠の中に敷く蒲団。**○銀弐拾目**銀二十匁。**○其女御奉公済ば**その女が正式に御奉公することに決まると。**○銀壱枚とる**周旋人が丁銀一枚をもらう。「丁銀」は秤量貨幣として流通した海鼠形の銀塊で、重さは約四十三匁。**○いやしき者**ここは借家人をさす。**○取親**仮の親。親代わりの者。家持ちの町人と借家人の間には大きな隔絶があり、前者だけが町の自治を担い一人前の権利・義務をもつ。そこで、借家人の娘が奉公する場合は家持地主を親代わりに頼んだ。**○其子分にして出**

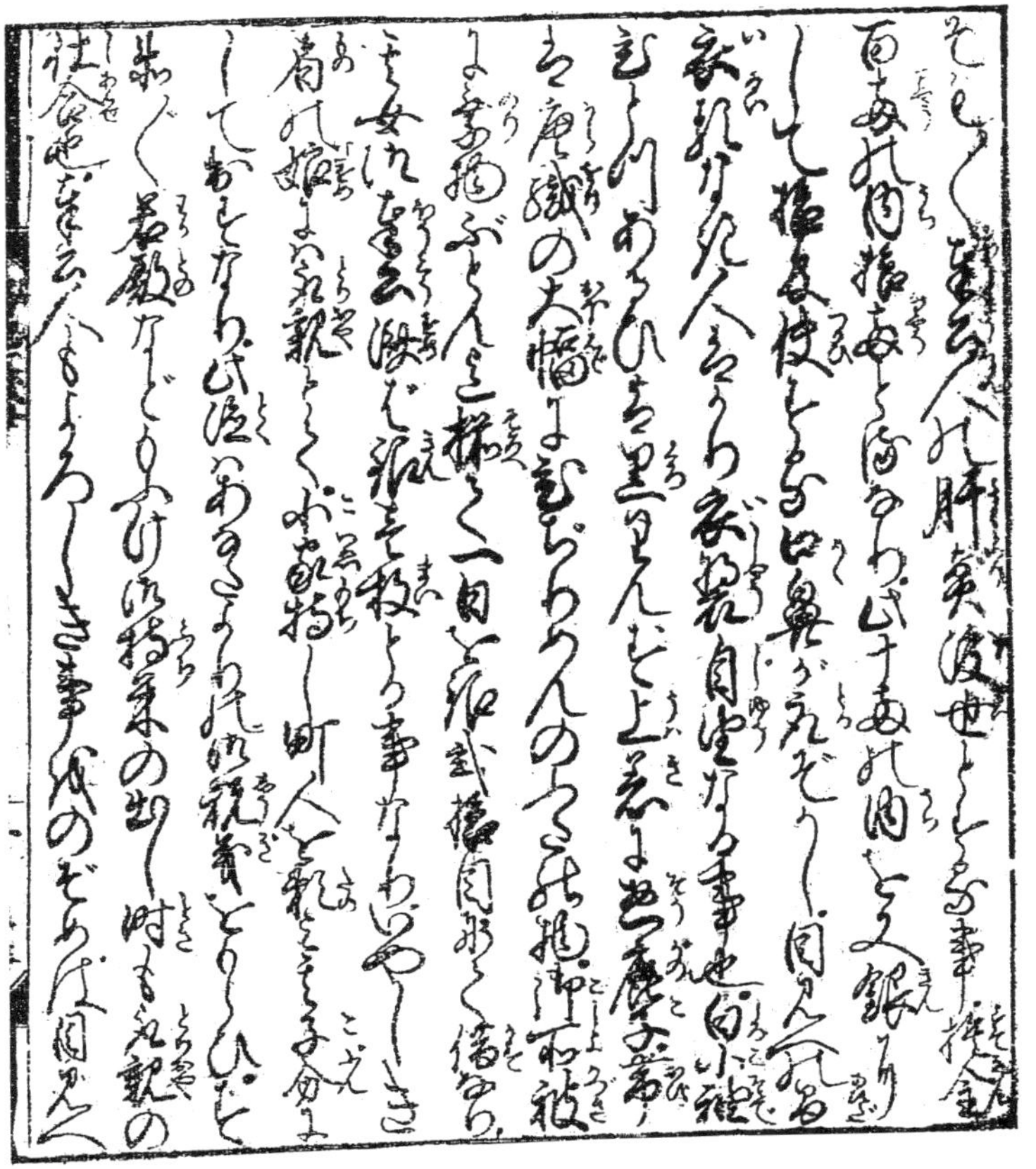

〈一〇七ページ〉

すその娘分という形で奉公に出す。**○徳**利得。**○あなた**奉公先。**○すゑ〲**先々。**○御持米**「御扶持米」の「扶」の脱字か。米で支給される禄。妾が若殿を産むと実家に禄が与えられるが、借家人の場合は仮親がその権利を得る。**○仕合**幸い。ここは禄を得て幸せの意。**○よろしき事をのぞめば**よい奉公先を望めば。または、よい支度をしようとすれば。

○むつかし大変である。**○そんりやう**損料。借用料。**○弐十目**銀二十匁。**○六尺**力仕事や雑役に従事する者をいい、ここは駕籠をかつぐ人。**○乗物**駕籠。**○いづかた迄も同じ事なり**京の内はどこまででも同じ三匁五分の駕籠賃である、の意。**○小女**十三歳から十五歳位の女。**○大女**二十四、五歳以上の女。目見えの際には大女と小女を供として連れるのが習わし。**○二度の食**労働者など実際には昼食もとるが、扶持米は二食一日分として計算され、朝夕二度の食事が正式であった。**○手前にて振舞也**食事代は雇い主の女が負担する。**○首尾せされば**本契約が成立しないと。**○そん銀**損銀。無駄に金銭を使うこと。**○かなしき世渡りぞかし**奉公できないと経済的に痛手を受けるつらい世渡りだ、の意。「世渡り」は生活すること、その手段。「かなし」は貧しさによるつらい状態をいうことが多い。○

あるはあるいは。**○興に乗し**おもしろがって。**○町衆**町人衆。発音はマチシュウ・チョウシュウ・チョウシュとも。町年寄・五人組などの町内の有力者をいう。**○嶋原**現京都市下京区西新屋敷にあった公許の遊廓。**○四条川原**京都の鴨川にかかる四条大橋の付近。芝居小屋や芝居茶屋が多くあり、若衆・野郎らとの男色遊びが盛ん。**○太鼓持の坊主**坊主姿の幇間。「太鼓持」は遊客に従って酒席を盛り上

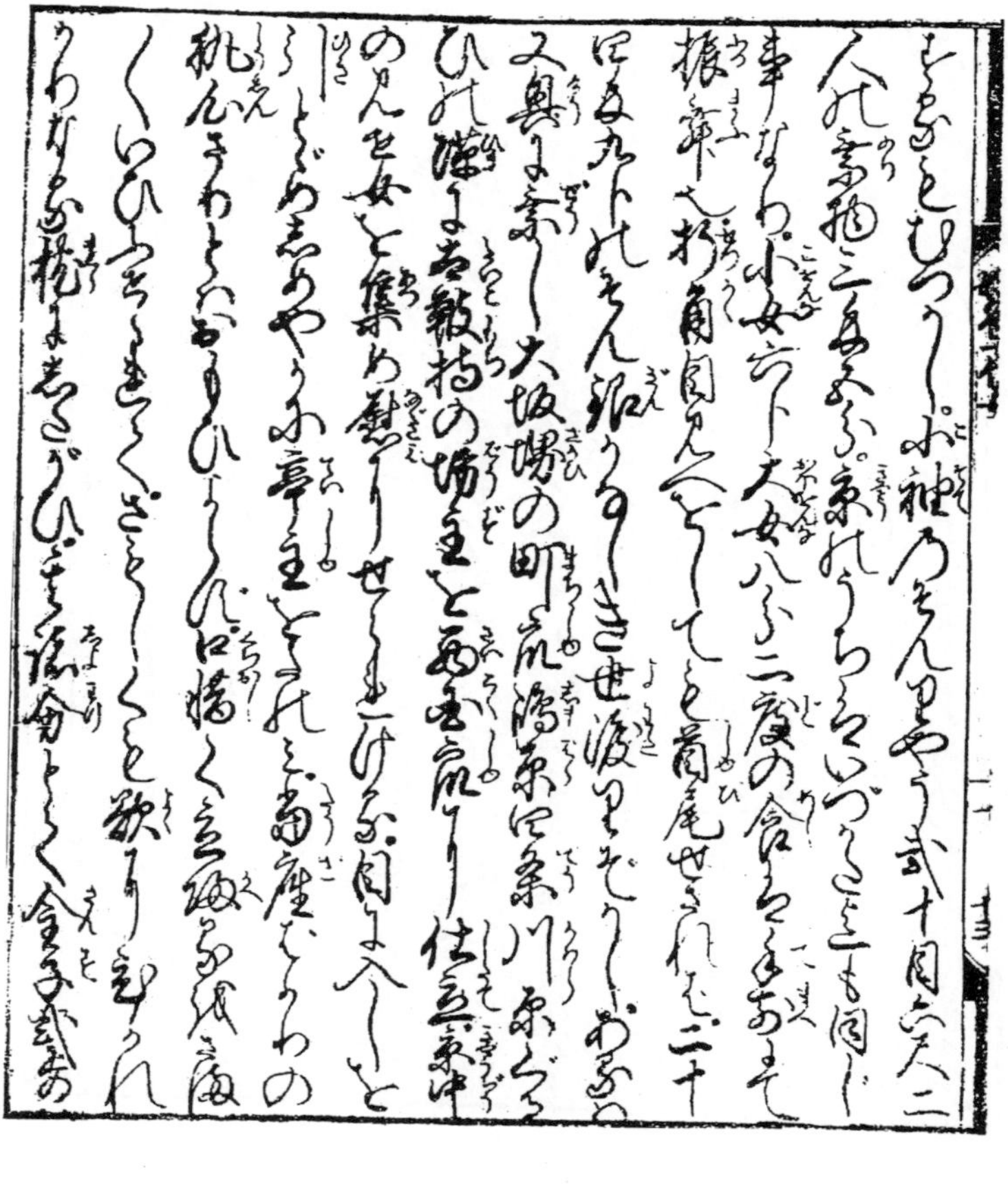

げることを職業とする男。末社・芸者ともいう。**○西国衆**九州方面からの客。上方に来る西国衆は金持ちとされていた。**○見せ女**ここは妾奉公を望んでお目見えをする女。**○慰**遊びの相手。**○目に入し**目にとまった女。**○しめやかに**こっそりと。**○亭主**茶屋の亭主。茶屋は客に飲食や遊興を提供する家。**○當座ばかりの執心**その場だけの遊び相手として求めること。**○さりとはおもひよらず**選ばれた女はそうとは知らず、妾にしてもらえると思って、の意。**○いひふせられて**言ひ伏せられて。説得されて。**○さもしくも欲にひかれ**卑しくも金の欲にひかれて。**○かりなる枕にしたがひ**仮寝の枕をかわし。**○其諸分**その代金。「諸分」は遊興の費用をいう。**○弐歩**一歩は一両の四分の一の金貨で、二歩は現在の約五万円。

○是非もなきしかたがない。**○息女**娘。**○さもなし**そういうことはない。ここまでが一般論。**○兼て見立し**以前から美人として見立てておいた。**○気に入ざる**奥横目の老人が殿の妾として気に入らない、の意。**○我を傳へ聞て**私のうわさを聞いて。「我」は主人公である一代女。『好色一代女』はこの女が語る一代記の形をとっている。**○小幡の里人より**小幡の里人に私のことを尋ねて、の意。「小幡」は現宇治市木幡。**○迎て帰り**都に連れ帰って。**○とりつくろひ**取り繕ひ。飾り立てること。**○つゐ見せけるに**奥横目の老人にちょっと見せたところ。**○外又せんさくやめて**ほかの女を探すことはやめて。**○此方のぞみの通**こちらの望む通りに。**○万事**給金などのさまざまな取り決め。**○済ける**契約がまとまった。**○国上臈**大名の側室。大名の正室は江戸に人質としておかねばならず、そのため国元に側室をおいたことによる呼称。実際には江戸にも伴われた。国御前とも

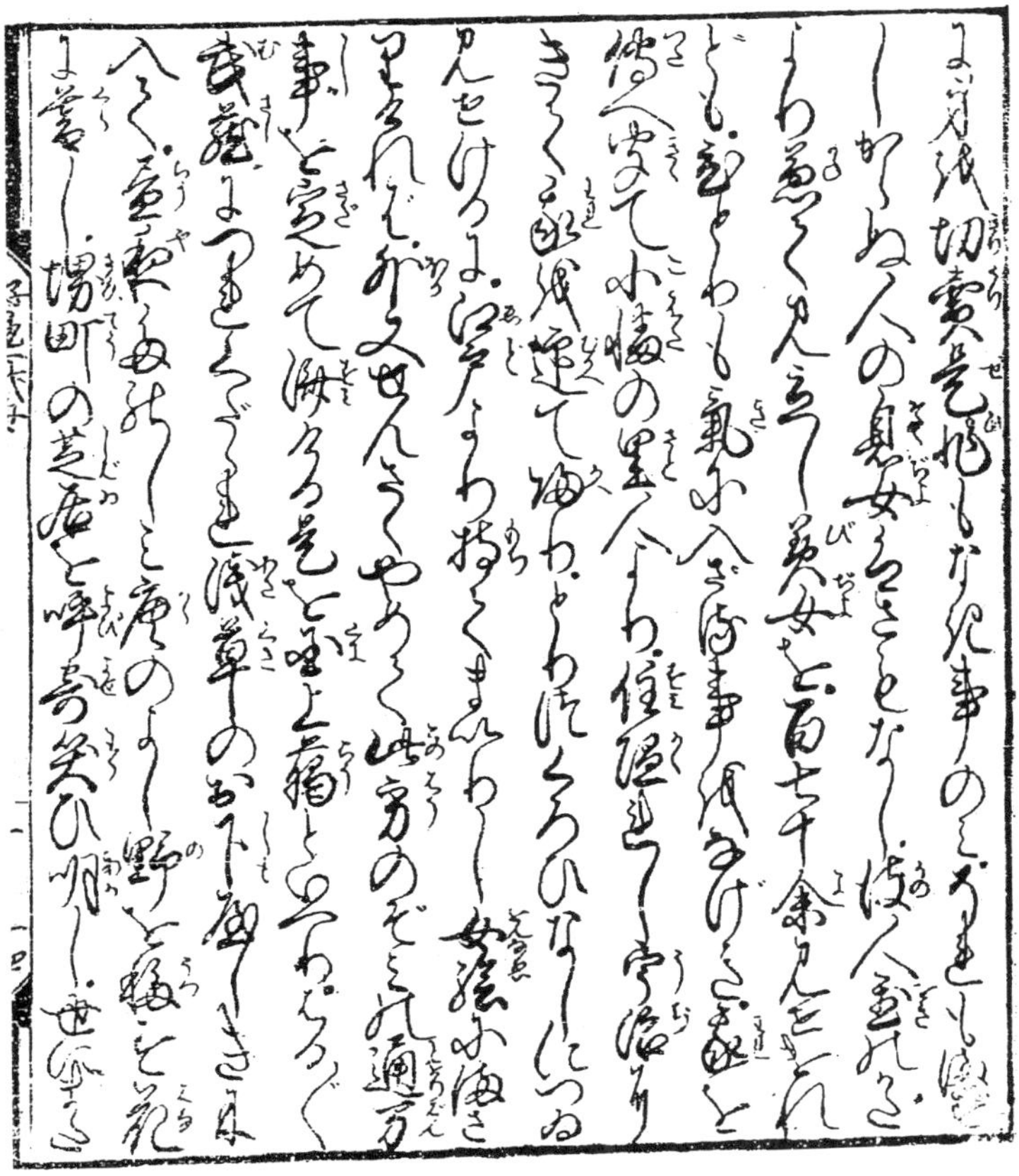

〈一〇九ページ〉

いう。**〇武蔵につれくだされ**江戸に連れて行かれ。「下る」は京から他の地方へ行くことをいう。**〇お下屋しき**大名が江戸にもつ屋敷のうち、大名が常住する屋敷を上屋敷、別邸を下屋敷という。**〇唐のよし野を移す**「唐の吉野」は歌語。中国にも吉野があり、みごとな花が咲くと考えられていた。その唐の吉野をここに移したような、の意。**〇花に暮し**花を眺めて暮らす意と、栄華に暮らす意を掛ける。**〇堺町**現東京都中央区日本橋の芳町・人形町あたりにあった芝居町。中村座をはじめ、歌舞伎・あやつり・からくりの小屋が集まっていた。**〇芝居を呼寄**芝居の役者を屋敷に呼ぶことは明暦元年に禁止されたが、必ずしも守られていなかった。

〇世にまた望みはなき栄花この世でほかには望めないような栄華。**〇女はあさましく**女とは情けないもので。**〇その事**男女の交わり。**〇武士は掟たゞしく**武士の家は規則がきびしく。**〇奥なる女中**奥勤めの女中。妻妾らが暮らす「奥」は、当主のほかは基本的に男子禁制。**〇菱川**元禄七年没の浮世絵師菱川師宣《もろのぶ》とその一派。美人画を得意とした。**〇こきみのよき**小気味のよい。気持よさそうな。**〇姿枕**枕絵。春画。男女の情交を描いた絵。**〇我を覚ず上気して**我を忘れて興奮して。**〇いたづら心**好色な心。**〇踵**かかと。**〇たかく指**中指。**〇引なびけ**ねじまげて。**〇ひとりあそびもむつかしく**自慰行為をしてもおもしろくなく。**〇まことなる恋をを願ひし**本当の男との情交を願った。「恋をを」は衍字か、「恋をと」の誤刻か。**〇面むきの御勤めしげく**表向きの御政務が忙しく。**〇ちかうめしつかはれし**おそば近く召し使われている。**〇前髪**前髪立の小姓。「前髪立」は元服前の男が前髪を立てていること。「小姓」は

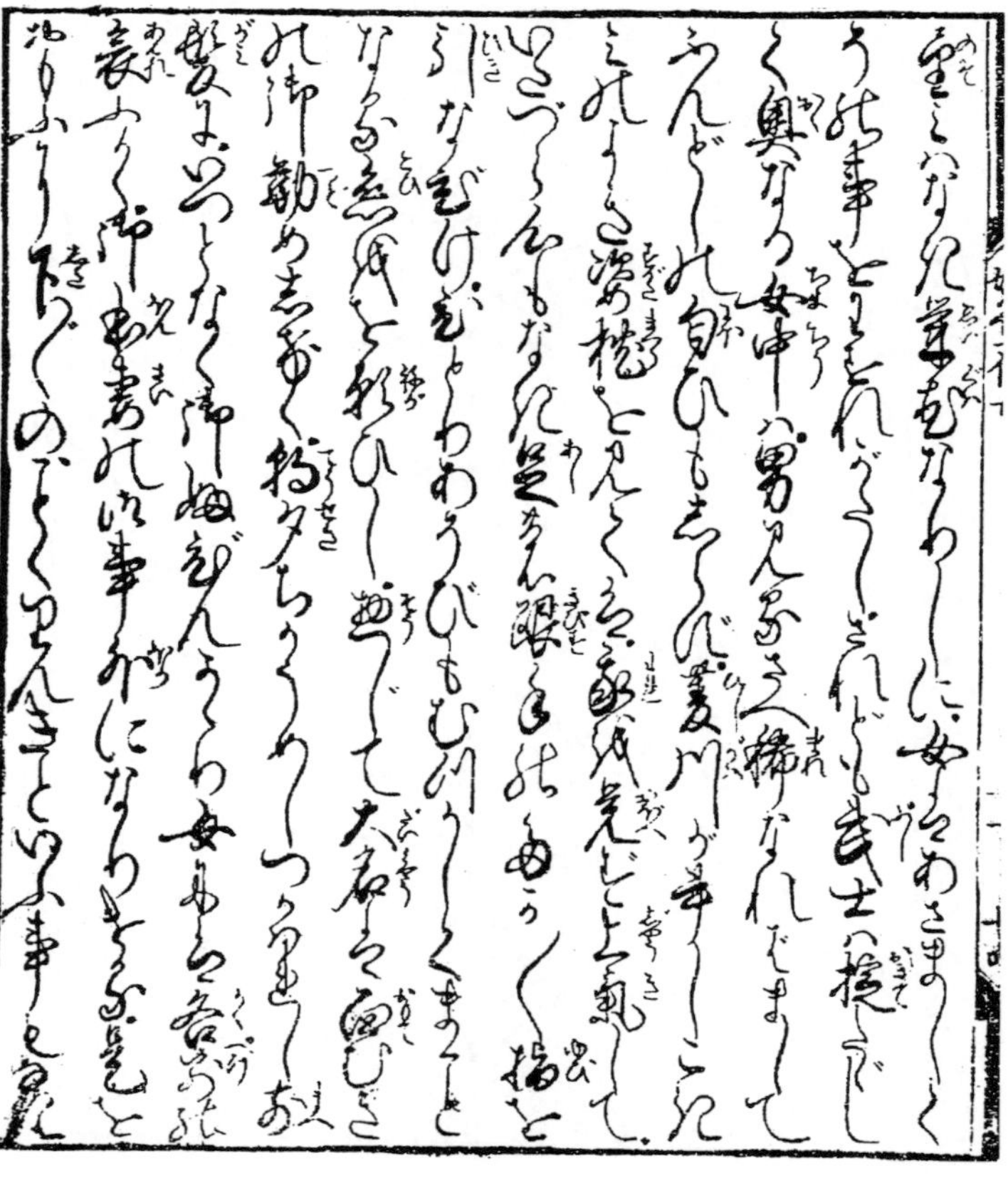

主君の近くに仕えてお世話をする武士。○**御ふびんお情け**。ここは主君が小姓と男色の関係をもつこと。戦国時代の余風もあり、武士の間、さらには町人の間でも、男色は盛んであった。○**女**ここは側室・妾をさす。○**各別の哀ふかく**格別に深い愛情を傾け。小姓に対するのとは別にとも、本妻をおろそかにするのとは異なりとも、両様にとれる。○**外になりける**おろそかになる。○**是**その理由。○**りんきといふ事もなきゆへぞかし**やきもちを焼かないからですよ、の意。「りんき」は「悋気」で嫉妬。大名の正室は悋気を慎しむべきとされたが、実際には深い嫉妬心のあったことが巻三ノ二などに描かれている。「ぞ」「かし」はともに文末で強く念を押すはたらきをする終助詞。

○**上下萬人**身分を問わずだれでも。○**恋をとかめる**嫉妬して非難をする。「とがめる」は悪事・欠点などを示して責めたてること。○**薄命**薄幸。不幸。○**地黄丸**地黄の根茎を主剤として作る薬で、精力増進に薬効があり、とくに腎虚の薬として知られる。「地黄」は中国原産のゴマノハグサ科の多年草。○**御せんさく**求めること。ここは地黄丸を飲むようになったこと。○**埒の明ざる事**物事がはかどらず、かたがつかないこと。ここは殿が性的不能となったこと。○**此上なからの不仕合**この上なく不幸な身。殿と情交できないことを嘆く一代女の心情。○**御風情醜かりし**にお姿も醜くやつれたので。○**すきなるゆへぞ**一代女が好色であるために殿が衰弱したのだ、の意。○**思ひの外**に思いがけず。○**恋しらずの家老**恋の情に理解を示さない情け知らずの家老。「家老」は家中を統率する大名の重臣。○**心得**取り計らい。一存。○**俄に御暇出され**急に妾であることをやめさせられ、の意。「暇」は退職や解任をいう。○**親里**

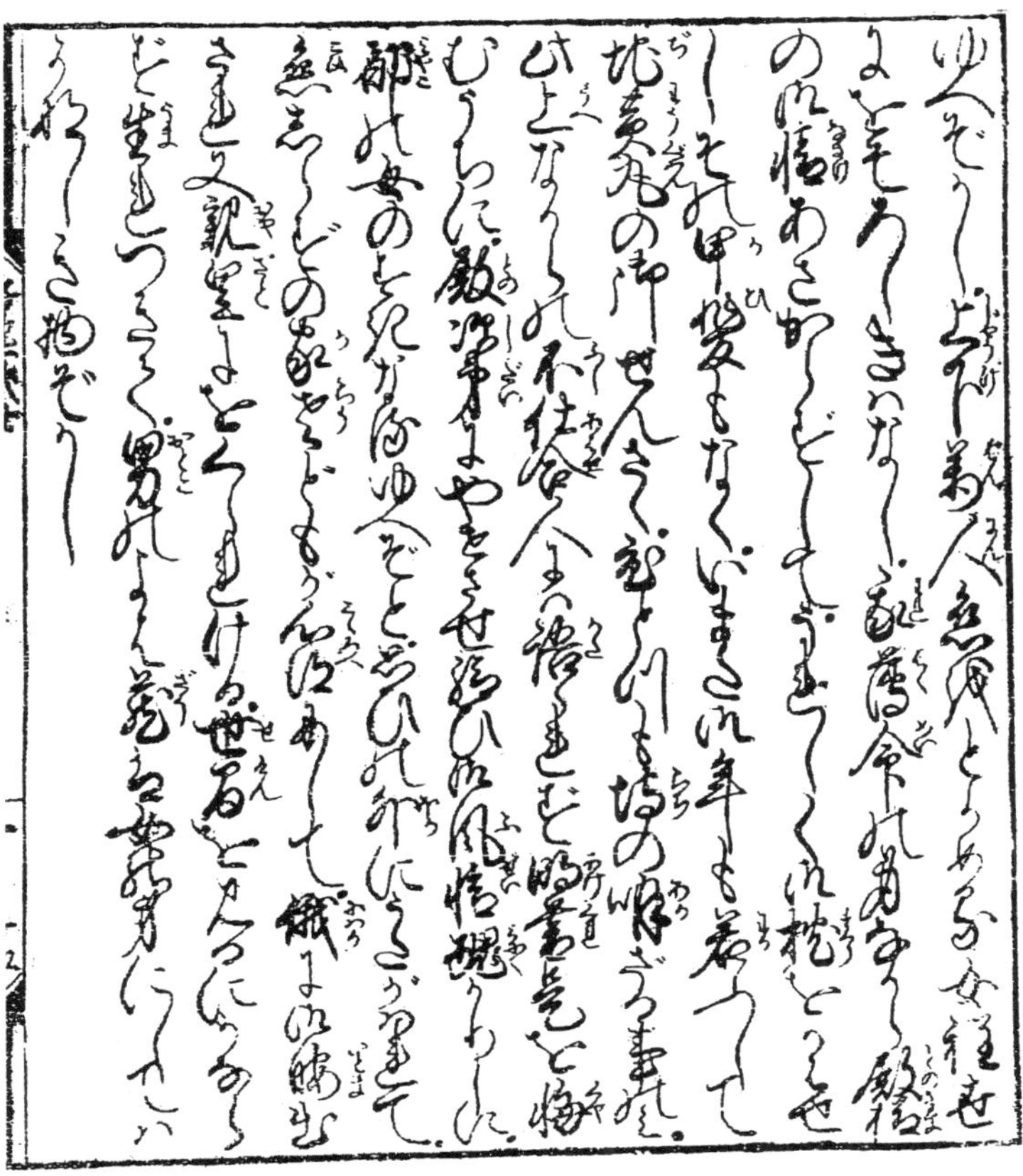

〈一一一ページ〉

親元。○**かならずまことに**。間違いなく。「かなしきものぞかし」に掛かる。○**よは蔵**弱蔵。性的に虚弱な男。

〈挿絵解説〉

大名の妾としての適・不適を鑑定されるため奥横目に会う一代女。左奥の裃姿の老人が奥横目。一代女は美しい身なりで立っている。邸内の松の前に駕籠があり、褌姿の六尺二人は塀の外。駕籠の左にあるのは木製の手水鉢で、その手前にいる立て膝姿の女は雇いの下女（大女か）。縁に座っているのは人置の嚊で、その前にいるのは呉服所笹屋の主人であろう。

113　巻一ノ三　国主の艶妾

巻四ノ二

○仁王人皇。天皇。**○孝謙てんわう**孝謙天皇。聖武天皇の第二皇女で、天平勝宝元年（七四九）から九年在位した第四十六代の天皇。後に再び即位して称徳天皇と称した。**○はじめて是を定めさせ給ひ**『続日本紀』によれば、女性の衣服は元正天皇の養老三年（七一九）に制定され、聖武天皇の天平二年（七三〇）に改定された。孝謙天皇の御代とするのは誤り。孝謙天皇が聖武天皇の息女で、女帝でもあることからの俗説か。**○和国の風俗**日本の服装。**○鍼刺の数を改め置て**針刺しに刺してある針の数を調べておいて。**○針を読て**針を数えて。**○萬を大事に掛**万事に気をつけて。**○さはり**月の障り。月経。**○此座敷出べき事にあらず**小袖を仕立てる座敷に上がってはならない、の意。**○手のきゝければ**手が器用で縫い物が上手だったので。**○お物師役**武家などに仕える裁縫女。『色道大鏡』によると、お物師は総じてしとやかで、男にとって近づきがたい存在とされていた。**○色道は気さんじにやみて**「気さんじ」は「気散じ」で、気を晴らすこと、気楽なこと。裁縫に気をまぎらしてさっぱり色道を断って、の意。**○南明の窓をたのしみ**陽光がよく入る南向きの窓の下で仕事するのを楽しみ、の意。**○石菖蒲**水辺に生じるサトイモ科の多年性草木。水盤に植えて観賞用とし、眺めて目の薬になるとされた。**○中間買**仲間買。仲間で金を出し合って買うこと。**○安部茶**静岡県安部川流域の足久保村から産出される上等の茶。**○飯田町**現東京都千代田区九段北一丁目辺。**○鶴屋がまんちう**江戸名物の鶴屋の米饅頭。浅草金龍山下の鶴屋が有名で、飯田町の鶴屋は未詳。**○心にかゝる山の手の月も曇なく**『風雅和歌集』釈教の夢窓国師の歌「出づるとも入るとも月を思はねば心にかかる山の端もなし」を踏まえ、心にかか

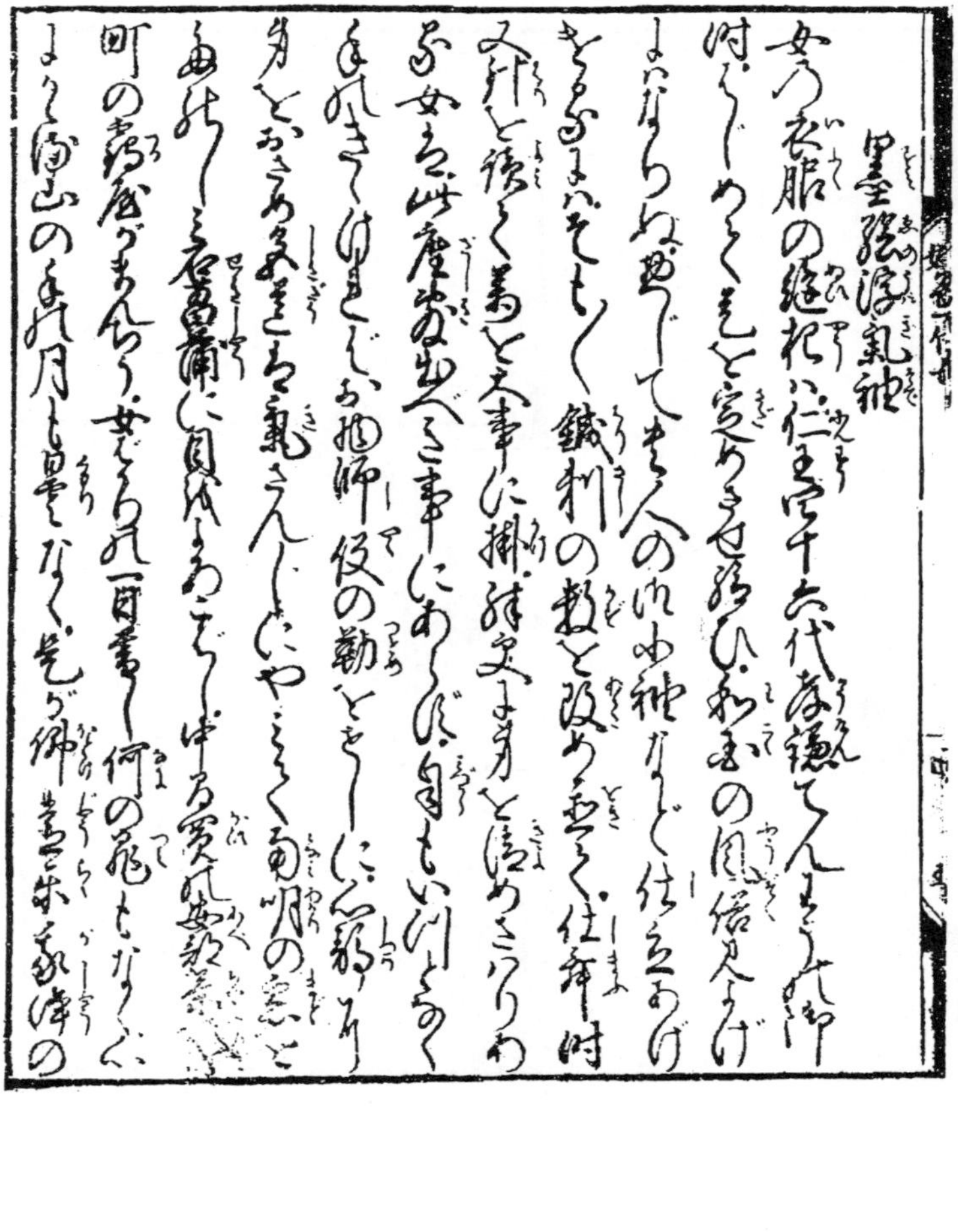

る心配は何もないことを表わす。「山の手」は下町に対して江戸城西方の麹町あたりの高台の地をさし、四谷・赤坂・小石川・本郷などを含めてもいい、武家屋敷が多くあった。「山の手の月も…」は、その山の手に住んでいることと、山の端の月に曇りがないことを合わせた表現。〇**常楽我浄**「涅槃経」に説く涅槃の四つの功徳。常住不変（常）で苦しみを離れ（楽）、大自在（我）にして清浄（浄）であること。仏のように真理を悟った清浄無垢の身をいい、一代女の色欲から離れた生活をこのように表現した。

〇**御下**下着。〇**ねり島**練縞。純白で光沢のある絹織物で、たて糸に練糸、横糸に生糸を使って織る熨斗目《のしめ》の別称。〇**うら形**裏形。裏の模様。〇**しゝをき**肉置。肉の付き具合。〇**妖婬き**美しくなまめかしい。「妖淫・妖婬」はあやしくみだらで人の心をとろかすさま。また、「婬」には美貌の意があり、「妖婬」を「ウツクシ」と読む例が江戸初期無刊記本『遊仙窟』にある。〇**白地**あからさま。あらわにすること。『倭訓栞』に「後世白地をあからさまとよめり」とある。〇**踵を空に指先かゞめ**かかとを空に向け指先を曲げて。恍惚状態にあるさま。〇**戯れ**男女の交わり。〇**人形**絵に描いたもの。〇**睦語**親しい会話。とくに寝室での男女の語らい。〇**靠りて**寄りかかって。〇**殿心の發り**男を恋しく求める心が生じ。

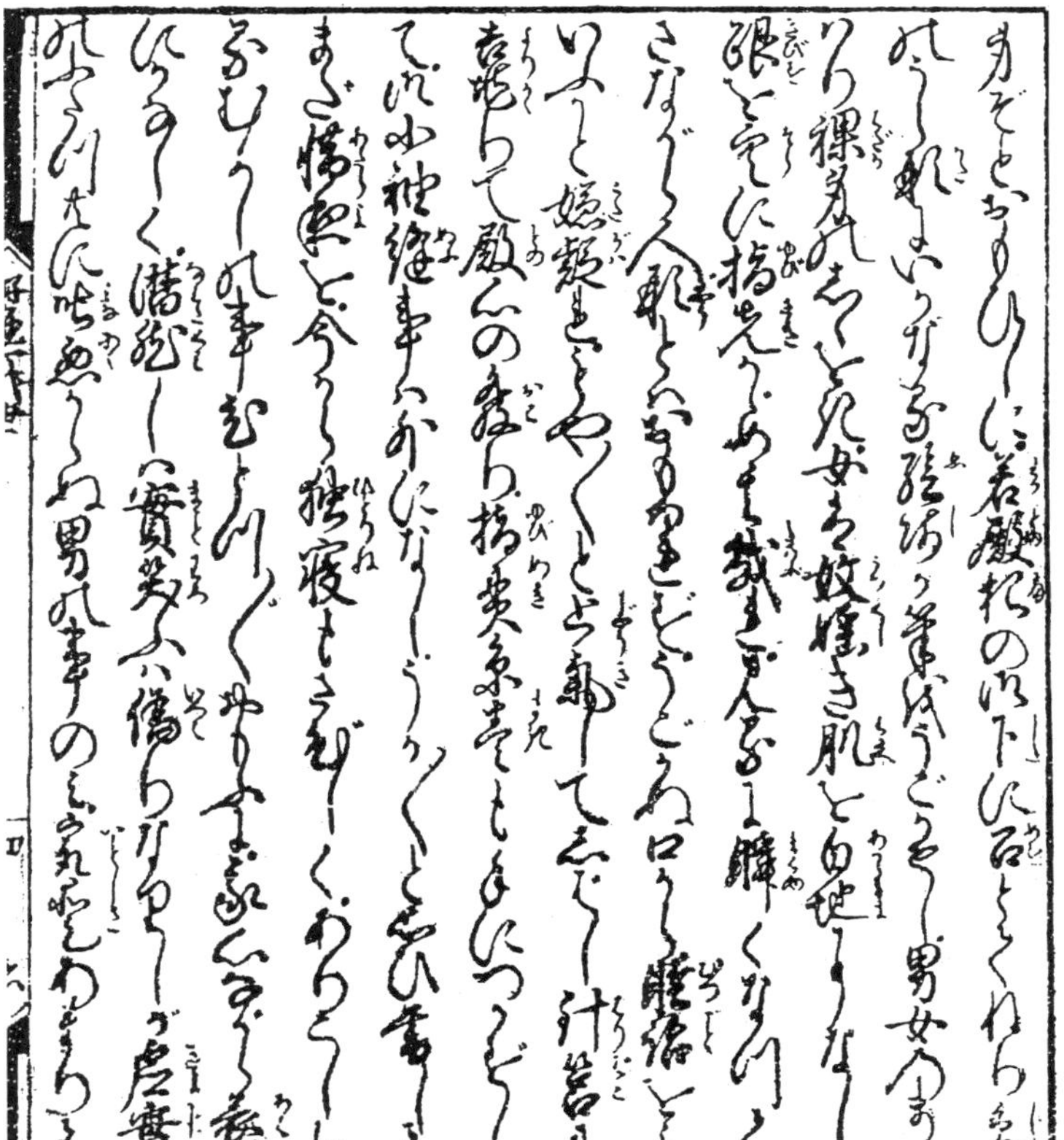

〇**外になし**おろそかになって。〇**うかくと思ひ暮して**ぼんやり男のことを思って暮らし。〇**まだ惜夜を今から独寝もさびしく**せっかくの夜に一人で寝るのはさびしく、の意。〇**ありこしぬるむかしの事**過ぎ去った昔のさまざまな色恋。〇**潸然しは實笑ふは偽りなりしが**真実の恋は思い出して涙が出、たわむれの恋は思い出して笑いが出ましたが、の意。「潸然」は「潜然」に等しく、涙の流れるさま。

〈一一五ページ〉

『易林本節用集』では「潸然」を「ナミダグム」と訓ずる。○**虚実**うそと誠。○**皆悪からぬ男の事のみ**憎からず思い出される男ばかりです、の意。○**最愛**いとしさ。可愛いさ。

○**契の程なく**男女の関係ができると間もなく。○**婬酒美食に身を捨させ**酒や美食のために身体を悪くさせ。○**ながき浮世を短く見せし**もっと長かったはずの寿命を縮めさせた、の意。○**うたてし**気の毒だ。心が痛む。○**子細**わけ。事情。○**数折につきず**指折りかぞえてもかぞえ切れない。○**縁なき別れ**離縁。○**後夫**後添いの夫。○**無常の別れ**死別。○**愛別離苦のことはりをしる**「愛別離苦」は仏教の八苦の一で、愛する人と別れる苦しみ。それが世の定めと悟り、離別の後に次の相手を求めない、ということ。○**口惜きこゝろさし**情けない心のありよう。○**今迄の事さへかきりのなきに**今までは際限のない放埒ぶりだったのだから、の意。○**是非堪忍と**ぜひともがまんをしようと。○**心中を極めしうちに**決心をしているうちに。○**同じ枕の女はうばい**枕を並べて寝る女の朋輩。○**寝道具**寝具。江戸時代、下に敷く蒲団と上に掛ける夜着（いずれも主材は木綿）の組み合わせが普及し、元禄頃に掛蒲団も使われ出した。○**畳揚て**畳んでしまって。○**一合食**一日に男は玄米五合、女は三合が当時の武家奉公の支給米の定め。三食で割れば女は一食に一合となる。○**宵の燃杭**宵に燃やした木の燃え残り。○**誰に見すべき姿にもあらぬ**誰にその姿を見せるわけでもない、の意。○**そこ〳〵に取集て**いいかげんにたばねて。○**古髷かけて**古元結で結び。「髷・元結」は髪をたばねる時に結ぶ細い紙のひも。○**いそがし態**せわしさにまぎれ物事をぞんざいにすること。

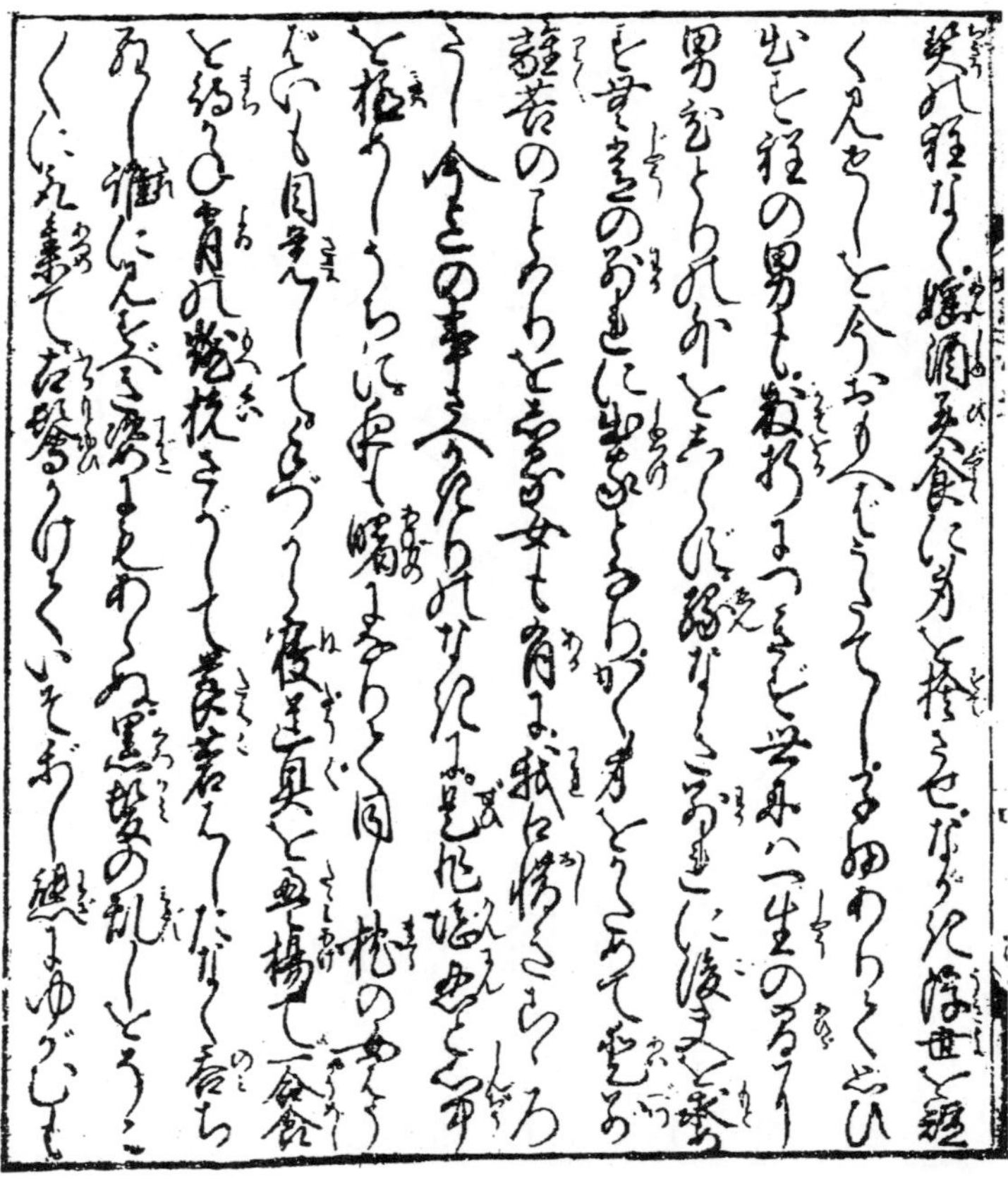

○鬢水鬢のほつれをなでつけるのに使う液体。伽羅油やさねかずらの蔓を刻んで浸した水。**○くれ竹**呉竹。葉は細く節の多い淡竹《はちく》の一種。**○長屋住ゐの侍衆**諸藩の屋敷内の長屋に住む江戸勤番の侍。**○中間**武家に仕える下級の奉公人。足軽の下、小者の上に位する。**○芝肴**江戸芝浦でとれる磯物の小魚。江戸名物の一。**○付木**端に硫黄をぬった薄い檜の木片で、火を移しつけるのに用いる。**○紺のだいなし**中間が着る紺無地の筒袖の衣服。「ごん」とあるのは誤刻。**○褄**褄。着物の裾の両端。**○逆手に持て**立ち小便するため、褄をもつ手を返して前を開けている状態。**○音羽の滝**京都清水寺の奥の院の下にある滝。**○溝石をこかし**小便が溝の中の石をころがし。**○地のほるゝ**地面が掘れる。**○おもひの渕となりて**その様子を見て好色の心が深くなって、の意。「滝」と「渕」は縁語。**○あたら**もったいないことに。**○鑓先**男性器をたとえていう。**○都の嶋原陣の役にも立ず**京都の島原遊廓での遊興を、寛永一四、五年の島原の乱になぞらえた表現。島原の遊女に対して使うのでもなく、の意。**○高名**武功。手柄。女性との情交を戦にたとえた表現。**○其まゝに年の寄なむ事をおしみ悔みて**そのまま年寄っていくのを残念に思って、の意。会話体と地の文が未分化の表現。**○此事募て**性欲が高まって。**○季中に**出替わりを待たず、奉公期間中に。江戸時代の奉公は一季（一

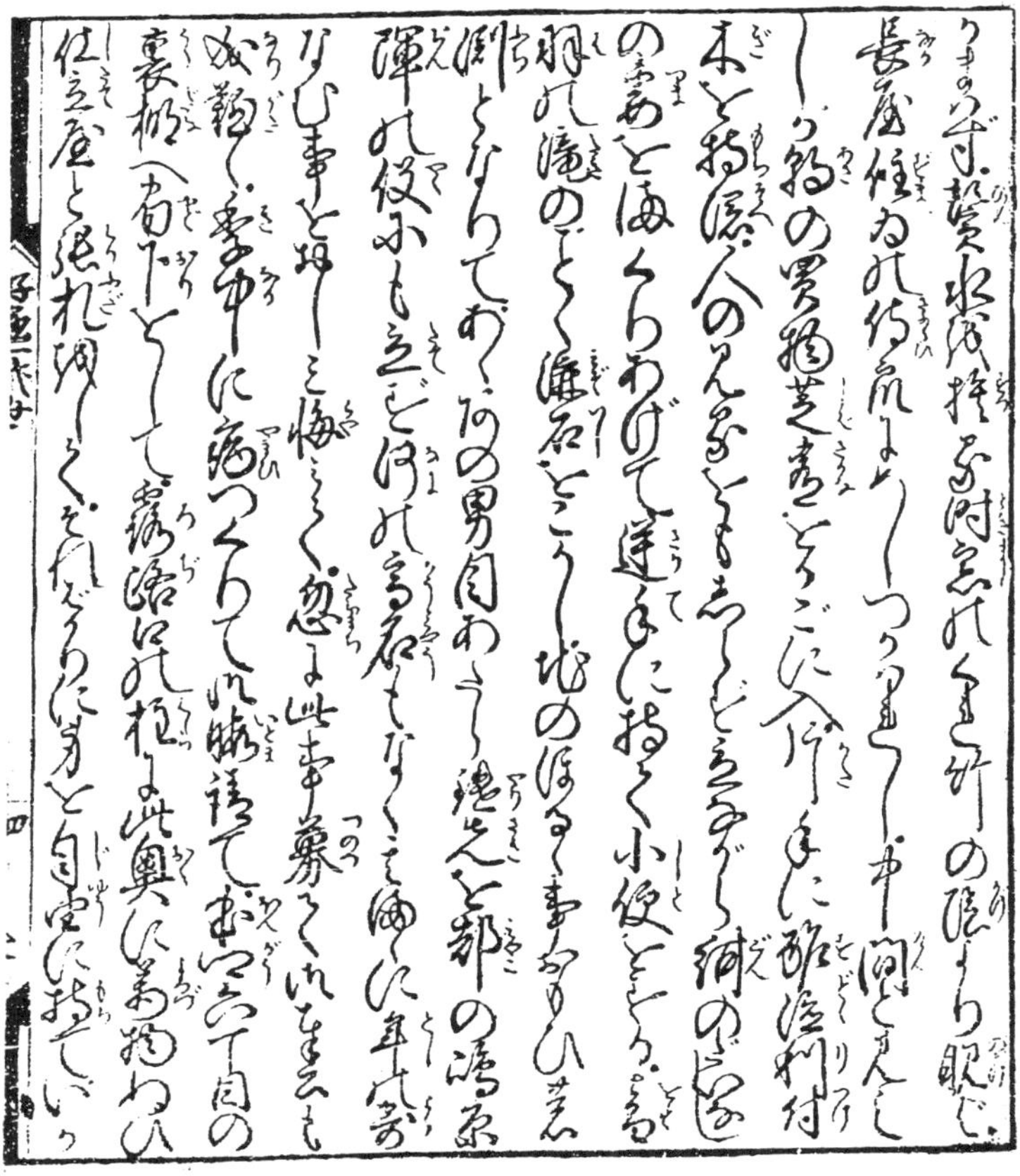

年）か半季（半年）の契約により、交替の期日は二月二日・八月二日（のち三月五日・九月五日ないし十日）などであった。**○病つくりて**仮病を使って。**○御暇請て**やめさせてもらって。**○本郷六丁目**現東京都文京区本郷五丁目あたり。**○裏棚**裏店。裏通りや商家の裏にある借長屋。**○宿下**奉公人が暇を出され親元か身元引受人の元へ帰ること。ここは奉公をやめたこと。**○露路口**路地の入り口。**○萬**

〈一一七ページ〉

物ぬひ仕立屋あらゆる縫い物・仕立物をする家。**○そればかりに**情欲を満たしたいという思いだけで。**○いかなる男成とも来るを幸**どんな男でもいいから仕立てを頼みに来たら関係を結ぼう、の意。「成」は断定の助動詞「なり」の慣用的な当て字。**○無用の上臈衆斗**情交の相手にはならない女性たちばかり。**○當世衣裳の縫好み**流行の衣装の注文をする、の意。**○いやながら請とりて**いやいやながら仕事を引き受けて。**○一丁三所にくけてやりし**「一丁三所」は一町に三か所で、間隔の粗いことをいい、ここは縫い目の粗い雑な仕事ぶりのこと。「くける」は縫い目が現れないように縫うこと。**○無理**無茶なこと。ひどいこと。**○こゝろだま**心魂。心の中。**○いたづら**淫奔・好色な思い。**○さながら**そのまま。あからさまに。**○小袋**日用の小物を入れる小さな布製の袋。**○本町**常盤橋から東に一～四丁目まであった江戸の中心的商店街。一、二丁目には呉服屋が多い。現東京都中央区日本橋の本石町・室町・本町の各二、三丁目。**○屋形**屋敷。**○越後屋**三井の越後屋呉服店は京都に本店があり、江戸の支店は延宝元年（一六七三）に本町一丁目、同四年には二丁目にも開店。大火の後、天和三年（一六八三）に駿河町に移転し、三越デパートの前身となった。**○呉服所**幕府・大名・公家などに出入りする御用達の呉服商。三井は新商法で一般客を獲得すると同時に、旧来の御用商人としても活動していた。**○牢人**浪人。武士だけでなく一般の失業者もいう。**○不断**普段。**○五加木**枝に鋭いとげがあり、生け垣に多く用いる落葉灌木。**○人ぎれ**人切。人影。人の気配。**○あの筋**あの道筋・方面。**○両加賀**二本以上の糸を合わせた諸糸で織る極

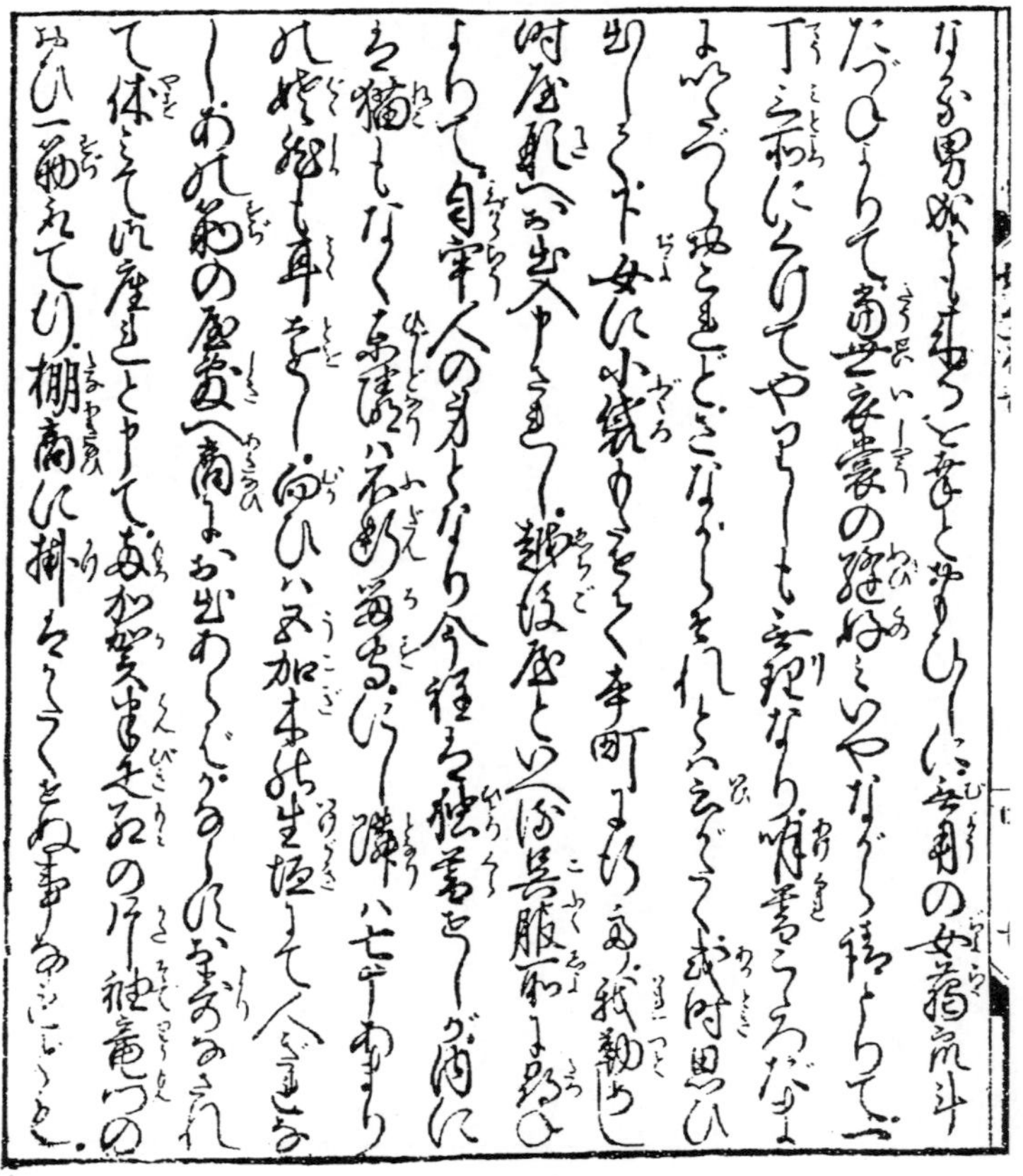

上の加賀産の絹。○**半疋**一反。一疋は布二反をいう単位で、一反は成人一人前の衣料に相当。○**紅の片袖**べにで染めた紅絹を片袖分。『日本永代蔵』一ノ四に「龍門の袖覆輪かたくにても、物の自由に売渡しぬ」とあるように、一反の単位で売るのが一般である中、客の要望に応じて切り売りするのが越後屋の新商法。○**竜門**地が厚く綾のない平織の絹織物。強いので袴や帯に用いた。○**棚商に掛はかたくせぬ事**店頭販売で掛売りは厳禁、の意。掛売りは、代金後払いで品物を売る江戸時代の一般的な商法。『日本永代蔵』一ノ四に「現銀売にかけねなし」とあるように、低価格の現金売りも越後屋の新機軸。

○**此女**自伝であることからはずれる客観的な表現。○**ほだされ**情にひかれ。○**若い口**若い手代の口。○**代銀のとんじやくなしに遣しける**代金を請求せずに品物を渡した、の意。「とんじやく」は「頓着」で気にかけること。○**九月八日**重陽の節句の前日。盆前や大晦日、各節句の前日などは掛売りの勘定の清算日。○**賣掛**掛売りした代金。○**物縫屋**縫い物をする家。○**行事をあらそひける**女を目当てに行きたがって争った、の意。行くのをいやがり譲り合ったとする解もある。○**年がまへなる男**年配の男。○**恋も情もわきまへず**色恋に無関心なことをいう常套句。○**夢にも十露盤現にも掛硯をわすれず**たとえ夢現の状態でも商売のことは忘れないということ。「掛硯」は内箱である掛子のついた硯箱で、引き出しに重要書類や金銭を入れて小文庫を兼ねることが多い。○**京の旦那**京都の本店の主人。当時の当主は三井八郎右衛門高平。○**白鼠**忠実な番頭。主人を大黒天に見立て、家来をその使いで家を繁盛させるとされる白鼠にたとえたもの。また、「ちゅう（忠）」と鳴くからともいう。○**大黒柱**家の中央に立

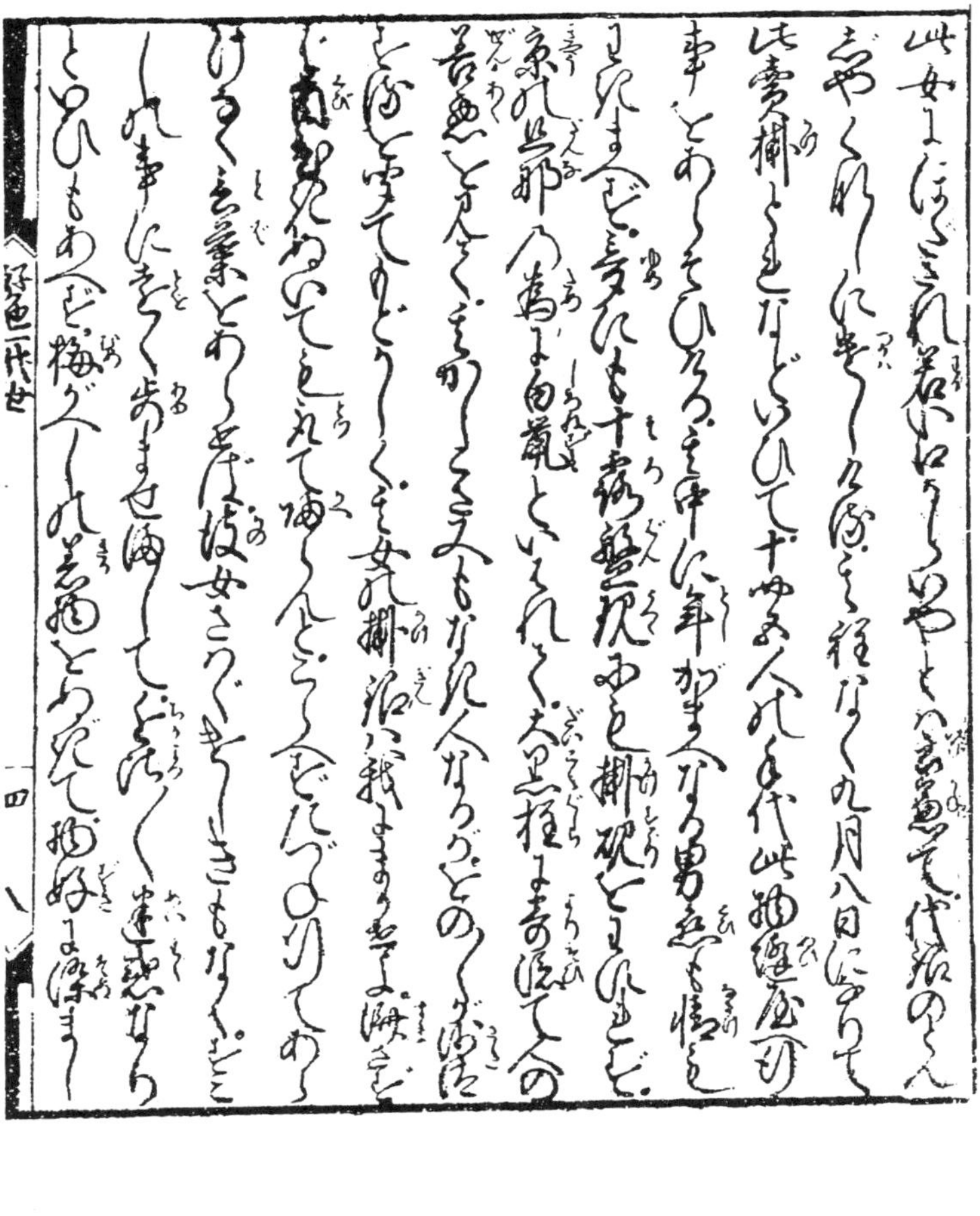

〈一一九ページ〉

てる最も太い柱。「鼠」と「大黒」は縁語。○**人の善悪を見て**人柄のよしあしを見定めて。○**をのくが沙汰する**皆があれこれ言う。○**もどかしく**じれったく。○**掛銀**掛売りの代金。○**済さずば**払わなければ。○**こらへず**がまんできず。○**あらけなく言葉をあらせば**荒々しくののしって言えば。○**彼女**ここも第三者から見た表現。○**近比**最近ほかにないほど。大変に。○**迷惑なり**迷惑をおかけした。お気の毒だ。○**梅がへし**紅梅の樹皮の煎じ汁で染めた裏地を、袖・裾などの表に折り返して縫った衣服。○**物好**に自分の好みで。

○**御ふしやうながら是を**おいやでしょうがこの品を持ち帰って下さい、の意。「ふしやう」は「不請」で不本意なこと。○**脂きつたる有様**脂ののった様子。○**くれなゐの二布**紅色の腰巻き。○**物がたき男**女に目もくれないような堅物の男。○**じたくとふるひ出し**たじたじになってふるえ出し。○**そもやそも**何が何でも。○**風かなひかうとおもふて**風邪でも引くのではと心配で、の意。○**手に入て**思いのままに相手を丸め込んで。○**神ぞ**神かけて。本当に。○**情しりさま**情け深いお方。○**親仁**親爺。年配の男性をさす呼称。○**颯出して**そわそわと浮かれて。○**久六**下男等の通称。○**挟筥**着替えの衣服等を入れ、棒を通して従者にかつがせた箱。○**こまがね**細銀。一個一匁から五匁くらいの、小玉銀・豆板銀ともいう小粒の銀貨。○**五匁四五分**金一両が銀約六十匁に相当するので、一両を約十万円と考えれば、銀一匁は現在の約千七百円。一分はその十分の一。○**下谷通**現東京都台東区の上野広小路から下谷一丁目あたりにかけての通り。ここから吉原へ行く道があった。○**吉原**江戸の公許の遊廓。元和三年に日本

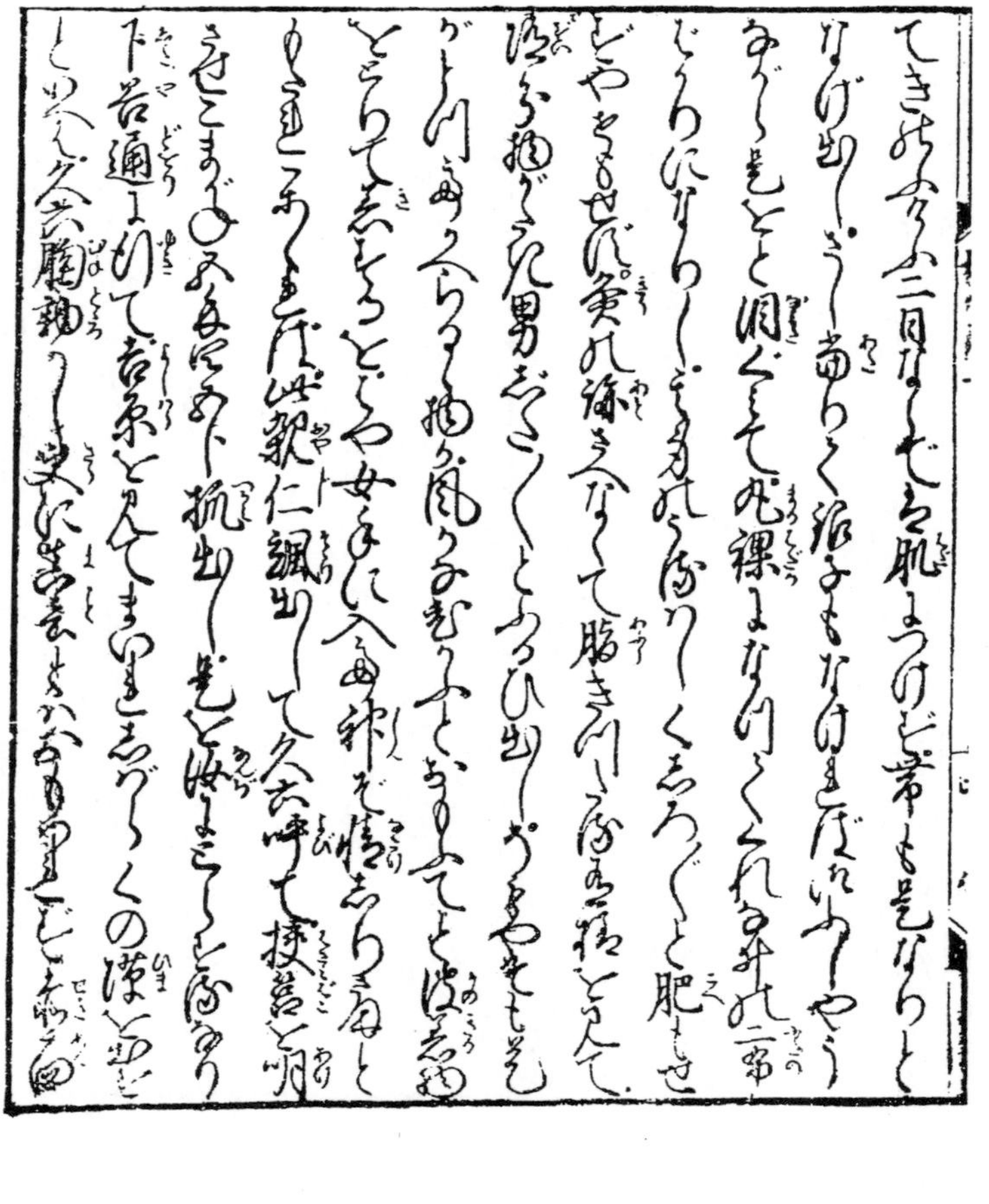

橋に作られた元吉原が大火で焼けた後、明暦三年(一六五七)に浅草北の山谷に移されたのが新吉原。**○胸動かし**驚いて胸をどきどきさせ。

○やりくり遣り繰り。都合をつけること。ここは女との密会・情交。**○日比のこまかさねだる折を得て**普段はけちな男だが、今日はねだるよい機会だと、の意。**○いかにしても**いくら何でも。**○分里**色里。遊里。**○かゝられず**行くことができない。**○さもあるべし**それもそうだ。**○ひのぎぬ**日野絹。近江(滋賀県)の日野地方から産した絹織物。地質の似た上野(群馬県)の藤岡あたりで産する上州絹をいうことが多い。**○幅廣**一尺一寸五分の幅。普通幅は九寸。一尺は約三〇・三センチ。**○中づもりにして**目分量で適当に切って。**○はし縫**端を折り返して縫うこと。**○かきて**ふんどしを締めて。**○心のゆくにまかせて**心のはやるままに。**○掛がね**戸締まりの錠。**○窓に菅笠を蓋し**スゲの葉で編んだ笠で窓を隠し。**○媒もなき恋を取むすびて**仲人がいて結ばれるのではなく、二人でこっそり情交して、の意。**○欲得外になりて**金銭への執着も忘れ。**○取乱し**夢中になり。**○若げの至りとも申されず**年齢からして若さゆえの過ちとも言われず、の意。**○江戸棚**江戸の支店。**○しほうけて**しくじって。**○京へのぼされける**京の本店に行かせられた。**○御物師と名に寄て**裁縫師の名にかこつけて。**○御気を取**御機嫌を取り。ここは男に取り入ること。**○一日一歩に定め**男からもらう揚代を一日一歩と定め、の意。一歩金は一両の四分の一の金貨で、現在の約二万五千円。**○それはせず**縫い物はせず。**○手をよく**要領よく。**○尻をむすばぬ糸**糸の端を結ばず縫い物をすることで、しまりのないことをいう諺。一代女の身持ちが悪く、ろくな結末にならないであろうことを示す。「御物師」「針筥」「糸」は縁語。

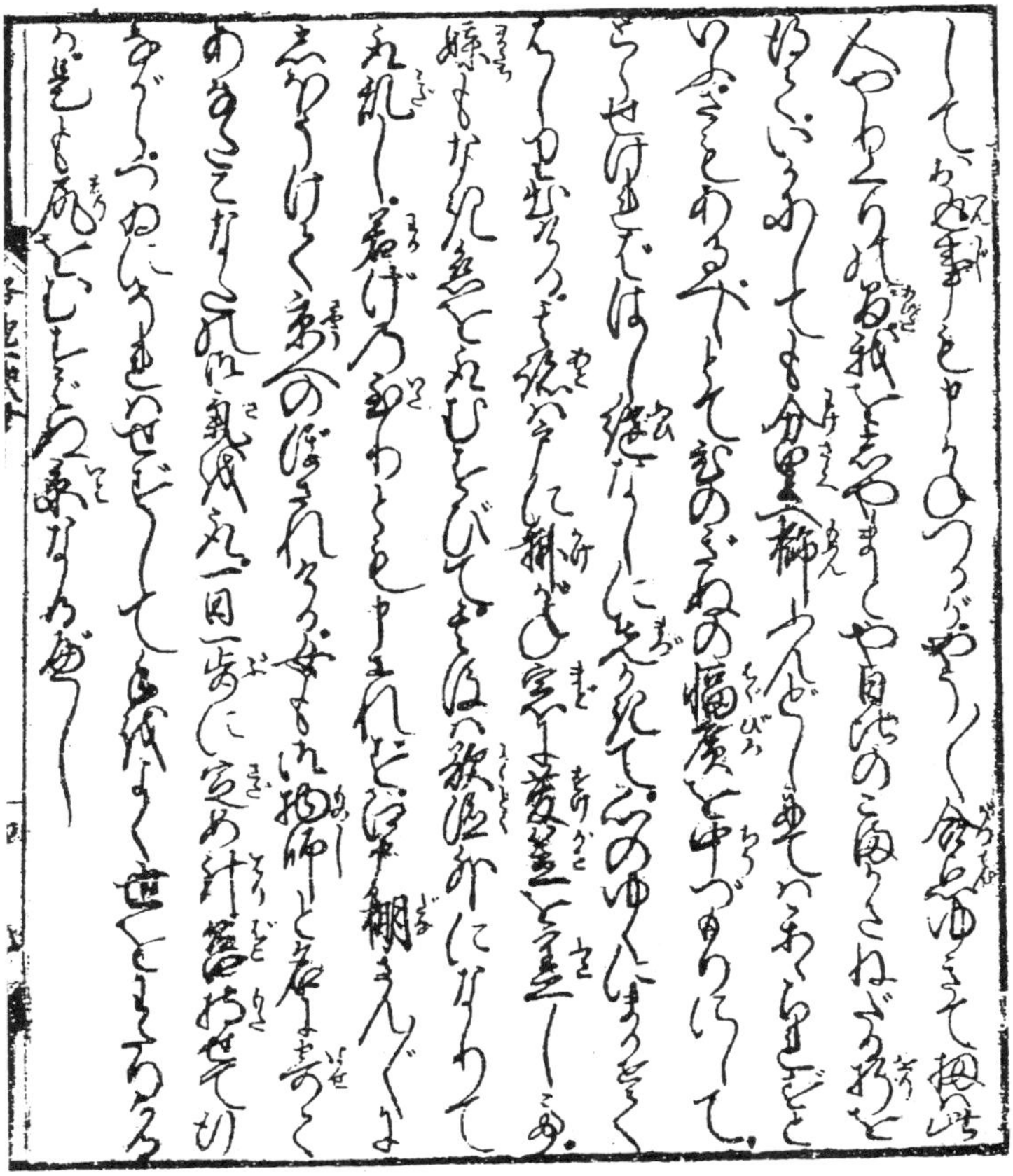

〈挿絵解説〉

武家屋敷の中で仕立物をする物縫い女たち。庭に面した明るい場所で四人の女（中の一人が一代女か）が針仕事に励む。近くには針箱・針差し・糸・物指しなどが置かれている。右側で立って見ているのはこの家の息女とその腰元か。奥の部屋には衣桁に掛けた着物と帯が見える。

123　巻四ノ二　墨絵浮気袖

西鶴略年譜

年代	西暦	年齢	事跡・刊行書名など
寛永十九年	一六四二	一歳	大坂に裕福な町人の子として生まれる。『見聞談叢』(伊藤梅宇編、元文三年序)に、本名を平山藤五と伝える。家業や家系、誕生日など詳細は不明。
明暦二年	一六五六	十五歳	この頃より俳諧を学び始める。
寛文二年	一六六二	二十一歳	この頃、俳諧の点者となる。
寛文六年	一六六六	二十五歳	三月刊の『遠近集』(西村長愛子編)に鶴永の号で発句三句入集。西鶴作品の初見。
寛文七年	一六六七	二十六歳	この年、『大坂独吟集』に載る「軽口にまかせてなけよほととぎす」を発句とする百韻を詠んだか。
寛文十一年	一六七一	三十歳	三月刊の『落花集』(高滝以仙編)に「長持へ春ぞくれ行く衣更」の一句入集。
寛文十三年(九月に延宝と改元)	一六七三	三十二歳	「餅花や柳はみどり花の春」の歳旦吟を詠む。 春三月頃、大坂生玉神社の南坊で十二日間にわたる万句俳諧を興行。六月には『生玉万句』と題して刊行する。 九月、『哥仙大坂俳諧師』の初撰本を刊行し、また翌月には改編して刊行する。
延宝二年	一六七四	三十三歳	正月、『歳旦発句集』(表紙屋庄兵衛板)所収歳旦吟「俳言で申すや慮外御代の春」に西鶴と署名。確認できる西鶴号の最も古いもの。前年冬の改号か。
延宝三年	一六七五	三十四歳	四月三日、三人の子供を残して妻が病没。享年二十五歳。 四月八日、亡妻追善のために独吟千句を詠む。これに諸家の追善発句を添え、『誹諧独吟一日千句』と題して刊行する。 四月、『大坂独吟集』刊行。「軽口にまかせてなけよほととぎす」を発句とする百韻が、宗因の批点とともに収録される。 冬頃、剃髪する。この頃、鑓屋町の草庵に入ったか。
延宝四年	一六七六	三十五歳	正月、『誹諧大坂歳旦発句三物』刊。巻頭に「法躰をして／春のはつの坊主へんてつもなし留」の句を載せる。 十月、『古今誹諧師手鑑』を編集・刊行する。
延宝五年	一六七七	三十六歳	三月、生玉本覚寺で一昼夜千六百句独吟を興行し、五月『俳諧大句数』と題して刊行する。 四月、中村西国に『俳諧之口伝』一巻を授ける。
延宝六年	一六七八	三十七歳	三月、『俳諧胴ほね』刊。 三月、青木友雪興行の千句俳諧に出座。五月には『大坂檀林桜千句』と題して刊行される。 秋、筑前から上坂した西海らと俳諧を興行し、『大硯』と題して刊行。また、葎宿・松意との三吟百韻、定俊との両吟歌仙を巻き、これらを『俳諧虎渓の橋』と題して刊行する。 十一月、『俳諧物種集 新附合』を刊行。
延宝七年	一六七九	三十八歳	三月、大淀三千風が三千句独吟を成就。西鶴はこれに跋文を加え、八月に『仙台大矢数』と題して刊行。 四月、青木友雪との両吟一日千句を興行。これに跋文を加え、五月に『両吟一日千句』と題して刊行。 十月、大坂天満宮の社頭で門弟ら十三人と一日千句を興行し、『飛梅千句』と題して刊行。 十二月、『誹諧破邪顕正』(中島随流著)が刊行され、「当時宗因流をまなぶ弟子数多ある中に、殊更すぐれて相見えし

			は、江戸は知らず、大坂にて阿蘭陀西鶴」と評される。 冬、『誹諧熊坂』（松江維舟著）が刊行され、西鶴は「ばされ句の大将」と評される。
延宝八年	一六八〇	三十九歳	五月七日午後六時頃より、八日午後六時頃まで、大坂生玉の寺内で矢数俳諧を興行し、四千句独吟を成就。これを翌年四月に『西鶴大矢数』と題して刊行。
延宝九年（九月改元）	一六八一	四十歳	三月、『山海集』（斎藤賀子編）刊。同書の挿絵は西鶴筆と推定されている。 四月、『西鶴大矢数』刊。
天和二年	一六八二	四十一歳	正月、『俳諧百人一句難波色紙』（土橋春林編）刊。同書の板下・挿絵は西鶴筆。また、巻軸に自画像と自賛句が載る。 三月、西山宗因没。享年七十八歳。 四月、『高名集』（梅林軒風黒編）刊。同書の板下・挿絵は西鶴筆。 十月中旬、『好色一代男』刊。浮世草子述作の初め。
天和三年	一六八三	四十二歳	正月、役者評判記『難波の㒵は伊勢の白粉』刊。 三月、西山宗因一周忌追善俳諧を自らの門弟らと興行し、『俳諧本式百韻精進膾』と題して刊行。
天和四年（二月改元）	一六八四	四十三歳	三月、『好色一代男』江戸版刊。当時江戸で活躍していた菱川師宣の挿絵による。海賊版的な出版。 四月、『好色二代男諸艶大鑑』刊。 六月五日から六日にかけ、住吉神社にて一昼夜二万三千五百句の独吟を興行。 十月、『古今俳諧女歌仙すがた絵入』を編集・刊行する。
貞享二年	一六八五	四十四歳	正月、宇治加賀掾のために浄瑠璃『暦』を述作し刊行する。『西鶴諸国ばなし』刊。 二月、『椀久一世の物語』刊。 春、浄瑠璃『かいぢん八嶋』を述作し刊行する。 七月、加賀掾段物集『小竹集』の序文を執筆。
貞享三年	一六八六	四十五歳	『近代艶隠者』（西鷺軒橋泉著）刊。同書の板下・挿絵は西鶴筆。また序文も執筆している。 一月、『好色一代男』を菱川師宣が絵本化した『大和絵のこんげん』・『好色世話絵づくし』が江戸で刊行される。 二月、『好色五人女』刊。 六月、『好色一代女』刊。 十一月、『本朝二十不孝』刊。
貞享四年	一六八七	四十六歳	正月、『男色大鑑』刊。 三月、『懐硯』刊。 四月、『武道伝来記』刊。 五月、西鶴の板下・挿絵と推定される『西行撰集抄』が刊行される。
貞享五年（九月改元）	一六八八	四十七歳	正月、『日本永代蔵』刊。 二月、『武家義理物語』刊。 将軍綱吉の息女鶴姫の諱をさけるため、鶴字の使用が禁止となる。このため、西鶴は一時的に西鵬と号した。

			三月、『嵐無常物語』刊。 六月、『色里三所世帯』刊。 九月以前、『好色盛衰記』刊。 十一月、『新可笑記』刊。
元禄二年	一六八九	四十八歳	正月、『本朝桜陰比事』刊。 正月、『一目玉鉾』刊。 三月、『新吉原常々草』（磯貝捨若著）刊。同書に西鶴は「一代男世之助《（ママ）》」の匿名で戯注を加え、板下・挿絵を書く。この頃から元禄四年前半頃まで西鶴は体調を崩していたと推測され、その作品は出版されていない。ただし、遺稿集に収められた何種類かの作品は、この時期に執筆が試みられていたものと推定されている。 冬、上洛中の其角が、大坂鑓屋町の草庵に西鶴を訪う。
元禄三年	一六九〇	四十九歳	二月十日、鬼貫らと鉄卵追善の百韻一巻を巻き、五月刊の『大悟物狂』（上嶋鬼貫編）に収録される。 六月、「西くはく」の序を持つ『真実伊勢物語』が刊行されるが、偽作である。 九月、加賀田可休が『誹諧物見車』を刊行し、西鶴点を非難する。 十月、北条団水が『特牛』を刊行し、可休に反駁を加える。 十二月、京へ上り、団水亭にて団水と両吟歌仙二巻を試みるが、ともに途中でやめる。
元禄四年	一六九一	五十歳	八月、『俳諧蓮実』（斎藤賀子編）刊。発句十一、賀子との両吟歌仙などが収録される。 八月、難波松魂軒の匿名で『俳諧石車』を執筆・刊行し、『誹諧物見車』（加賀田可休編）の西鶴点批判に反駁した。 『俳諧団袋』（北条団水編）刊。同書は、西鶴の「寓言と偽とは異なるぞ、うそなたくみそ、つくりごとな申しそ」という言葉を伝える。
元禄五年	一六九二	五十一歳	正月、『世間胸算用』刊。 三月四日付備前うち屋孫四郎宛書簡に「今程目をいたみ筆も覚《（ママ）》へ不申候」と記す。 三月二十四日、盲目の娘が没する。 秋、紀州・熊野に遊び、「日本道に山路つもれば千代の菊」を発句とする独吟百韻あり。のち、これに自注を加え、画巻『独吟百韻自注絵巻』とする。
元禄六年	一六九三	五十二歳	正月、『浮世栄花一代男』刊。 正月、『難波土産』（静竹窓菊子編）刊。西鶴題句、評点前句付が収録される。 八月十日、大坂にて没。法名、仙皓西鶴。寺町の誓願寺に葬られる。辞世「浮世の月見過しにけり末二年」。 冬、第一遺稿集となる『西鶴置土産』が刊行され、巻頭には辞世句と肖像が載る。
元禄七年	一六九四	没後一年	三月、第二遺稿集『西鶴織留』刊。
元禄八年	一六九五	没後二年	正月、第三遺稿集『西鶴俗つれ〴〵』刊。
元禄九年	一六九六	没後三年	正月、第四遺稿集『万の文反古』刊。
元禄十二年	一六九九	没後六年	四月、第五遺稿集『西鶴名残の友』刊。

工具書・参考書について

西鶴の生きた時代背景や文学史的な問題についての知識を得るには

『日本古典文学大辞典』（岩波書店）
『日本古典文学大事典』（明治書院）
『国史大辞典』（吉川弘文館）
『日本古典文学研究史大事典』（勉誠社）
『近世文学研究事典』（桜楓社）
『俳文学大辞典』（角川書店）
『講座元禄の文学　一〜五』（勉誠社）

西鶴についてのさまざまな知識を得るには

天理図書館・野間光辰『図録　西鶴』（天理図書館）
浅野晃・谷脇理史『西鶴物語』（有斐閣）
市古夏生・藤江峰夫『江戸人物読本　井原西鶴』（ぺりかん社）
谷脇理史『日本の作家25　浮世の認識者　井原西鶴』（新典社）
谷脇理史・吉行淳之介『新潮古典文学アルバム17　井原西鶴』（新潮社）
谷脇理史『西鶴必携』（學燈社）
谷脇理史・西島孜哉『西鶴を学ぶ人のために』（世界思想社）
江本裕・谷脇理史『西鶴事典』（おうふう）
野間光辰『補刪西鶴年譜考證』（中央公論社）

注や訳を参照しながら西鶴の作品を読むには

『西鶴名作集』（「評釈江戸文学叢書」大日本雄弁会講談社）
『井原西鶴集　一〜三』（「日本古典文学全集」小学館）
『井原西鶴集　一〜四』（「新編日本古典文学全集」小学館）
『西鶴集　上・下』（「日本古典文学大系」岩波書店）
『武道伝来記・西鶴置土産・万の文反古・西鶴名残の友』・『好色二代男・西鶴諸国ばなし・本朝二十不孝』（「新日本古典文学大系」岩波書店）
『好色一代男』・『好色一代女』・『日本永代蔵』・『世間胸算用』（「新潮日本古典集成」）
『好色一代男』・『好色五人女・好色一代女』・『日本永代蔵』・『万の文反古・世間胸算用』（「完訳日本の古典」小学館）
『西鶴集　上・下』（「日本名著全集　江戸文藝之部」同全集刊行会）
『定本西鶴全集』（全十四巻十五冊　中央公論社）
『対訳西鶴全集』（全十六巻　明治書院）
『新編西鶴全集』（勉誠出版）
『西鶴俳諧集』（乾裕幸編　桜楓社）

この他、主要な作品は各種叢書（日本古典全書など）や文庫（岩波文庫・角川文庫・講談社学術文庫など）にも収録されている。

西鶴の作品に出てくる言葉や事物を調べるには

『日本国語大辞典』（小学館）
『大漢和辞典』（大修館書店）
『図説俳句大歳時記』（角川書店）

必要に応じて『節用集』（各種あり）や『日葡辞書』（『邦訳日葡辞書索引』岩波書店）など当時の辞書や、『和漢三才図会』（東京美術・平凡社東洋文庫、他）など当時の百科事典も参照する。

さまざまな古典作品の原典にあたる手がかりを探すには

『日本古典文学大辞典』（岩波書店）
『国文学複製翻刻書目総覧　正・続』（日本古典文学会貴重本刊行会）
『国書総目録』（岩波書店）
『古典籍総合目録　（国書総目録続編）』（国文学研究資料館）

くずし字を読むには

『五體字類』（西東書房）
『仮名変体集』（新典社）
『実用変体がな』（新典社）
『画引きくずし字解読字典』（新典社）
『画引きかな解読字典』（新典社）
『くずし字用例辞典』（東京堂出版）
『くずし字解読辞典』（東京堂出版）
『くずし字辞典』（思文閣出版）

影《えい》印《いん》版《ばん》頭《とう》注《ちゅう》付《つき》　西《さい》鶴《かく》の世《せ》界《かい》 I

平成13年4月10日　初版発行
平成24年4月5日　6刷発行

編者　雲英末雄
　　　谷脇理史
　　　伊藤善隆
　　　井上和人
　　　佐藤勝明
　　　二又淳
発行者　岡元学実
印刷所　恵友印刷㈱
検印省略・不許複製

発行所　株式会社　新典社
東京都千代田区神田神保町一―四四―一一
営業部＝〇三（三二三三）八〇五一番
編集部＝〇三（三二三三）八〇五二番
FAX＝〇三（三二三三）八〇五三番
振替　〇〇一七〇―〇―二六九三二番
郵便番号一〇一―〇〇五一番

ISBN 978-4-7879-0622-9 C1093

http://www.shintensha.co.jp/　E-Mail:info@shintensha.co.jp